图书馆精选文丛

留学时代

周作人 等　张春田　张耀宗　编

三联书店

Copyright © 2021 by SDX Joint Publishing Company.
All Rights Reserved.
本作品版权由生活·读书·新知三联书店所有。
未经许可,不得翻印。

图书在版编目(CIP)数据

留学时代/周作人等著;张春田,张耀宗编.—北京:
生活·读书·新知三联书店,2021.1
(图书馆精选文丛)
ISBN 978-7-108-07006-7

Ⅰ.①留… Ⅱ.①周… ②张… ③张… Ⅲ.①回忆录-作品集-中国-现代
Ⅳ.① I251

中国版本图书馆 CIP 数据核字(2020)第 219557 号

责任编辑	卫 纯
装帧设计	刘 洋
责任印制	董 欢
出版发行	生活·讀書·新知 三联书店
	(北京市东城区美术馆东街 22 号 100010)
网 址	www.sdxjpc.com
经 销	新华书店
印 刷	北京市松源印刷有限公司
版 次	2021 年 1 月北京第 1 版
	2021 年 1 月北京第 1 次印刷
开 本	880 毫米 × 1230 毫米 1/32 印张 10.5
字 数	164 千字
印 数	0,001-6,000 册
定 价	39.00 元

(印装查询:01064002715;邮购查询:01084010542)

写在前面

晚清"西学东渐"之风甫开，20世纪的中国恐怕就进入到了"西风烈"（冯友兰语）的时代。且不论留学东洋与留学西洋者的差异、隔阂，甚至门户之见，单就从容闳将第一批留美幼童送到大洋彼岸开始，百年来跨洋过海的一代代学人，都在我们的文明史上先后留下过自己求学求知的足迹。正是有了他们，才使得中西学术交流、文明沟通具备了文化基础，才使得中国人"建设一个富强文明的现代化国家"的奋斗目标，有了实现的可能。从大陆到海洋，中国人在"留学时代"中，形成了新的思想交锋，如中西之辨、传统与现代、"冲击—回应"与"内在理路"等话题，都在他们的思想和行动中，得到不同程度的体现。这里面有无数的故事，有欣喜，有悲伤，有些被记录下来，而更多者恐怕已经永远被埋入历史的尘土。

本书就是这样一本记录20世纪留学生活的小书，集中展现人文学者的留学记录。虽然他们所学不同，如文学、历史、哲学、法学、社会学、美术、语言，皆有各自学科的特点；但负笈远行时的共性也都存在于各自的文字间。他们无不需要克服语言和心理上的困难，努力适应国外学习的方法与节奏。其实对于中国的传统学问，世人多有误解，蒋梦麟在本书中就公允地谈到"中国的传统教育似乎很褊狭，但是在这种教育的范围之内也包罗万象"，一个传统的学者，"具备学问的广泛基础"。而出国留学之后，学习者会受到西方某一学科较为完整的训练，在组织性较强的学习过程中（赵一凡），会得到很大的思维与实践锻炼。正如浦薛凤留学时的老师所言："我是推人下水，让你们自己学习游泳，浮沉不管。"留学前后的学习，大概是在"博中有精"、"专而又广"的状态中进行。这样的学习经历，在本书的种种留学故事中屡见不鲜，作者们想必也都受益匪浅。

本书编选反映"留学时代"的文章25篇，除对讹脱倒衍做基本的修订外，也保留了个别人名、地名上的民国表达习惯。希望这样一本小书，在今天依然是一"出国热"的时代中,能对读者,尤其是年轻的读者,起到一点鼓励的作用。借用钱钢先生的话说,那些"留学时代"的故事,给我们提供了"活生生的人格化的奋斗象征"。

由于我们见闻有限,未能获得一些文章作者或其家属的联系方式,因而无法事先获得他们的允诺,请作者或其家属鉴谅。并请见书后示知联系办法,以便奉寄样书与稿酬。

生活·讀書·新知 三联书店

2012 年 6 月

目录

《民报》社听讲 …………………… 周作人 1

负笈西行 ……………………………… 蒋梦麟 5

牛津的书虫 …………………………… 许地山 25

在康奈尔的几年 ……………………… 赵元任 29

四年美国自由教育 …………………… 蒋廷黻 46

我所知道的康桥 ……………………… 徐志摩 60

爱丁堡大学中国学生生活概况 ………… 朱光潜 75

游学美邦（节选） …………………… 浦薛凤 79

巴黎学子 ……………………………… 常书鸿 92

雅典城美国古典学院 ………………… 罗念生 105

海德贝格记事（节选） ……………… 冯　至 109

就是这样走过来的（节选） ………… 庞薰琹 130

我与鲁汶大学法学院 ………………… 周　枏 136

留英记(节选)	费孝通	149
学习吐火罗文	季羡林	166
哈佛七年	周一良	174
在牛津	杨宪益	192
我在耶鲁的时候	李赋宁	201
公费留学到巴黎	吴冠中	211
耶鲁谈往	夏志清	227
杂忆留苏	江 平	263
在哈佛听课	李欧梵	277
哈佛的一天——知识的拾穗	吴咏慧	288
哈佛教我一个"变"字	赵一凡	295
致陈思和老师——谈美国大学教育	宋明炜	312

编后记 ………………………………………… 326

《民报》社听讲

周作人

> 周作人（1885—1967），现代作家，1906年至1911年留学日本，在东京政法大学预科、立教大学学习。曾参加章太炎在日本的讲习班。

假如不是许季茀要租房子，招大家去品住，我们未必会搬出中越馆，虽然吃食太坏，鲁迅常常诉苦说被这老太婆做弄（欺侮）得够了，但住着的确是很舒服的。许季茀那时在高等师范学校已经毕业，找到了一所夏目漱石住过的房屋，在本乡西片町十番地吕字七号（伊吕波是《伊吕波歌》的字母次序，等于中国《千字文》的天地玄黄，后来常被用于数目次序），硬拉朋友去凑数，因此我们也就被拉了去，一总是五个人，门口路灯上便标题曰"伍舍"，近地的人也就称为"伍舍样"。我们是1908年4月8日迁去的，因为那天还下大雪，因此日子便记住了。那房子的确不错，也是曲尺形的，南向两间，西向两间，都是一大一小，即十席与六席，拐角处为门口是两席，另外有厨房、浴室和下房一间。西向小间住着钱家治，大间作为食堂和客室，南向大间里住了许季茀和朱谋先，朱是钱的亲戚，是他介绍来的，小间里住了我们二人，但是因为房间太窄，夜间摊不开两个铺盖，所以朱、钱在客室睡觉，我则移往许季茀的房间，白天仍在南向的六席上面，和鲁迅并排着两张矮桌坐北。房租是每月三十五元，即每人负担五元，结果是我们担受损失，但因为这是许季茀所办的事，所以也就不好说的了。

往《民报》社听讲，听章太炎先生讲《说文》，是1908年至1909年的事，大约继续了有一年多的光景。这事是由龚未生发起的，太炎当时在东京一面主持同盟会的机关报《民报》，一面办国学讲习会，借神田地方的大成中学讲堂定期讲学，在留学界很有影响。鲁迅与许季茀和龚未生谈起，想听章先生讲书，怕大班太杂沓，未生去对太炎说了，请他可否于星期日午前在《民报》社另开一班，他便答应了。伍舍方面去了四人，即许季茀和钱家治，还有我们两人，未生和钱夏（后改名玄同）、朱希祖、朱宗莱，都是原来在大成的，也跑来参加，一总是八个听讲的人。《民报》社在小石川区新小川町，一间八席的房子，当中放了一张矮桌子，先生坐在一面，学生围着三面听，用的书是《说文解字》，一个字一个字地讲下去，有的沿用旧说，有的发挥新义，干燥的材料却运用说来，很有趣味。太炎对于阔人要发脾气，可是对青年学生却是很好，随便谈笑，同家人朋友一般，夏天盘膝坐在席上，光着膀子，只穿一件长背心，留着一点泥鳅胡须，笑嘻嘻地讲书，庄谐杂出，看去好像是一尊庙里哈喇菩萨。中国文字中本来有些素朴的说法，太炎也便笑嘻嘻地加以申明，特别是卷八尸部中"尼"字，据说原意训近，即后世的昵字，而许叔重的"从后近之也"的话很有点怪里怪气，这里也就不能说得更好，而且又拉扯上孔夫子的"尼丘"来说，所以更显得不大雅驯了。

《说文解字》讲完以后，似乎还讲过《庄子》，不过这不大记得了，大概我只听讲《说文》，以后就没有去吧。这《庄子》的讲义后来有一部分整理成书，便是《齐物论释》，乃是运用他广博的佛学知识来加以说明的，属于佛教的圆通部门，虽然是很可佩服，不过对于个人没有多少兴趣，所以对于没有听这《庄子》讲义并不觉得有什么懊悔，实在倒还是这中国文字学的知识给予我不少的益处，是我所十分感谢的。那时太炎的学生一部分到了杭州，在沈衡山领导下做两级师范的教员，随后又做教育司（后来改称教育厅）的司员，一部分在北京当教员，后来汇合起来成为各大学的中国文字学教学的源泉，至今很有势力，此外国语注音字母的建立，也是与太炎有很大的关系的。所以我以为章太炎先生对于中国的贡献，还是以文字音韵学的成绩为最大，超过一切之上的。

1961年5月14日作

（收入《知堂回想录》，

香港三育图书文具公司，1970年）

负笈西行

蒋梦麟

> 蒋梦麟（1886—1964），现代教育家，1908年至1917年留学美国，在加州大学、哥伦比亚大学学习教育学，1917年获哥伦比亚大学哲学博士学位。

我拿出一部分钱，买了衣帽杂物和一张往旧金山的头等船票，其余的钱就以两块墨西哥鹰洋对一元美金的比例兑取美钞。上船前，找了一家理发店剪去辫子。理发匠举起利剪，抓住我的辫子时，我简直有上断头台的感觉，全身汗毛直竖。咔嚓两声，辫子剪断了，我的脑袋也像是随着剪声落了地。理发匠用纸把辫子包好还给我。上船后，我把这包辫子丢入大海，让它随波逐浪而去。

我拿到医生证明书和护照之后，到上海的美国总领事馆请求签证，按照移民条例第六节规定，申请以学生身份赴美。签证后买好船票，搭乘美国邮船公司的轮船往旧金山。那时是1908年8月底。同船有十来位中国同学。邮船起碇，慢慢驶离祖国海岸，我的早年生活也就此告一段落。在上船前，我曾经练了好几个星期的秋千，所以在二十四天的航程中，一直没有晕船。

这只邮船比我前一年赴神户时所搭的那艘日本轮船远为宽大豪华。船上最使我惊奇的事是跳舞。我生长在男女授受不亲的社会里，初次看到男女相偎相依，婆娑起舞的情形，觉得非常不顺眼。旁观了几次之后，我才慢慢开始欣赏跳舞的优美。

船到旧金山，一位港口医生上船来检查健康，对中国学生的眼睛检查得特别仔细，唯恐有人患沙眼。

我上岸时第一个印象是移民局官员和警察所反映的国家权力。美国这个共和政体的国家，她的人民似乎比君主专制的中国人民更少个人自由，这简直弄得我莫名其妙。我们在中国时，天高皇帝远，一向很少感受国家权力的拘束。

我们在旧金山逗留了几个钟头，还到唐人街转了一趟。我和另一位也预备进加州大学的同学，由加大中国同学会主席领路到了卜技利。晚饭在夏德克路的天光餐馆吃，每人付两角五分钱，吃的有汤、红烧牛肉、一块苹果饼和一杯咖啡。我租了班克洛夫路的柯尔太太的一间房子。柯尔太太已有相当年纪，但是很健谈，对中国学生很关切。她吩咐我出门以前必定要关灯；洗东西以后必定要关好自来水龙头；花生壳绝不能丢到抽水马桶里；银钱绝不能随便丢在桌子上；出门时不必锁门；如果我愿意锁门，就把钥匙留下藏在地毯下面。她说："如果你需要什么，你只管告诉我就是了。我很了解客居异国的心情。你就拿我的家当自己的家好了，不必客气。"随后她向我道了晚安才走。

到卜技利时，加大秋季班已经开学，因此我只好等到春季再说。我请了加大的一位女同学给我补习英文，学费每小时五毛钱。这段时间内，我把全部精力花在英文上。每天早晨必读《旧金山纪事报》，另外还订了一份《展望》（*The Outlook*）周刊，作为精读的资料。《韦氏大学字典》一直不离手，碰到稍有疑问的字就打开字典来查，四个月下来，居然字汇大增，读报纸、杂志也不觉得吃力了。

初到美国时，就英文而论，我简直是半盲、半聋、半哑。如果我希望能在学校里跟得上功课，这些障碍必须先行克服。头一重障碍，经过四个月的不断努力，总算大致克服了，完全克服它也不过是时间问题而已。

第二重障碍要靠多听人家谈话和教授讲课才能慢慢克服。教授讲课还算比较容易懂，因为教授们的演讲，思想有系统，语调比较慢，发音也清晰。普通谈话的范围比较广泛，而且包括一连串互不衔接而且五花八门的观念，要抓住谈话的线索颇不容易。到剧院去听话剧对白，其难易则介于演讲与谈话之间。

最困难的是克服开不得口的难关。一主要的原因是我在中国时一开始就走错了路。错误的习惯已经根深蒂固，必须花很长的时间才能矫正过来。其次是我根本不懂语音学的方法，单凭模仿，不一定能得到准确的发音。因为口中发出的声音与耳朵听到的声音之间，以及耳朵与口舌之间，究竟还有很大的差别。耳朵不一定能够抓住正确的音调，口舌也不一定能够遵照耳朵的指示发出正确的声音。此外，加利福尼亚这个地方对中国人并不太亲热，难得使人不生身处异地、万事小心的感觉。我更特别敏感，不敢贸然与美国人厮混，别人想接近我时，我也很怕羞。许多可贵的社会关系都因此断绝了。语言只有多与人接触才能进步，我既然这样故步自封，这方面的进步自然慢之又慢。后来我进了加大，这种口语上的缺陷，严重地影响了我在课内课外参加讨论的机会。有人问我问题时，我常常是脸一红,头一低,不知如何回答。教授们总算特别客气,从来不勉强我回答任何问题。也许他们了解我处境的窘困,也许是他们知道我是外国人,所以特别加以原谅。无论如何,他们知道,我虽然噤若寒蝉,对功课仍旧很用心,因为我的考试成绩多半列在乙等以上。

日月如梭,不久圣诞节就到了。圣诞前夕,我独自在一家餐馆里吃晚餐。菜比初到旧金山那一天好得多,花的钱,不必说,也非那次可比。饭后上街闲游,碰到没有拉起窗帘的人家,我就从窗户眺望他们欢欣团聚的情形。每户人家差不多都有满饰小电灯或蜡烛的圣诞树。

大除夕,我和几位中国同学从卜技利渡海到旧金山。从渡轮上可以远远地看到对岸的钟楼装饰着几千盏电灯。上岸后,发现旧金山到处人山人海。码头上候船室里的自动钢琴震耳欲聋。这些钢琴只要投下一枚镍币就能自动弹奏。我随着人潮慢慢地在大街上闲逛,耳朵里满是小喇叭和小鼗鼓的嘈音,玩喇叭和鼗鼓的人特别喜欢凑着漂亮的太太小姐们的耳朵开玩笑,这些太太小姐们虽然耳朵吃了苦头,但仍然觉得这些玩笑是一种恭维,因此总是和颜悦色地报以一笑。空中到处飘扬着五彩纸条,有的甚至缠到人们的颈上。碎花纸像彩色的雪花飞落在人们的头上。我转到唐人街,发现成群结队的人在欣赏东方色彩的橱窗装饰。噼噼啪啪的鞭炮声,使人觉得像在中国过新年。

午夜钟声一响,大家一面提高嗓门大喊:"新年快乐!"一面乱揿汽车喇叭或者大摇响铃。五光十色的纸条片更是漫天飞舞。这是我在美国所过的第一个新年。美国人的和善和天真好玩使我留下深刻的印象。在他们的欢笑嬉游中可以看出美国的确是个年轻的民族。

那晚回家时已经很迟,身体虽然疲倦,精神却很轻松,上床后一直睡到第二天日上三竿起身。早饭后,我在卜技利的住宅区打了个转。住宅多半沿着徐缓的山坡建筑,四周则围绕着花畦和草地。玫瑰花在加州温和的冬天里到处盛开着,卜技利四季如春,通常长空蔚蓝不见朵云。很像云南的昆明、台湾的台南,而温度较低。

新年之后,我兴奋地等待着加大第二个学期在2月间开学。心中满怀希望,我对语言的学习也加倍努力。快开学时,我以上海南洋公学的学分申请入学,结果获准进入农学院,以中文学分抵补了拉丁文的学分。

我过去的准备工作偏重文科方面，结果转到农科，我的动机应该在这里解释一下。我转农科并非像有些青年学生听天由命那样的随便，而是经过深思熟虑才慎重决定的。我想，中国既然以农立国，那么只有改进农业，才能使最大多数的中国人得到幸福和温饱。同时我幼时在以耕作为主的乡村里生长，对花草树木和鸟兽虫鱼本来就有浓厚的兴趣。为国家，为私人，农业都似乎是最合适的学科。此外我还有一个次要的考虑，我在孩提时代身体一向羸弱，我想如果能在田野里多接触新鲜空气，对我身体一定大有裨益。

第一学期选的功课是植物学、动物学、生理卫生、英文、德文和体育。除了体育是每周六小时以外，其余每科都是三小时。我按照指示到大学路一家书店买教科书。我想买植物学教科书时，说了半天店员还是听不懂，后来我只好用手指指书架上那本书，他才恍然大悟。原来植物学这个名词的英文字（botany）重音应放在第一音节，我却把重音念在第二音节上去了。经过店员重复一遍这个字的读音以后，我才发现自己的错误。买了书以后心里很高兴，既买到书，同时又学会一个英文字的正确发音，真是一举两得。后来教授要我们到植物园去研究某种草木，我因为不知道植物园（botanical garden）在哪里，只好向管清洁的校工打听。念到植物园的植物这个英文字时，我自作聪明把重音念在第一音节上，我心里想，"植物学"这个英文字的重音既然在第一音节上，举一反三，"植物园"中"植物"一字的重音自然也应该在第一音节上了。结果弄得那位工友瞠目不知所答。我只好重复了一遍，工友揣摩了一会儿之后才恍然大悟。原来是我举一反三的办法出了毛病，"植物（的）"这个字的重音却应该在第二音节上。

可惜当时我还没有学会任何美国的俚语村言，否则恐怕"他×的"一类粗话早已脱口而出了。英文重音的捉摸不定曾经使许多学英文的人伤透脑筋。固然重音也有规则可循，但是每条规则总有许多例外，以致例外的反而成了规则。因此每个字都得个别处理，要花很大工夫才能慢慢学会每个字的正确发音。

植物学和动物学引起我很大的兴趣。植物学教授在讲解显微镜用法时曾说过笑话："你们不要以为从显微镜里可以看到大如巨象的苍蝇。事实上，你们恐怕连半只苍蝇腿都看不到呢！"

我在中国读书时，课余之暇常常喜欢研究鸟兽虫鱼的生活情形，尤其在私塾时代，一天到晚死背枯燥乏味的古书，这种肤浅的自然研究正可调节一下单调的生活，因而也就慢慢培养了观察自然的兴趣，早年的即兴观察和目前对动植物学的兴趣，有一个共通的出发点——好奇，最大的差别在于使用的工具。显微镜是眼睛的引申，可以使人看到肉眼无法辨别的细微物体。使用显微镜的结果，使人发现多如繁星的细菌。望远镜是眼睛的另一种引申，利用望远镜可以观察无穷无数的繁星。我渴望到黎克天文台去见识见识世界上最大的一具望远镜，但是始终因故不克遂愿。后来花了二毛五分钱，从街头的一架望远镜去眺望行星，发现银色的土星带着耀目的星环，在蔚蓝的天空中冉冉移动，与学校里天体挂图上所看到的一模一样。当时的经验真是又惊又喜。

在农学院读了半年，一位朋友劝我放弃农科之类的实用科学，另选一门社会科学。他认为农科固然重要，但是还有别的学科对中国更重要。他说，除非我们能参酌西方国家的近代发展来解决政治问题和社会问题，那么农业问题也就无法解决。其次，如果不改修社会科学，我的眼光可能就局限于实用科学的小圈子，无法了解农业以外的重大问题。

我曾经研究过中国史，也研究过西洋史的概略，对各时代各国国力消长的情形有相当的了解，因此对于这位朋友的忠告颇能领略。他的话使我一再考虑，因为我已再度面临三岔路口，迟早总得有个决定。我曾经提到，碰到足以影响一生的重要关头，我从不轻率作任何决定。

一天清早，我正预备到农场看挤牛奶的情形，路上碰到一群蹦蹦跳跳的小孩子去上学。我忽然想起：我在这里研究如何培育动物和植物，为什么不研究研究如何作育人材呢？农场不去了，一直跑上卜技利的山头，坐在一棵古橡树下，凝望着旭日照耀下的旧金山和金门港口的美景。脑子里思潮起伏，细数着中国历代兴衰的前因后果。忽然之间，眼前恍惚有一群天真烂漫的小孩，像凌波仙子一样从海湾的波涛中涌出，要求我给他们读书的学校，于是我毅然决定转到社会科学学院，选教育为主科。

从山头跑回学校时已近晌午，我直跑到注册组去找苏顿先生，请求从农学院转到社会科学学院。经过一番诘难和辩解，转院总算成功了。从1909年秋天起，我开始选修逻辑学、伦理学、心理学和英国史，我的大学生涯也从此步入正途。

岁月平静而愉快地过去，时间之沙积聚的结果，我的知识也在大学的学术气氛下逐渐增长。

从逻辑学里我学到思维是有一定的方法的。换一句话说，我们必须根据逻辑方法来思考。观察对于归纳推理非常重要，因此我希望训练自己的观察能力。我开始观察校园之内，以及大学附近所接触到的许许多多事物。母牛为什么要装铃？尤加利树的叶子为什么垂直地挂着？加州的罂粟花为什么都是黄的？

有一天早晨，我沿着卜技利的山坡散步时，发现一条水管正在汨汨流水。水从哪里来的呢？沿着水管找，终于找到了水源，我的心中也充满了童稚的喜悦。这时我已到了相当高的山头，我很想知道山岭那一边究竟有些什么。翻过一山又一山，发现这些小山简直多不胜数。越爬越高，而且离住处也越来越远。最后只好放弃初衷，沿着一条小路回家。归途上发现许多农家，还有许多清澈的小溪和幽静的树林。

这种漫无选择的观察，结果自然只有失望。最后我终于发现，观察必须有固定的对象和确切的目的，不能听凭兴之所至乱观乱察。天文学家观察星球，植物学家则观察草木的生长。后来我又发现另外一种称为实验的受控制的观察，科学发现就是由实验而来的。

念伦理学时，我学到道德原则与行为规律的区别。

道德原则可以告诉我们，为什么若干公认的规律切合某阶段文化的需要；行为规律只要求大家遵守，不必追究规律背后的原则问题，也不必追究这些规律与现代社会的关系。

在中国，人们的生活是受公认的行为规律所规范的。追究这些行为规律背后的道德原则时，我的脑海里马上起了汹涌的波澜。一向被认为最终真理的旧有道德基础，像遭遇地震一样开始摇摇欲坠。同时，赫利·奥佛斯屈里特（Harry Overstreet）教授也给了我很大的启示。传统的教授通常只知道信仰公认的真理，同时希望他的学生们如此做。奥佛斯屈里特教授的思想却特别敏锐，因此促使我探测道德原则的基石上的每一裂缝。我们上伦理学课，总有一场热烈的讨论。我平常不敢参加这些讨论，一方面由于我英语会话能力不够，另一方面是由于自卑感而来的怕羞心理。因为1909年前后是中国现代史上最黑暗的时期，而且我们对中国的前途也很少自信。虽然不参加讨论，听得却很用心，很像一只聪明伶俐的小狗竖起耳朵听它主人说话，意思是懂了，嘴巴却不能讲。

我们必须读的参考书包括柏拉图、亚里士多德、约翰福音和奥里留士等。念了柏拉图和亚里士多德之后，使我对希腊人穷根究底的头脑留有深刻的印象。我觉得四书富于道德的色彩，希腊哲学家却洋溢着敏锐的智慧。这印象使我后来研究希腊史，并且做了一次古代希腊思想和中国古代思想的比较研究。研究希腊哲学家的结果，同时使我了解希腊思想在现代欧洲文明中所占的重要地位，以及希腊文被认为自由教育不可缺少的一部分的原因。

读了《约翰福音》之后，我开始了解耶稣所宣扬的爱的意义。如果撇开基督教的教条和教会不谈，这种"爱敌如己"的哲学，实在是最高的理想。如果一个人真能爱敌如己，那么世界上也就不会再有敌人了。

"你们能够做到爱你们的敌人吗？"教授向全班发问，没有人回答。

"我不能够，"那只一直尖起耳朵谛听的狗吠了。

"不能够？"教授微笑着反问。

我引述了孔子所说的"以直报怨，以德报德"作答。教授听了以后插嘴说："这也很有道理啊，是不是？"同学们没有人回答。下课后一位年轻的美国男同学过来拍拍我的肩膀说："爱敌如己！吹牛，是不是？"

奥里留士的言论很像宋朝哲学家。他沉思默想的结果，发现理智是一切行为的准则。如果把他的著述译为中文，并把他与朱儒相提并论，很可能使人真伪莫辨。

　　对于欧美的东西，我总喜欢用中国的尺度来衡量。这就是从已知到未知的办法。根据过去的经验，利用过去的经验获得新经验也就是获得新知识的正途。譬如说，如果一个小孩从来没有见过飞机，我们可以解释给他听，飞机像一只飞鸟，也像一只长着翅膀的船，他就会了解飞机是怎么回事。如果一个小孩根本没有见过鸟或船，使他了解飞机可就不容易了。一个中国学生如果要了解西方文明，也只能根据他对本国文化的了解。他对本国文化的了解愈深，对西方文化的了解愈易，根据这种推理，我觉得自己在国内求学时，常常为读经史子集而深夜不眠，这种苦功总算没有白费，我现在之所以能够吸收、消化西洋思想，完全是这些苦功的结果。我想，我今后的工作就是找出中国究竟缺少些什么，然后向西方吸收所需要的东西。心里有了这些观念以后，我渐渐增加了自信，减少了羞怯，同时前途也显得更为光明。

　　我对学问的兴趣很广泛，选读的功课包括上古史、英国史、哲学史、政治学，甚至译为英文的俄国文学。托尔斯泰的作品更是爱不释手，尤其是《安娜·卡列尼娜》和《战争与和平》。我参加过许多著名学者和政治家的公开演讲会，听过桑太耶那、泰戈尔、大卫、斯坦、约登、威尔逊（当时是普林斯顿校长）以及其他学者的演讲。对科学、文学、艺术、政治和哲学我全有兴趣。也听过塔虎脱和罗斯福的演说。罗斯福在加大希腊剧场演说的，曾经说过："我攫取了巴拿马运河，国会要辩论，让它辩论就是了。"他演说时的强调语气和典型姿势，至今犹历历可忆。

中国的传统教育似乎很褊狭，但是在这种教育的范围之内也包罗万象。有如百科全书，这种表面褊狭的教育，事实上恰是广泛知识的基础。我对知识的兴趣很广泛，可能就是传统思想训练的结果。中国古书包括各方面的知识，例如历史、哲学、文学、政治经济、政府制度、军事、外交等等，事实上绝不褊狭。古书之外，学生们还接受农业、灌溉、天文、数学等实用科学的知识。可见中国的传统学者绝非褊狭的专家，相反地，他具备学问的广泛基础。除此之外，虚心追求真理是儒家学者的一贯目标，不过，他们的知识只限于书本上的学问，这也许是他们欠缺的地方。在某一意义上说，书本知识可能是褊狭的。

幼时曾经读过一本押韵的书，书名《幼学琼林》，里面包括的问题非常广泛,从天文地理到草木虫鱼无所不包,中间还夹杂着城市、商业、耕作、游记、发明、哲学、政治等等题材。押韵的书容易背诵,到现在为止,我仍旧能够背出那本书的大部分。

卜技利的小山上有满长青苔的橡树和芳香扑鼻的尤加利树;田野里到处是黄色的罂粟花;私人花园里的红玫瑰在温煦的加州太阳下盛放着。这里正是美国西部黄金世界。本地子弟的理想园地。我万幸得享母校的爱护和培育,使我这个来自东方古国的游子得以发育成长,衷心铭感,无以言宣。

加州气候冬暖夏凉,四季如春,我在这里的四年生活确是轻松愉快。加州少雨,因此户外活动很少受影响。冬天虽然有阵雨,也只是使山上的青草变得更绿,或者使花园中的玫瑰花洗涤得更娇艳。除了冬天阵雨之外,几乎没有任何恶劣的气候影响希腊剧场的演出,剧场四周围绕着密茂的尤加利树。莎翁名剧、希腊悲剧、星期演奏会和公开演讲会都在露天举行。离剧场不远是运动场,校际比赛和田径赛就在那里举行。青年运动员都竭其全力为他们的母校争取荣誉。美育、体育和智育齐头并进。这就是古希腊格言所称"健全的心寓于健全的身"——这就是古希腊格言的实践。

在校园的中心矗立着一座钟楼,睥睨着周围的建筑。通到大学路的大门口有一重大门,叫"赛色门",门上有许多栩栩如生的浮雕裸像。这些裸像引起许多女学生的家长抗议。我的伦理学教授说:"让女学生们多看一些男人的裸体像,可以纠正她们忸怩作态的习惯。"老图书馆(后来拆除改建为陀氏图书馆)的阅览室里就有维纳斯以及其他希腊女神裸体的塑像。但是男学生的家长从未有过批评。我初次看到这些希腊裸体人像时,心里也有点疑惑,为什么学校当局竟把这些"猥亵"的东西摆在智慧的源泉。后来,我猜想他们大概是要灌输"完美的思想寓于完美的身体"的观念。在希腊人看起来,美丽、健康和智慧是三位一体而不可分割的。

橡树丛中那次《仲夏夜之梦》的演出,真是美的极致。青春、爱情、美丽、欢愉全在这次可喜的演出中活生生地表现出来了。

学校附近有许多以希腊字母做代表的兄弟会和姊妹会。听说兄弟会和姊妹会的会员们欢聚一堂,生活非常愉快。我一直没有机会去做客。后来有人约我到某兄弟会去做客,但是附带一个条件——我必须投票选举这个兄弟会的会员出任班主席和其他职员。事先，他们曾经把全班同学列一名单，碰到可能选举他们的对头人，他们就说这个"要不得"，同时在名字上打上叉。

我到那个兄弟会时，备受殷勤招待，令人没齿难忘。第二天举行投票，为了确保中国人一诺千金的名誉，我自然照单圈选不误，同时我也很高兴能在这次竞选中结交了好几位朋友。

选举之后不久，学校里有一次营火会。究竟庆祝什么却记不清楚了。融融的火光照耀着这班青年的快乐面庞。男男女女齐声高歌。每一支歌结束时，必定有一阵呐喊。木柴的爆烈声，女孩子吃吃的笑声和男孩子的呼喊声，至今犹在耳际萦绕。我忽然在火光烛照下邂逅一位曾经受我一票之赐的同学。使我大出意外的是这位同学竟对我视若路人，过去的那份亲热劲儿不知哪里去了！人情冷暖，大概就是如此吧！他对我的热情，我已经以"神圣的一票"来报答，有债还债，现在这笔账已经结清，谁也不欠谁的。从此以后，我再也不拿选举交换招待，同时在学校选举中从此没有再投票。

在"北楼"的地下室里，有一间学生经营的"合作社"，合作社的门口挂着一块牌子，上面写着："我们相信上帝，其余人等，一律现钱交易。"合作社里最兴隆的生意是五分钱一个的热狗，味道不错。

学校里最难忘的人是哲学馆的一位老工友，我的先生、同学们也许已经忘记他，至少我始终忘不了。他个子高而瘦削，行动循规蹈矩。灰色的长眉毛几乎盖到眼睛，很像一只北京叭儿狗，眼睛深陷在眼眶里。从眉毛下面，人们可以发现他的眼睛闪烁着友善而热情的光辉。我和这位老工友一见如故，下课以后，或者星期天有空，我常常到地下室去拜访他，他从加州大学还是一个小规模的学校时开始，就一直住在那地下室里。

他当过兵，曾在内战期间在联邦军队麾下参加许多战役。他生活在回忆中，喜欢讲童年和内战的故事。我从他那里获悉早年美国的情形。这些情形离现在将近百年，许多情形与当时中国差不多，某些方面甚至还更糟。他告诉我，他幼年时美国流通好几种货币：英镑、法郎，还有荷兰盾。现代卫生设备在他看起来一文不值。有一次他指着一卷草纸对我说："现代的人虽然有这些卫生东西，还不是年纪轻轻就死了。我们当时可没有什么卫生设备，也没有你们所谓的现代医药。你看我，我年纪这么大，身体多健康！"他直起腰板，挺起胸脯，像一位立正的士兵，让我欣赏他的精神体魄。

西点军校在他看起来也是笑话，"你以为他们能打仗呀？那才笑话！他们全靠几套制服撑场面，游行时他们穿得倒真整齐。但是说到打仗——差远了！我可以教教他们。有一次作战时，我单枪匹马就把一队叛军杀得精光，如果他们想学习如何打仗，还是让他们来找我吧！"

虽然内战已经结束那么多年，他对参加南部同盟的人却始终恨之入骨。他说，有一次战役结束之后，他发现一位敌人受伤躺在地上，他正预备去救助。"你晓得这家伙怎么着？他一枪就向我射过来！"他瞪着两只眼睛狠狠地望着我，好像我就是那个不知好歹的家伙似的。我说："那你怎么办？""我一枪就把这畜生当场解决了。"他回答说。

这位军人出身的老工友，对我而论，是加州大学不可分的一部分，他自己也如此看法，因为他曾经亲见加大的发育成长。

（选自蒋梦麟《西潮》，天津教育出版社，2008年）

牛津的书虫

许地山

> 许地山（1893—1941），小说家、道教史研究者，1923年至1924年留学美国，在哥伦比亚大学学习印度宗教，获硕士学位，1925年至1926年留学牛津大学学习宗教学，获文学硕士学位。

牛津实在是学者的学国，我在此地两年的生活尽用于波德林图书馆、印度学院、阿克关屋（社会人类学讲室），及曼斯斐尔学院中，竟不觉归期已近。

同学们每叫我做"书虫"，定蜀尝鄙夷地说我于每谈论中，不上三句话，便要引经据典，"真正死路"！刘锴说："你成日读书，睇读死你嚟呀！"书虫诚然是无用的东西，但读书读到死，是我所乐为。假使我的财力、事业能够容允我，我诚愿在牛津做一辈子的书虫。

我在幼时已决心为书虫生活。自破笔受业直到如今，二十五年间未尝变志。但是要做书虫，在现在的世界本不容易。需要具足五个条件才可以。五件者：第一要身体康健；第二要家道丰裕；第三要事业清闲；第四要志趣淡薄；第五要宿慧超越。我于此五件，一无所有！故我以十年之功只当他人一夕之业。于诸学问、途径还未看得清楚，何敢希望登堂入室？但我并不因我的资质与境遇而灰心，我还是抱着读得一日便得一日之益的心志。

为学有三条路向：一是深思，二是多闻，三是能干。第一途是做成思想家的路向；第二是学者；第三是事业家。这三种人同是为学，而其对于同一对象的理解则不一致。譬如有人在居庸关下偶然捡起一块石头，一个思想家要想它怎样会在那里，怎样被人捡起来，和它的存在的意义。若是一个地质学者，他对于那石头便从地质方面原原本本地说。若是一个历史学者，他便要探求那石与过去史实有无的关系。若是一个事业家，他只想着要怎样利用那石而已。三途之中，以多闻为本。我邦先贤教人以"博闻强记"，及教人"不学而好思，虽知不广"的话，真可谓能得为学的正谊。但在现在的世界，能专一途的很少。因为生活上等等的压迫，及种种知识上的需要，使人难为纯粹的思想家或事业家。假使苏格拉底生于今日的希腊，他难免也要写几篇关于近东问题的论文投到报馆里去卖几个钱。他也得懂得一点汽车、无线电的使用方法。也许他也会把钱财存在银行里。这并不是因为"人心不古",乃是因为人事不古。近代人需要等等知识为生活的资助,大势所趋,必不能在短期间产生纯粹的或深邃的专家。故为学要先多能,然后专攻,庶几可以自存,可以有所贡献。吾人生于今日,对于学问,专既难能,博又不易,所以应于上列"三途"中至少要兼"二程":兼多闻与深思者为文学家;兼多闻与能干的为科学家。就是说一个人具有学者与思想家的才能,便是文学家;具有学者与专业家的功能的,便是科学家。文学家与科学家同要具学者的资格所不同者,一是偏于理解,一是偏于作用;一是修文,一是格物(自然我所用科学家与文学家的名字是广义的)。进一步说,舍多闻既不能有深思,亦不能生能干,所以多闻是为学根本。多闻多见为学者应有的事情,如人能够做到,才算得过着书虫的生活。当彷徨于学问的歧途时,若不能早自决断该向哪一条路走去,他的学业必致如荒漠的砂粒,既不能长育生灵,又不堪制作器用。即使他能下笔千言,必无一字可取。纵使他能临事多谋,必无一策能成。我邦学者,每不善于过书虫生活，在歧途上既不能慎自抉择，复不虚心求教；过得去时，便充名士；过不去时，就变劣绅，所以我觉得留学而学普通知识，是一个民族最羞耻的事情。

我每觉得我们中间真正的书虫太少了。这是因为我们当学生的多半穷乏，急于谋生，不能具足上说五种求学条件所致。从前生活简单，旧式书院未变学堂的时代，还可以希望从领膏火费的生员中造成一二。至于今日的官费生或公费生，多半是虚掷时间和金钱的。这样的光景在留学界中更为显然。

牛津的书虫很多，各人都能利用他的机会去钻研，对于有学无财的人，各学院尽予津贴，未卒业者为"津贴生"，已卒业者为"特待校友"，特待校友中有一辈以读书为职业的。要有这样的待遇，然后可产出高等学者，在今日的中国要靠著作度日是绝对不可能的，因社会程度过低，还养不起著作家。……所以著作家的生活与地位在他国是了不得，在我国是不得了！著作家还养不起，何况能养在大学里以读书为生的书虫？这也许就是中国的"知识阶级"不打而自倒的原因。

（选自许地山《空山灵雨》，商务印书馆，1925年）

在康奈尔的几年[*]

赵元任

> 赵元任（1892—1982），现代语言学家，1910年至1918年留学美国，在康奈尔大学、哈佛大学等学校学习数学以及哲学等。1918年获哈佛大学哲学博士学位。

我们到达旧金山，正赶上看庆祝加州于1910年加入联邦日（Festivities of the California Admission Day）。当时我得到的对美国印象和以后我在纽约州绮色佳城（Ithaca）所见到的，颇不相同。我们这批清华学生由蒋梦麟等人来接，梦麟那时是加州大学四年级学生。我被安顿在斯托克顿（Stockton）街的东方旅馆（Oriental Hotel）。他们引导我们去看旧金山的景色，包括1906年大地震尚未清除的废墟——不对，他们一向管那次地震称为"大火"。

不久我们这批人便被分成较小单位，分别送往各

---

[*] 本文原为英文写作，译者张源。

大学，大多在东部各州。我们搭乘横越大陆的火车去到水牛城（Buffalo），然后换车到绮色佳，由一位高年级生金邦正（后为清华学校校长）来接。以前选送的第一批清华学生，大多数送到高中读书，他们觉得高中课程太过浅显，这是北京政府的错误。这次，我们全部送到大学，有些人甚至被承认具有稍高学分。我和另外十三位中国学生，获准进入康奈尔大学，做一年级生，包括胡适（当时英名为 suh Hu）和周仁，1973 年我到上海曾见到周仁，最近他逝世了。

我对绮色佳的第一印象是根本不像美国。以前我认为美国应该像明信片上所印的一排一排的高楼大厦，如波士顿毕康街（Beacon street）出售的明信片，可是在这里，除了校园内的大楼外，所有房屋都是木造的——我称之为小茅舍。唯我习惯于绮色佳的生活，一连四年住在那里，甚至未去过纽约市。

我住的第一个处所是林登道（Linden Avenue）127 号一家寄宿舍，位于山下，距离校园多数建筑物约一英里之遥。后来我迁到卡斯卡迪拉馆（Cascadilla Hall），和我住同房间的是胡达（明复），我和他相互学方言。他是无锡人，在我家乡常州以东三十英里。外人很难分别出这两种口音，因为太近似了。胡家人那时我认识的颇有几位：明复的哥哥胡敦复1909年在康奈尔毕业，是护送我们去美的三位监督之一；他俩的远房堂兄弟胡宪生1914年毕业；我们同班的胡适（和上述三胡无亲属关系）。因之颇有一段时期，我们的朋友难以分辨出胡是哪个胡（译者按：原文为Hu was Hu，与who's who声音相似）。以后在哈佛，和我住同房间的是敦复、明复的远房堂兄弟胡正祥。

在康奈尔的生活，我可以引述我一天的日记。和通常一样，每个人都写文言文，甚至用文言文翻译英文，如went downtown to get eyeglasses译为"至下城取目镜"。以下是1910年9月30日我的日记：

学校今日开学。七时起床。八时前不久（图书馆塔楼上的）悦耳钟声响起。第一课解析几何在怀特馆（White Hall）二十四室上课，史奈德（Virgil Snyder）教授提纲挈领，解释详明。胡明复与周仁及王预同在一班。第一课后，余至史密斯馆（Goldwin Smith Hall）一八三室上德文课，由波卜（R. P. Pope）教授讲解德文字母与发音。中午，校长舒尔曼（J. G. Schurman）对全体学生讲话。午饭后,去十号物理实验室,唯贴有通告,谓第一次集会于下周一举行。下午,划妥表格以志已做之工作。晚餐后,去(此处脱落一字)散步。晚读德文及演习解析几阿。十一时就寝。

由于胡敦复对我解释过纯科学与实用科学的区别,于是我集中心力主要在数学与物理上,唯我得要满足课业分散的通常需要,我选修了美国史等课程,美国史我得了六十八分,是我做学生以来最低的分数。我得的最高分是数学得了两个一百分、一个得了九十九分,另外天文学得了一百分。若干年后,听说我仍然保持康奈尔历史上平均成绩的最高纪录。

1912 年 5 月 29 日日记,记有我的课程表如下:

课 程	教 师	时数
现代哲学之发展(Develop. of Mod. Philos.)	克雷顿教授(Prof. J. E. Creighton)	2
逻辑及形而上学研究(Seminar in Logic & Metaph.)	同上	2
机械之设计与建造(Design & Construction of Apparatus)	莫拉尔教授(Prof. G. S. Molar)	2

实验物理最近之进展（Recent Adv. in Exp. Physics）	墨瑞特教授（Prof. Ernest Merritt）	1
机械学与热力学（Mechanic & Thermodynamics）	同上	4
有限群理论（Theory of Finite Groups）	侯维兹博士（Dr. W. A. Hurwitz）	3
系统心理学（Sys. Psych.）	魏陆德博士（Dr. H. P. Weld）	3
音韵学（Phonetics）	戴维森教授（Prof. Hermann Davidsen）	$\frac{1}{18}$

在大学上课数以百计的小时中，据我记忆所及，最富刺激性的一刻是1910年10月6日在洛克菲勒馆（Rockefeller Hall）所做宇宙引力的全班实验。我在中国高等学堂学过重力和引力，唯宇宙引力的说法，即所有物体彼此吸引，在论及巨大物体和行星围绕太阳运转时，只是一种理论而已。这次，教授让我们看到物体相吸简单明了的事实。这项实验称为卡文迪石（Cavendish）试验，两个重铅球相距数英寸排列，在两球之间，用微小扭秤（torsion balance）悬挂另外两个小金属球，在细吊绳上装以反射镜。小球位在一条直线上，该直线与连接两铅球之线成直角。尼柯斯

（E. L. Nichols）教授先对我们解说，然后移动两铅球数英寸，一铅球移近一小球，另一铅球移近另一小球，宇宙引力使得扭秤摆动，而致反射光点在墙壁上移动。这种移动情形只能在几秒钟内看到。我们兴奋地在地板上跺脚，这种动作是我到绮色佳不久后学到的。直到今天，我仍然觉得那次实验——宇宙引力是我所看到的最动人的一次物理实验。

我本来主修数学的，可是从上列的课程表，可以看出我选修的物理课程如不比数学课程多，至少也相等。在我读大学的初期，我的兴趣已扩及语言、哲学和音乐。

如我常说的，近几十年来我的主要职业是在语言方面，与其说是改变初衷，毋宁说是回到旧好。在"早年回忆"中我叙述过我对中国各地方言颇有兴趣。所以这次我修毕康奈尔需要的语文学分后，我又主动从宾州史克兰顿城（Scranton Pa.）的国际函授学校学习法文。那真是一所学校，因为他们不只供应详尽的课本，还给你留声机片——在那年代用的是腊筒。在空白腊筒上我不但可听，且可用他们供给的设备在未录音的留声机片上，录下练习，送到学校改正。不幸有一次练习未寄回来，后来我读到国际函授学校已处于破产境地（I. C. S. was in receivership）。那时是"世界语运动"的初期，我加入了"世界语俱乐部"，为其活跃分子。我的中国同学之一吴康，自名为 Solvisto K. Wu，也这样签名。我的年长朋友胡敦复后来做（上海）大同大学校长，称自己的学校为"乌托邦大学"（Universitato Utopia）。我对语言学发生浓厚兴趣是在选修戴维森教授所教音韵学之后。学了国际音韵字母，使我大开眼界，也大开耳界。以后在哈佛大学我选修更多音韵学课程，兴趣更为提高。

我对哲学方面兴趣也不小，在康奈尔第一年，兴趣就从数学转移到哲学。哲学入门是齐莱（Frank Thilly）教授教的；客座讲师协佛（Visiting Lecturer Henry M. Sheffer）给我留下深刻印象，我觉得他讲的课值得"彻底享受"（1912年2月12日日记）。后来协佛在哈佛指导我写博士论文。克雷顿教授教导我逻辑学和其他课程。1913年5月10日晨，天气异乎寻常的冷，教室内温度是华氏四十度，克教授一面试探微温的散热器，一面举首看窗外，顺便以实用主义对理想主义的口吻说："我们需要的不是更多的光线，而是更多的热。"博得满堂——课堂也——彩。

在校内及校外，均使我提高对音乐的兴趣。在林登道安顿后不久，我以二百二十元买了一架二手货钢琴（原价三百五十元），分期付款，每月付三元五角。清华奖学金一个月只有六十元，全部开支（包括学费）包括在内。可是那个年头，物价便宜，我们付女房东膳宿费三元五角，早餐竟可吃到牛排大餐。现在回头来再说音乐。我常去听音乐会及私人演奏，诸如弦乐四重奏的崔沃（J. E. Trevor）教授、侯维兹（W. A. Hurwitz）博士、同学卡甫（Isidor Karp）和波飞（Perfy）先生。有些学生对于音乐兴趣极大，自排队购买每年一度"节日音乐会"（Festival Concerts）季票一事，可见一斑。有一次我清晨4时即起床，到毛瑞尔馆（Morrill Hall）前等候开始售票，唯仍排到第三十名。又有一次我凌晨2点钟就到毛瑞尔馆排队，然后由邹秉文（1915班）接班，我回去睡觉，6点半我又去接替他，等候买季票。我经常去听每周在圣家堂（Sage Chapel）的风琴演奏会。第一次演奏的是姜斯东（Edward Johnstone），我跟他学谱曲；第二位是括尔斯（James T. Quarles）。我在日记上说，括尔斯教授奏的"罗科哉进行曲"（Rockoczy March）远不如姜斯东奏得好，唯括尔斯则是一位好教师。我跟他学弹钢琴与和声。我将中国一首老调"老八板"谱了和声，他于1914年5月18日风琴演奏会上予以演奏,那是我的"作品"第一次公开表演。我在日记中说"听起来非常美好"。我第一次印行的曲谱是"和平进行曲"(March of Peace),刊在1915年在上海出版的(中文)《科学》第一卷第一期一百二十一页,那首曲子像以后多数我谱的曲子一样,完全是东方格调。我的另一位钢琴教师是宋尼亚·席佛曼(Sonya Paeff Silverman),她是我数学老师路易·席佛曼(Louis Silverman)的太太。上文提到我数学两门学科得了一百分,其中一门是"方程论",我想就是他给的。我从席佛曼太太先学弹"布尔格弥勒一百首"(Burgmuller 100),然后学弹莫扎特的奏鸣曲(Mozart's sonatas)。时至今日,尽管常弹贝多芬和萧邦的曲子,而少练习布尔格弥勒,我的手指仍照着布尔格弥勒曲谱滑动。我和席佛曼一家的关系继续了另一个世代。起初,在席佛曼太太指示给我看,某些调子该如何在钢琴弹奏时,我用奶瓶为小拉费尔(Raphael)喂奶。拉费尔长大以后以奚礼尔(Raphael Hillyer)之名为邱拉德四重奏(Juillard Quartet)的大提琴手,演奏多年。1943年他在哈佛选修我的粤语课程。一天,我带领全班同学到波士顿侨香餐馆(Joy Hong Restaurant),侍者用广州话问他:"先生,你是什么时候从中国回来的?"他的音调感一定对他学习九种广州音,颇有帮助。

我叙述在常州和南京读书的那几年,曾说我看西方小说中译本,大多在中国,出国之后,从未看过任何小说;唯我对于各种课外读物,以及到戏院观剧则颇有兴趣。米尔(John Stuart Mill)的《自传》和福兰克林(Benjamin Franklin)的《自传》给我留下极深印象,想要像他们那样生活。以后候维兹教授介绍我看《奇异国》(Wonderland)丛书的奇妙世界,我被这些书吸引住,看上了瘾,没有几年,我便将加洛尔(Lewis Carroll)所写的两部名著译成中文:《阿丽思漫游奇境记》(Alice in Wonderland),1922年上海出版;《走到镜子里》(Through the Looking Glass),1938年在上海排版。我常去看戏,但从未喜好过歌剧。我常常觉得在歌剧里,音乐搅扰了动作,动作又搅扰了音乐,可是爱好歌剧的人则觉得两者相辅相成。我喜欢看电影和话剧,像买"节日音乐会"入场券一样,我也排队买罗伯森(Forbes Robertson)演的《哈姆雷特》(Hamlet)话剧。我对戏剧兴趣这样浓厚以致加入中国学生戏剧活动,英文教授桑浦生(M. W. Sampson)曾指导我们演出邓桑尼爵士(Lord Dunsany)撰写的

《失掉的帽子》（*The Lost Hat*）。我甚至试写剧本，那是一出独幕剧，名为《挂号信》（*The Hang-Number Letter*），大意是说中国学生在美国讲英文的苦恼。这是我写的而在舞台上演的第一个剧本，唯系由学生主办。

在康奈尔大学的中国学生创办《科学》月刊以后，需要远较严肃的写作。这个刊物后来成为一项重要的事业，值得在此叙述一下创办的经过。1914年6月10日，我在日记上写道："晚间去任鸿隽（叔永）房间热烈商讨组织科学社出版月刊事。"我们都用文言撰文，安排《科学》月刊在上海出版，由朱少屏先生任总编辑。第一期于1915年1月出版，共一百二十一页，十一篇文章、科学消息，和一件附录，即我作的"和平进行曲"。除出版月刊外，不久又组织了"中国科学社"，以任鸿隽为会长，杨铨（杏佛）为编辑。因为这个月刊不似《东方杂志》那样大众化的刊物，我们得要用从奖学金中特别节省下来的钱，支持这个刊物。有一段时间，我以汤和苹果饼做午餐，以致得了营养不良症。可是不久，这个刊物发展成为组织完善的科学社，当其多数在美活跃会员毕业回国之后，科学社迁到上海，继续发扬光大，直到1950年左右，别的同类刊物使其无必要（如任鸿隽所说）倡导科学的重要性。

除了在上海出版《科学》外，我和中国的联系并不多，只经常和我堂表兄弟姊妹以及我最喜欢的姑母侬姑通信。那时中国最振奋的事件是1911年推翻帝制的革命。10月10日之后不久，同班同学王预叫住我说："好消息！好消息！"那是我第一次听到革命的事，我便提醒他在南京的时候，我们这些醉心革命的学生在追悼光绪皇帝和慈禧太后奉命"举哀"之际，实际高声大笑，因为我们全跪在祭坛前，没有人能听出有何不同。

那些年另一件重要大事是1914年的欧洲大战。我们并未认清那次战争的重要性，我在1914年7月31日的日记上只记"欧战迫近，何等荒谬！"继续忙于科学社开会等等。8月20日我记"见到飞机"，那些双翼飞机还不能用于作战。

除了编辑《科学》月刊等活动及听音乐会和看电影之外，在运动方面我也颇为活跃，中国学生很少有长的身高体壮足可加入美国队的，唯我们有自己的各项球队。"中国学生联盟"分东、西两部，东部包括中西部，每年夏季（有时还加冬季）举办一次讨论会，除讲演、音乐会及其他文化活动外，通常还有运动会。

1913年8月25日，我获一英里竞走冠军，成绩是十分四秒，那时的世界纪录是九分钟。1915年我又获胜，成绩是九分五十一秒，唯1918年切除盲肠后，便未获胜过。

在康奈尔的中国以及美国学生在运动方面表现颇佳。我们不但每星期须有两次走或慢跑两三英里，且必须能游泳六十英尺方可毕业，就是每天在校园走上走下也算是一项运动，特别是冬天在一英尺深的雪里跋涉。外国学生免除游泳的规定，但我仍然学会游泳。

溜冰是我们中国学生学习的另一项体育活动，琵琶湖（Beebe Lake）近在校园旁边。一种变态溜冰是从图书馆斜坡前冰冻的人行道上滑溜而下，学生多喜欢这么做。整个冬季，斜坡光滑如镜。出乎我们想象之外，出事率极低。

尽管纽约州中区气候严寒，我感冒的次数反比平常减少。我住进学校疗养院只有一两次。我听从校医韦礼斯（T. W. Willis）的劝告，镶上假牙，使得我健康有了进步，也对我的心理发生有利的影响。如前文所述，我年轻时候跌掉两颗门牙，以后便羞于言笑，别的孩童常取笑我说："谁拿走你的前门？"我讲话虽仍发音明晰，可是遇到f及唇音，我得以上唇盖住下齿，发出唇齿音，而非齿唇音。牙齿镶好之后，经过一段短时间才完全适应，我觉得我是一个勇敢的新人，完全具有面对世界的信心。

我在绮色佳时常长程散步，最长的一次是和任鸿隽、杨铨、邹秉文及其他人，于1913年7月20日往返陶哈欧瀑布（Taughanough Falls），来回二十三英里。初到美国四年之间，我从未离开绮色佳，直到1914年7月4日，我才搭乘火车前往水牛城，参观设在尼亚加拉瀑布城（Niagara Falls）的晒待得小麦公司（Shredded Wheat Co.）。我既然开始旅行，在寒暑假期总要长途旅游，有一次曾远至波士顿。

我在美国的第五年和前四年颇有不同，主要的变更是改变我的主修课程，从数学转到哲学，我获得哲学研究奖学金。我曾读过罗素（Bertrand Russell）的著作，我在1914年7月10日的日记上说罗素的《哲学论文集》（*Philosophical Essays*）"极符合我的想法"。我对柏拉图的《共和国》（*Republic*）和休谟的《论文集》（*Hume's Treatise*）等等，也曾多方涉猎。因为我一直选修哲学课程，我觉得转系并不是太大的改变，仍有余暇做课外活动，甚至在寒暑假出外旅行。1915年1月及2月，我去程奈塔代（Schenectady）拜访达维一家人（Wheeler P. Daveys）、通用电气公司（G. E. Co.）和联合学院（Union College）。这是我第一次拜访美国人家庭。在纽约中央大火车站（Grand Central Station），我的老同学路敏行来接我，并引导我各处观光。我参观了哥伦比亚大学，看了《莱茵的黄金》（*Rheingold*）——我第一次看的歌剧——《阿依达》（*Aida*），并听了一个交响乐团的音乐会（Philharmonic concert）。在候夫曼（Joseph Hoffman）钢琴演奏会上，坐在我旁边的女孩深受乐声感动，每演一曲后，她必悲伤叹气。我登上乌沃斯大厦（Woolworth Building），那时帝国大厦（Empire State Building）尚未建造，参观了格兰特（Grant）墓、水族馆及大都会博物馆，在布鲁克林（Brooklyn）桥上走了一段路，总而言之，像任何观光客一样，游历了纽约。我随后搭乘浮尔河轮船（Fall River Line）经由科德角运河（Cape Cod Canal）前往波士顿及剑桥。南京同学吴康来接，我和他已有四年未见。我晤见了数学教授韩廷顿（E. V. Huntington）和哲学教授伍德斯（J. H. Woods），这两人后来对我在哈佛学业助力颇大。这次我拜访的贝夫（Paeff）一家人，以后我常去走动，宋尼亚·贝夫(Sonia Paeff)在绮色佳曾教我弹钢琴（她丈夫是路易·席佛曼,我的数学教师),我多次看到她的姊妹,贝丝(Bessie)、安娜(Anna)和小"瑞娃"(拼为Reeva?),实际上是Reba,以后我称她为瑞葩。那一学年,除了正课之外,我读了许多罗素的著作。我写的一篇哲学论文,竟得了奖。中文《科学》月刊创刊号于二月出版后(上文谓于一月出版),我撰稿、编辑,颇为忙碌。四月,我从哈佛听到我获得了乔治与马莎·德贝哲学奖学金(George and Martha Derby Scholar)。6月1日,我在康奈尔上了最后一课——形而上学研讨。临行之前,我参加了1914年6月16日康奈尔第四十七届毕业典礼。在典礼中,还有在史密斯馆(Goldwin Smith Hall)前举行首任校长怀特(Andrew D. White)塑像揭幕式,怀特校长说,在自己塑像前讲演,颇觉尴尬。

在康奈尔大学待了四年没动以后,我才开始习惯到各地走动,在离开康奈尔去哈佛之后,我到各处旅行颇多。1915年夏,我和高班同学(康奈尔1912班)Robert W. King 拜访葛兰(Watkins Glen),后来在1938年抗日战争期间,我曾将日记和我拍摄的四千五百张照片从中国寄与我这位金(King)同学托他保管。在纽约时,胡适与我们的共同朋友威廉丝(Clifford

Williams）小姐请我晚餐，我第一次到哥伦比亚特区的华盛顿市，和清华学生监督黄佐庭以及后来在1920年代任清华大学秘书的李冈发生接触。那年暑期对我来说最重要的一件事，是前往巴尔的摩（Baltimore）拜访嘉化，他是1908年在南京时候我的第一位美国老师。这是我第二次拜访美国家庭，第一次是半年前访问达维家，上文我曾提到过。我对小玛格丽特·达维的幽默感留有深刻印象。我们大部分时间谈论在南京的往事。同年夏天，中国学生会议在康州中城（Middletown）举行，我参加一英里竞走，成绩是九分五十一秒。其他我访问的城市有哈特福（Hartford）、春田（Springfield）和普洛维腾（Providence）等，在普洛维腾，我看到康奈尔同学郝斯（Raymond P. Hawes）。最后我到达麻州剑桥，暂时和胡刚复（我多年同住一室的胡明复之弟）住在一起，不久迁于哈佛广场附近的"学院寄宿舍"（College House），我住在把角的一间房，正对"一神教堂"（Unitarian Church）的钟楼。于是在1915年9月10日，便展开我在哈佛的三年生活。

（选自赵元任《留美十年》，《赵元任全集》第15卷，商务印书馆，2007年）

四年美国自由教育

蒋廷黻

蒋廷黻（1895—1965），外交家，1911年至1918年、1919年至1923年留学美国，在派克学堂、欧柏林学院以及哥伦比亚大学学习。1923年获哥伦比亚大学历史学博士学位。

欧柏林学院的四年正好赶上第一次世界大战。就我记忆所及，战争一开始我对协约国和同盟国双方均无偏见。时间一天天过去，我渐渐同情英、法、比。记得在二年级时我在欧柏林加入后备军官训练团。我还记得，当时曾就商于院中体育指导萨维吉（Savage）先生，看看我能否入美国军事训练营。他仔细检阅我的体格记录表，并且打量一下我的身体，他说他认为我最好不要去当兵，他认为我的视力不适于当兵。此一建议我极感失望。1916年和1917年，我的同学有些前往欧洲，大部分都在法国担任医护工作，我非常羡慕他们。

萨维吉的建议令我失望的另一个原因是：因为我还没有忘情于我的"救中国"梦想，我要做个军人。我请驻美公使施肇基推荐我进西点军校。当他要我提出体格记录表时，我只好作罢，因为我确知：萨维吉先生一定在记录表上，对我身体不会给予好评。

然而，救中国的念头一直潜伏在我的意识里，时隐时现。欧柏林对于我实现此一理想已没有什么作用。它在过去和现在一直是一个纯粹自由的学堂，目的是训练美国青年能够生活于美国社会。当然，它也吸收了大批外国人，特别是中国学生。尤有进者，它在中国山西设有一所分校。在校园中还立一个碑，是纪念1900年山西"拳匪之乱"所牺牲的欧柏林人的。其课程宗教气氛太重，对于外国学生的特殊需要不甚考虑。

我在欧柏林读书时所产生的救国思想是温和的，目标是针对个人和全世界的。欧柏林的生活是每天忙着上课、进图书馆、上实验室、运动、交女朋友。是什么把这些串联在一起的呢？第一，是因为要应付考试，要毕业；第二，是基于一种模糊的意识，认为健全的思想应该育于健全的体魄；最后，是人类内在的好奇心。学校生活本身也能产生一种动力。

时间一天天过去了，我的救国思想也一天天淡了，也可以说是扩大了。偶尔想一想，我的救国观念未免太简单了，有时我认为：我之所以有这种观念，实在是一种自我陶醉，这是不健全的。在我追寻内在思想之前，不妨先叙述一下校外的环境和重要大事。

1914年，湖南发生一个政治风暴。袁世凯总统免掉湖南省长谭延闿的职务，因为谭是国民党革命分子。他任命他的亲信汤芗铭担任省长。因为谭曾予留美湖南学生奖学金，所以认为留美湖南学生都是革命分子，于是他停发奖学金。

我和哥哥失去了奖学金，又回到自力更生的情况。林格尔夫人和另一位住在纽约迈亚克（Myack）哈德逊河畔的慈祥太太柯尔毕夫人供给我学费。我在欧柏林一个中国学生俱乐部工作。赚取食宿。当时在欧柏林求学的中国学生有二十人，学校小而中国学生最多，我们共同组织一个俱乐部，俱乐部有一所房子，大约有十个人住在那里。由工读生担任清洁、烹饪等工作，其他有家庭支援的学生，负担俱乐部的其他开支。

到暑假我要另觅其他工作。克利夫兰报上登出一则求才广告，我前往应征，获得录取。1915年夏我到水牛城去学习售货术。学习如何推销一本叫做《万宝全书》(The Dictionary of Facts)的书籍。该书系由福克（Funk）和瓦格纳斯（Wagnalls）二位出版。售货指导员教我如何进入假想买主的屋子，如何引起他们的购买兴趣。他指定我一些俄亥俄的市镇，大部都在欧柏林附近，要我去推销。我想这份工作我可能赚到几百元。

售货的第一个城镇叫什么名字，我已不复记忆。他们告诉我：每到一处应该先拜访当地督学。因为他们认为如果能够推给督学先生一册，则在以后的推销中就可以多一番说辞。我遵嘱前往。督学先生很文雅，他耐心地听我推销，并看样本。待我说完，他说："小伙子！你讲得很好，我晓得这本书，因为我也推销过。但我现在并不需要它，因为我所需要的字典和百科全书一类的书籍，我全都有了。很抱歉，再见。"我认为这位仁兄拒购的理由很充分，也就不想再向他推销。

第二个推销对象是一个女教员。我顺利进入她的寓所。她正收拾房子，屋内还有另外一个中年妇人，我认识她，她也在本地学校教书。她俩对我这位中国推销员大感兴趣，于是坐下来听我的说辞。出我意料之外，她们听起来很用心。临了，其中一位说：她和她的朋友赚钱很少，为了收支平衡，她们自己还要操持劳务。在此情形下实在无力购买这本书，真是对不起。她们外表极诚恳，回答也很坚决，我想我实在没有办法再要她们购买。

经过上述两次失败后，我认为在水牛城传授我销货术的那位先生一定是错了。我应该放弃学校中的推销对象，到阔气的住宅中去找主顾。他们有钱，会购我的书。于是，我找到高级住宅区，决心要在区内找到合适的买主。

我敲一家相当阔气的大门，里面出来一位中年妇人，她也很客气，立即请我进去。我向她推销，她很感兴趣，她说她正有个孩子在念书，一定会用得到我推销的书。于是我又详细介绍书中的内容，特别是说明部分。正当此刻，我闻到有一股烧焦的味道，她赶到厨房，又盛怒地冲出来说："小子！为了你，我把饼都烤焦了，滚！"又是一次失败。

几次失败后，我不想再做售货员了。我回到欧柏林，要求学校人事部门给我一份工作。事有凑巧，一位赴远处度假的教授，正好需要一个人照看他的房子和花园。工作很容易，但是待遇却不高。

有时我在欧柏林附近演讲。讲的最多的地方是俄亥俄州艾克伦（Akrons）的一个俱乐部。我相信在那里我赚到二十元。

对学生们来说，最普通的自力更生办法是去端盘子。欧柏林学堂有一个小旅馆，很多到欧柏林和欧柏林学堂的人都去光顾过。我在小旅馆餐厅中找到一份工作，令我十分高兴。中餐晚餐时我去工作，可以赚到两餐饭。此外并可得到一些小费。工作很简单。

我在"欧柏林旅馆"工作最初的几天，有一次我招待六位同来的顾客。我记下他们点的汤、鱼、肉、沙拉、咖啡和点心，回到厨房，我一口气背出来。厨房领班是一个身材魁梧的黑人，名字叫萨姆，他对我一言不发，两眼瞪着我，好像要把我吞下去似的。很快地，他把我所要的东西一股脑儿做好，放在台子上，要我端出去。我开始先端汤，待上鱼时，已经有点冷了，当上肉时，肉已太冷，顾客抱怨。我把客人的反应告诉萨姆。他对我大肆咆哮，好像我犯了什么滔天大罪似的。他说我应该按顺序报出菜单。我说这是他的责任，因为他应该知道每道菜所需的时间。我们争论得很凶，其他侍者出面劝解，但他们都站在领班的一方，要我以后报菜单时把时间算好。

不打不成交，我和萨姆经此争吵，反而变成朋友。事实上，我对端盘子艺术很有一手。我不仅能仔细调配时间，更能牢记每位客人所点的菜。我成了端盘子明星。

有些教授到餐厅来，我侍候他们。他们同情我，多给小费。我感到很不安，因为在中国，学生对老师习惯上总是免费招待的。我对心理学系主任史塔生说："我是你的学生，不能收小费，因为中国习惯是'有事弟子服其劳'的。"他听后大笑不止。他说在美国给小费是很普遍的。

有一天，是在毕业典礼那一周，我的女友凯塞琳和她母亲到餐厅来，另一个端盘子的，也是个学生，有意捉弄我，故意避开。我被迫只好硬着头皮去招待这两位女客。我女朋友的母亲给我五元小费。我感到很尴尬，因为我想：将来我约会凯塞琳，她一定会以为我用的是她妈妈的钱。另一位侍者要我把钱收起来，不必耿耿于怀。

两年以后，我从清华得到部分奖学金。清华是用罗斯福退回的庚子赔款创办的。我哥哥因为不满亚拉巴马专科，也转到欧柏林来。我俩都半工半读。

欧柏林学堂的水准在一般的同级学校之上。学堂本身有一千名学生。此外，音乐学院有四百名学生，神学院有两百名学生。学生人数占全镇人口一半。如果再加上老师和他们的家属，可能占镇上人口的三分之二。校区和校舍都很精美。教室、图书馆、实验室都很合乎我们的理想。

欧柏林学堂的理想是自由教育。说明白一点，就是要使其学生成为一个品行好、学问棒的基督徒。因为学校注重宗教，所以我们每天都有宗教活动。校区内不准吸烟和跳舞。金（Henry Churchill King）校长，波士委（Bosworth）教务长，哈琴斯（Hutchins）教授，都是阐明基督教义的名家，他们口才便给，雄辩滔滔。哈琴斯的儿子后来做了芝加哥大学校长，声名藉藉。我对这些人都极仰慕。当时的美国大学，希望每个学生都是基督徒，至于学问还在其次。但欧柏林却是二者并重的。

在欧柏林学堂，我首次开始学自然科学。霍莫兹（Holmes）教我化学，布丁顿（Budaington）教我生物学，葛威尔（Grover）教我树木学和进化学。他们三位都是杰出的教授。

欧柏林的老师不再要我死记课文，不再要我使用演绎法和孔夫子的格言，他要我多用眼睛多用手。要我在显微镜下研究试管中的微点。要我观察我所能看到的东西，不要忽略所观察到的事实。训练我观察要仔细，提出报告要客观。经过这一番训练，物质对我又有了新意义。科学方法也成了一个新发现。

我对这种新方法的反应如何呢?虽然科学研究在开始时困难,但我很快上了道。我衷心羡慕这种教育方法。这些课程我都学得不错,甚至霍莫兹教授劝我主修化学,布丁顿教授劝我主修生物学,葛威尔教授劝我主修植物。

在欧柏林的其他中国学生,大部分均较我年长,中文也较我好,但对自然科学不感兴趣。原因很简单,因为他们认为实验室工作困难。然而,在当时的美国大学中,却有许多中国学生,学自然科学或是学机械工程。他们有些是因为兴趣所在,有些则是依靠意志去克服困难。他们认为:中国目前最需要的是西方科学和技术。有些人甚至以为:中国只需要科学和技术。因此,中国知识分子间,对于文化改革也形成了一连串辩论。

我曾力主科学和技术。我必须说明,我的主张并不是人人赞同的。当时在康奈尔和哥伦比亚大学就读的胡适博士就是其中一个。他主张:中国人应该研究科学和技术,但西方文学和社会科学对新中国的进步也很重要。他对西方文明和唯物主义不作等量齐观。他终身在中国提倡科学与技术,经常演讲,阐扬西方在精神方面的成就。

事实上，在第一次世界大战和第一、二两次世界大战之间，由于自然科学和技术受人重视，致令许多中国人对社会科学和文学都裹足不前。

葛威尔教授的"树木学"使我认识了欧柏林四周的树木。我尽量研究，辨别它们冬季和夏季的特点。我成了葛威尔实验室中的助理。我很高兴，能指给其他美国学生认识枫、杨……但当他们随着树木长大时，那些美国学生对枫、杨的枝叶也就不再关心了。

最麻烦的课程是葛威尔教授的"进化论"。我们研究达尔文和达尔文以后的理论，实验孟德尔遗传定律。由于葛威尔认为他的孟德尔定律损害了基督教教义，以致令我稍感困难。霍莫兹教授和布丁顿教授认为科学和宗教是并行不悖的。我真不了解，究竟是科学增加了他们对宗教的信心；还是宗教增强了他们对大自然刺探的决心。但有一件事却是真的，宗教和科学统一了他们的心灵和意志。

在欧柏林，又有一门新课引起我的兴趣。那就是"心理学"。我认为我对心理学的兴趣是威尔斯（Wells）教授在暑期教我的课程中启发的。他在讲课时讲解人性中的狂妄。他不用任何教条式的理论，就能使我们深入研究和分析。那年夏季我读了詹姆斯

（Williams James）的《心理学大纲》，该书令我深感兴趣。詹姆斯的书有令人感到不忍释手的魔力。威尔斯教授使我在大学中专攻心理学。不幸，他在我四年级时离开欧柏林。接替他的是达雪尔（Dashiell）教授。他只能在"动物心理学"试验方面令我稍感兴趣。

我在欧柏林对文学也感兴趣。莫雪尔（Mosher）教授除教我德文外，并引起我对哥德和希腊的兴趣。我认为德文很容易学，而且我进步得也很快。最后几年，我又学法文。我认为：将来读法国学者所写的伟大历史著作时，法文会有用处。

我在欧柏林时，最杰出的文学教授是瓦格尔（Wager），他教我们"英国文学"。我选他的课是维多利亚时代散文和名著翻译。前者，我读卡拉尔、雷斯堪、安诺德、纽曼和派特等的作品。我喜欢安诺德的诗。我对他那科学前期对宗教信仰问题所作的诗章中的音韵极感兴趣，如果我想象的不错，我认为瓦格尔教授最喜欢的是纽曼。因为他们信仰相同。他们追求的是精神快乐和平安。我对纽曼作品虽不尽理解，但我想纽曼神异的动机，的确是找到了最后的精神安慰，我可能不太重视最后的安慰，因为我不喜欢隔绝的、一元化的世界。

在英国文学系教授们鼓励下，欧柏林学堂学生掀起一片文学热潮。他们出版了《欧柏林文学杂志》。贡献最大的是魏尔德（Wilder）。我和魏尔德合作，将一些中国诗翻译成英文。

我对欧柏林的历史课很失望。上课时很枯燥。但我自己私下却读了许多德国史和意大利史。我对俾斯麦很崇敬，对意大利加富尔、马志尼、伽里波等三位伟大的政治家也同样景仰。

当我留学时，我发现祖国正面临统一问题。1911年，从表面看，革命似已成功，但却正如后来事实所显示的，革命结果造成军阀割据。内战所引起的各项问题深深地刺激了我。不幸，那时欧柏林历史系的课程不能有助于我将来在中国从事政治工作。

在欧柏林有一位伟大的经济学教授，名叫鲁兹（H. H. Lutz）。他教我时采用的本子是陶星（Taussing）的《经济学大纲》。鲁兹教授为我详细讲解复杂的供求问题、边际效用和价值等问题。他非常认真，而且能以身作则，无论对学生或对自己都不马虎。

在我上鲁兹教授课时，有一次青年会国际会议总干事穆特（John R. Matt）来校布道，学校当局停两堂课，以便学生听传道。但是鲁兹教授宣布他的课要照常上。两者相较我还是上了他的经济学课。

我发现欧柏林的宗教气氛太浓,除了校长金氏、教务长波士委及哈琴斯教授对教会活动大力支持外,另一个有形的象征就是:校区中为纪念在中国山西传教而被"拳匪"惨杀的教士,建立一个纪念碑。此外,我的同学中也有好几个人他们的父母在中国传教。在镇上,威廉斯夫人和戴维斯夫人也都是退休的牧师,对中国学生特别有兴趣。

美国教会,为了筹集所需费用,往往谈到中国的穷人,损及中国人的尊严,此举使在欧柏林读书的中国学生大起反感。这是他们伤了我们的自尊心。然而这种自尊可能是不对的,因为他们所说的多半是事实。但我们却不希望他们在美国公开这些丑事。其实在中国学生中,谈到自己国家的种种,有时所用措辞,比教会牧师所用的更粗鲁、更尖刻。但是同样一件事,经牧师们一说,我们就大感不快,感到有失尊严。

离国数年后,我们又把祖国理想化了。凡是在国外的人都较为爱国,这可能是一条不易的真理。这条真理于欧柏林的学生身上更得到了明证。我对整个教会活动都感到怀疑。第一,我认为中国不会变成一个基督教国家。第二,我认为中国道德精神价值高于西方。欧柏林过分的教会活动遭到反对，至少大多数中国学生是反对的。

回顾一下中国学生和我自己对国内教会活动的态度，我愿对我年青时代的憎恨作一个相当合理的解释。总之，人民的信仰，是传统中最内层的部分。的确，宗教信仰是传统的。没有传统，特别是反传统，就得不到精神安慰。大多数美国人都是基督徒，其所以如此，并非基于逻辑上的理由，纯粹是因为他们的家庭和国家的传统使然。为求精神健康，每个人都应该有某种程度的宗教信仰。任何破坏这种共同认识的企图，都是一种精神上的损害。传教可以视为十足的精神侵略。近年来我曾注意观察，发现美国有些教派，对传教已不似昔日那样热衷。目前，似乎越是守旧的教派（如原教旨主义教派）越喜欢向教外人士传教。

欧柏林过去和现在都是一所好学校。我不敢说我在那里四年有什么成就，获得什么坚定的信仰。但我敢说：对于过去一些不明白的事务，我已能去观察，我的智识水准的确是提高了。虽然离开欧柏林后我仍旧没有成熟，但我却迈向成熟之路。

（选自《传记文学》［台湾］，第 29 卷第 5 期）

我所知道的康桥

徐志摩

> 徐志摩（1897—1931），现代诗人，1918年至1920年留学美国，在克拉克大学、哥伦比亚大学学习，1921年获哥伦比亚大学经济学硕士学位。1920年至1922年留学英国，在伦敦大学、剑桥大学学习。

一

我这一生的周折，大都寻得出感情的线索。不论别的，单说求学。我到英国是为要从罗素。罗素来中国时，我已经在美国。他那不确的死耗传到的时候，我真的出眼泪不够，还作悼诗来了。他没有死，我自然高兴。我摆脱了哥伦比亚大博士衔的引诱，买船票过大西洋，想跟这位20世纪的福禄泰尔认真念一点书去。谁知一到英国才知道事情变样了：一为他在战时主张和平，二为他离婚，罗素叫康桥给除名了，他原来是Trinity College（英国剑桥大学的三一学院）的

Fellow（院务委员），后来他的Fellow-ship（院务委员资格）也给取消了。他回英国后就在伦敦住下，夫妻两人卖文章过日子。因此我也不曾遂我从学的始愿。我在伦敦政治经济学院里混了半年，正感着闷想换路走的时候，我认识了狄更生先生。狄更生（Galsworthy Lowes Dickinson）是一个有名的作者，他的《一个中国人通信》（*Letters From John Chinaman*）与《一个现代聚餐谈话》（*A Modern symposium*）两本小册子早得了我的景仰。我第一次会着他是在伦敦国际联盟协会席上，那天林宗孟先生演说，他做主席；第二次是宗孟寓里吃茶，有他。以后我常到他家里去。他看出我的烦闷，劝我到康桥去，他自己是王家学院（Kings College）的Fellow。我就写信去问两个学院，回信都说学额早满了，随后还是狄更生先生替我去在他的学院里说好了，给我一个特别生的资格，随意选科听讲。从此黑方巾黑披袍的风光也被我占着了。初起我在离康桥六英里的乡下叫沙士顿地方租了几间小屋住下，同居的有我从前的夫人张幼仪女士与郭虞裳君。每天一早我坐街车（有时骑自行车）上学，到晚回家。这样的生活过了一个春，但我在康桥还只是个陌生人，谁都不认识，康桥的生活，可以说完全不曾尝着，我知道的只是一个图书馆,几个课室,和三两个吃便宜饭的茶食铺子。狄更生常在伦敦或是大陆上,所以也不常见他。那年的秋季我一个人回到康桥,整整有一学年,那时我才有机会接近真正的康桥生活,同时我也慢慢地"发见"了康桥。我不曾知道过更大的愉快。

二

"单独"是一个耐寻味的现象。我有时想它是任何发见的第一个条件。你要发见你的朋友的"真",你得有与他单独的机会。你要发见你自己的真,你得给你自己一个单独的机会。你要发见一个地方(地方一样有灵性),你也得有单独玩的机会。我们这一辈子,认真说,能认识几个人?能认识几个地方?我们都是太匆忙,太没有单独的机会。说实话,我连我的本乡都没有什么了解。康桥我要算是有相当交情的,再次许只有新认识的翡冷翠了。啊,那些清晨,那些黄昏,我一个人发痴似的在康桥!绝对的单独。

但一个人要写他最心爱的对象,不论是人是地,是多么使他为难的一个工作?你怕,你怕描坏了它,你怕说过分了恼了它,你怕说太谨慎了辜负了它。我现在想写康桥,也正是这样的心理,我不曾写,我就知道这回是写不好的——况且又是临时逼出来的事情。但我却不能不写,上期预告已经出去了。我想勉强分两节写,一是我所知道的康桥的天然景色,一是我所知道的康桥的学生生活。我今晚只能极简地写些,等以后有兴会时再补。

三

　　康桥的灵性全在一条河上;康河,我敢说,是全世界最秀丽的一条水。河的名字是葛兰大(Granta),也有叫康河(River Cam)的,许有上下流的区别,我不甚清楚。河身多的是曲折,上游是有名的拜伦潭(Byrou's Pool),当年拜伦常在那里玩的;有一个老村子叫格兰骞斯德,有一个果子园,你可以躺在累累的桃李树荫下吃茶,花果会掉入你的茶杯,小雀子会到你桌上来啄食,那真是别有一番天地。这是上游;下游是从骞斯德顿下去,河面展开,那是春夏间竞舟的场所。上下河分界处有一个坝筑,水流急得很,在星光下听水声,听近村晚钟声,听河畔倦牛刍草声,是我康桥经验中最神秘的一种:大自然的优美,宁静,调谐在这星光与波光的默契中不期然地淹入了你的性灵。

但康河的精华是在它的中权,著名的 Backs（后院）,这两岸是几个最蜚声的学院的建筑。从上面下来是 Pembroke, St. Katharine's, King's, Clare, Trinity, St. John's。最令人流连的一节是克莱亚与王家学院的毗连处,克莱亚的秀丽紧邻着王家教堂（King's Chapel）的宏伟。别的地方尽有更美更庄严的建筑,例如巴黎赛茵河的罗浮宫一带,威尼斯的利阿尔多大桥的两岸,翡冷翠维基乌大桥的周遭;但康桥的 Backs 自有它的特长,这不容易用一二个状词来概括,它那脱尽尘埃气的一种清澈秀逸的意境可说是超出了画图而化生了音乐的神味。再没有比这一群建筑更调谐更匀称的了!论画,可比的许只有柯罗（Corot）的田野;论音乐,可比的许只有萧班（Chopin）的夜曲。就这也不能给你依稀的印象,它给你的美感简直是神灵性的一种。

假如你站在王家学院桥边的那棵大椈树荫下眺望,右侧面,隔着一大方浅草坪,是我们的校友居（Fellows Building）,那年代并不早,但它的妩媚也是不可掩的,它那苍白的石壁上春夏间满缀着艳色的蔷薇在和风中摇头,更移左是那教堂,森林似的尖阁不可溉的永远直指着天空;更左是克莱亚,啊!那不可信的玲珑的方庭,谁说这不是圣克莱亚(St. Clare)的化身,那一块石上不闪耀着她当年圣洁的精神?在克莱亚后背隐约可辨的是康桥最潇贵最骄纵的三清学院(Trinity),它那临河的图书楼上坐镇着拜伦神采惊人的雕像。

  但这时你的注意早已叫克莱亚的三环洞桥魔术似的慑住。你见过西湖白堤上的西泠断桥不是(可怜它们早已叫代表近代丑恶精神的汽车公司给踩平了,现在它们跟着苍凉的雷峰永远辞别了人间)?你忘不了那桥上斑驳的苍苔,木栅的古色,与那桥拱下泄露的湖光与山色不是?克莱亚并没有那样体面的衬托,它也不比庐山栖贤寺旁的观音桥,上瞰五老的奇峰,下临深潭与飞瀑;它只是怯怜怜的一座三环洞的小桥,它那桥洞间也只掩映着细纹的波鳞与婆娑的树影,它那桥上栉比的小穿阑与阑节顶上双双的白石球,也只是村姑子头上不夸张的香草与野花一类的装饰;但你凝神地看着,更凝神地看着,你再反省你的心境,看还有一丝屑的俗念沾滞不?只要你审美的本能不曾泪灭时,这是你的机会实现纯粹美感的神奇!

但你还得选你赏鉴的时辰。英国的天时与气候是走极端的。冬天是荒谬的坏,逢着连绵的雾盲天你一定不迟疑的甘愿进地狱本身去试试;春天(英国是几乎没有夏天的)是更荒谬的可爱,尤其是它那四五月间最渐缓最艳丽的黄昏,那才真是寸寸黄金。在康河边上过一个黄昏是一服灵魂的补剂。啊!我那时蜜甜的单独,那时蜜甜的闲暇。一晚又一晚地,只见我出神似的倚在桥阑上向西天凝望:——

> 看一回凝静的桥影,
> 数一数螺细的波纹:
> 我倚暖了石阑的青苔,
> 青苔凉透了我的心坎;……
> 还有几句更笨重的怎能仿佛那游丝似轻妙的
>   情景:
> 难忘七月的黄昏,远树凝寂,
> 像墨泼的山形,衬出轻柔暝色,
> 密稠稠,七分鹅黄,三分橘绿,
> 那妙意只可去秋梦边缘捕捉;……

四

这河身的两岸都是四季常青最葱翠的草坪。从校友居的楼上望去,对岸草场上,不论早晚,永远有十数匹黄牛与白马,胫蹄没在恣蔓的草丛中,从容的在咬嚼,星星的黄花在风中动荡,应和着它们尾鬃的扫拂。桥的两端有斜倚的垂柳与椈荫护住。水是彻底的清澄,深不足四尺,匀匀地长着长条的水草。这岸边的草坪又是我的爱宠,在清朝,在傍晚,我常去这天然的织锦上坐地,有时读书,有时看水;有时仰卧着看天空的行云,有时反仆着搂抱大地的温软。

但河上的风流还不止两岸的秀丽。你得买船去玩。船不止一种:有普通的双桨划船,有轻快的薄皮舟(Canoe),有最别致的长形撑篙船(Punt)。最末的一种是别处不常有的:约莫有二丈长,三尺宽,你站直在船梢上用长竿撑着走的。这撑是一种技术。我手脚太蠢,始终不曾学会。你初起手尝试时,容易把船身横住在河中,东颠西撞的狼狈。英国人是不轻易开口笑人的,但是小心他们不出声的皱眉!也不知有多少次河中本来优闲的秩序叫我这莽撞的外行给捣乱了。

我真的始终不曾学会；每回我不服输跑去租船再试的时候，有一个白胡子的船家往往带讥讽地对我说："先生，这撑船费劲，天热累人，还是拿个薄皮舟溜溜吧！"我哪里肯听话，长篙子一点就把船撑了开去，结果还是把河身一段段地腰斩了去！

你站在桥上去看人家撑，那多不费劲，多美！尤其在礼拜天有几个专家的女郎，穿一身缟素衣服，裙裾在风前悠悠地飘着，戴一顶宽边的薄纱帽，帽影在水草间颤动，你看她们出桥洞时的姿态，捻起一根竟像没分量的长竿，只轻轻地，不经心地往波心里一点，身子微微地一蹲，这船身便波地转出了桥影，翠条鱼似的向前滑了去。她们那敏捷，那闲暇，那轻盈，真是值得歌咏的。

在初夏阳光渐暖时你去买一支小船，划去桥边荫下躺着念你的书或是做你的梦，槐花香在水面上漂浮，鱼群的唼喋声在你的耳边挑逗。或是在初秋的黄昏，近着新月的寒光，望上流僻静处远去。爱热闹的少年们携着他们的女友，在船沿上支着双双的东洋彩纸灯，带着话匣子，船心里用软垫铺着，也开向无人迹处去享他们的野福——谁不爱听那水底翻的音乐在静定的河上描写梦意与春光！

住惯城市的人不易知道季候的变迁。看见叶子掉知道是秋,看见叶子绿知道是春;天冷了装炉子,天热了拆炉子;脱下棉袍,换上夹袍,脱下夹袍,穿上单袍;不过如此罢了。天上星斗的消息,地下泥土里的消息,空中风吹的消息,都不关我们的事。忙着呢,这样那样事情多着,谁耐烦管星星的移转,花草的消长,风云的变幻?同时我们抱怨我们的生活,苦痛,烦闷,拘束,枯燥,谁肯承认做人是快乐?谁不多少间咒诅人生?

　　但不满意的生活大都是由于自取的。我是一个生命的信仰者,我信生活绝不是我们大多数人仅仅从自身经验推得的那样暗惨。我们的病根是在"忘本"。人是自然的产儿,就比枝头的花与鸟是自然的产儿;但我们不幸是文明人,入世深似一天,离自然远似一天。离开了泥土的花草,离开了水的鱼,能快活吗?能生存吗?从大自然,我们取得我们的生命;从大自然,我们应分取得我们继续的滋养。那一株婆娑的大木没有盘错的根柢深入在无尽藏的地里?我们是永远不能独立的。有幸福是永远不离母亲抚育的孩子,有健康是永远接近自然的人们。不必一定与鹿豕游,不必一定回"洞府"去;为医治我们当前生活的枯窘,只要

"不完全遗忘自然",一张轻淡的药方我们的病象就有缓和的希望。在青草里打几个滚,到海水里洗几次浴,到高处去看几次朝霞与晚照——你肩背上的负担就会轻松了去的。

这是极肤浅的道理,当然。但我要没有过过康桥的日子,我就不会有这样的自信。我这一辈子就只那一春,说也可怜,算是不曾虚度。就只那一春,我的生活是自然的,是真愉快的!(虽则碰巧那也是我最感受人生痛苦的时期。)我那时有的是闲暇,有的是自由,有的是绝对单独的机会。说也奇怪,竟像是第一次,我辨认了星月的光明,草的青,花的香,流水的殷勤。我能忘记那初春的睥睨吗?曾经有多少个清晨我独自冒着冷去薄霜铺地的林子里闲步——为听鸟语,为盼朝阳,为寻泥土里渐次苏醒的花草,为体会最微细最神妙的春信。啊,那是新来的画眉在那边凋不尽的青枝上试它的新声!啊,这是第一朵小雪球花挣出了半冻的地面!啊,这不是新来的潮润沾上了寂寞的柳条?

静极了,这朝来水溶溶的大道,只远处牛奶车的铃声,点缀这周遭的沉默。顺着这大道走去,走到尽头,再转入林子里的小径,往烟雾浓密处走去,头顶是交枝的榆荫,透露着漠愣愣的曙色;再往前走去,走尽这林子,当前是平坦的原野,望见了村舍,初青的麦田,更远三两个馒形的小山掩住了一条通遭。天边是雾茫茫的,尖尖的黑影是近村的教寺。听,那晓钟和缓的清音。这一带是此邦中部的平原,地形像是海里的轻波,默沉沉地起伏;山岭是望不见的,有的是常青的草原与沃腴的田壤。登那土阜上望去,康桥只是一带茂林,拥戴着几处娉婷的尖阁。妩媚的康河也望不见踪迹,你只能循着那锦带似的林木想象那一流清浅。村舍与树林是这地盘上的棋子,有村舍处有佳荫,有佳荫处有村舍。这早起是看炊烟的时辰:朝雾渐渐地升起,揭开了这灰苍苍的天幕,(最好是微霭后的光景)远近的炊烟,成丝的,成缕的,成卷的,轻快的,迟重的,浓灰的,淡青的,惨白的,在静定的朝气里渐渐地上腾,渐渐地不见,仿佛是朝来人们的祈祷,参差的翳入了天厅。朝阳是难得见的,这初春的天气。但它来时是起早人莫大的愉快。顷刻间这田野添深了颜色,一层轻纱似的金粉糁上了这草,这树,这通道,这庄舍。顷刻间这周遭驯漫了清晨富丽的温柔。顷刻间你的心怀也分润了白天诞生的光荣。

"春"！这胜利的晴空仿佛在你的耳边私语。"春"！你那快活的灵魂也仿佛在那里回响。

....

伺候着河上的风光，这春来一天有一天的消息。关心石上的苔痕，关心败草里的花鲜，关心这水流的缓急，关心水草的滋长，关心天上的云霞，关心新来的鸟语。怯怜怜的小雪球是探春信的小使。铃兰与香草是欢喜的初声。窈窕的莲馨，玲珑的石水仙，爱热闹的克罗克斯，耐辛苦的蒲公英与雏菊——这时候春光已是缦烂在人间，更不须殷勤问讯。

瑰丽的春放。这是你野游的时期。可爱的路政，这里不比中国，哪一处不是坦荡荡的大道？徒步是一个愉快，但骑自转车是一个更大的愉快。在康桥骑车是普遍的技术；妇人，稚子，老翁，一致享受这双轮舞的快乐（在康桥听说自转车是不怕人偷的，就为人人都自己有车，没人要偷）。任你选一个方向，任你上一条通道，顺着这带草味的和风，放轮远去，保管你这半天的逍遥是你性灵的补剂。这道上有的是清荫与美草，随地都可以供你休憩。你如爱花，这里多的是锦绣似的草原。你如爱鸟，这里多的是巧啭的鸣禽。你如爱儿童，这乡间到处是可亲的稚子。你如爱人情，这里多的是不嫌远客的乡人,你到处可以"挂单"借宿,有酪浆与嫩薯供你饱餐,有夺目的果鲜恣你尝新。你如爱酒,这乡间每"望"都为你储有上好的新酿,黑啤如太浓,苹果酒、姜酒都是供你解渴润肺的。……带一卷书,走十里路,选一块清静地,看天,听鸟,读书,倦了时,和身在草绵绵处寻梦去——你能想象更适情更适性的消遣吗?

陆放翁有一联诗句:"传呼快马迎新月,却上轻舆趁晚凉。"这是做地方官的风流。我在康桥时虽没马骑,没轿子坐,却也有我的风流:我常常在夕阳西晒时骑了车迎着天边扁大的日头直追。日头是追不到的,我没有夸父的荒诞,但晚景的温存却被我这样偷尝了不少。有三两幅画图似的经验至今还是栩栩地留着。只说看夕阳,我们平常只知道登山或是临海,但实际只须辽阔的天际,平地上的晚霞有时也是一样的神奇。有一次我赶到一个地方,手把着一家村庄的篱笆,隔着一大田的麦浪,看西天的变幻。有一次是正冲着一条宽广的大道,过来一大群羊,放草归来的,偌大的太阳在它们后背放射着万缕的金辉,天上却是乌青青的,只剩这不可逼视的威光中的一条大路,一群生物!我心头顿时感着神异性的压迫,我真的跪下了,对着这冉冉渐翳的金光。再有一次是更不可忘的奇景,那是临着一大片望不到头的草原,满开着艳红的罂粟,在青草里亭亭的像是万盏的金灯,阳光从褐色云里斜着过来,幻成一种异样的紫色,透明似的不可逼视,刹那间在我迷眩了的视觉中,这草田变成了……不说也罢,说来你们也是不信的!

一别二年多了,康桥,谁知我这思乡的隐忧?也不想别的,我只要那晚钟撼动的黄昏,没遮拦的田野,独自斜倚在软草里,看第一个大星在天边出现!

1926 年 1 月 14 日至 1 月 23 日作

(选自徐志摩《巴黎的鳞爪》,新月书店,1931 年)

爱丁堡大学中国学生生活概况

朱光潜

> 朱光潜（1897—1986），西方美学史研究者，1925年至1933年留学英国和法国，在爱丁堡大学、巴黎大学以及斯特拉斯堡大学学习，1933年以《悲剧心理学》获斯特拉斯堡大学博士学位。

中国留英学生，以数目论，伦敦最多，其次就要推爱丁堡。目前爱丁堡各科中国学生共有四十余人之多，此四十余人中华侨学生占三分之二，真从中国本部来者仅十余人，华侨学生大半学医科，本部学生大半学文科。

就团体生活说，爱丁堡中国学生所感触最大的困难——也许是全英中国学生所感触最大的困难——就是中国内部学生和华侨学生似乎在无形中分成两个团体。比方中国学生会是任何中国学生都可以进去而且都应该进去的，可是在实际上中国本部学生加入的人为数甚属寥寥。此中原因并非由于双方有何误解或恶意。私人方面本部学生和华侨学生也有彼此感情甚融洽的。只是就全体论,这两部学生未免太少接触,而所以太少接触的原因实在语言,华侨学生大半不能通中国话,而内部学生大半不能说流利的英语。因此,凡是新生初来爱丁堡时,来自侨属者多依附华侨老学生,来自本部者多依附本部老学生。从此本部老学生和华侨老学生成了磁石的正负两极,各吸收各的同气了。两方面都感觉到这种隔阂应该打破,而所以终于不能打破者,两方面都各有不是之处。华侨方面人数最多,关于团体事件,偶不免忽略本部少数学生意见,这是难免的,而自本部学生观之,则未免近于专擅。本部学生对于侨属同胞理应极力接纳,而实际上因言语习惯关系,或不免偶存歧视,这也是难免的,而自华侨学生观之,则当本部学生似乎把自己看成外人了。通盘计算,记者颇以为本部学生负责较大。华侨学生生于外国,长于外国,多数都还能关心祖国休戚,总算难能可贵,内部学生应该极力不使他们觉得被同胞歧视才好。

爱丁堡旧为苏格兰首都,现在只是一个教育中心,没有黑气冲天的烟囱,也没有琳琅夺目的珠宝店。虽说是一个城市,热闹还不如南京,居城而有乡村风味,则和南京很类似。天气好的时候，你如果想到乡下或海边走一遭，费半点钟也就到了。大学没有男生寄宿舍。大家都自觅居寓。生活程度和伦敦大相仿佛，大约每礼拜膳宿费约需两镑至三镑之谱。女生另有寄宿舍。现在中国女生只有吉林韩女士一人。听说女生寄宿舍的生活也很舒适。学校功课很忙，考试也很严，大家大部分的精力都费在听讲读书方面。学校中团体生活的机会甚多，而能不能利用这些机会则因人而异。团体组织，关于学术的有各种学会和辩论会，关于社交的有学生会及其附属的种种团体，关于运动的有各种球队及运动队。凡是正式学生大概都可以加入。本来英国大学教育把公共生活比做学问看得还重要。爱丁堡像一般不住宿的英国大学，对于公共生活一层视牛津、剑桥微有缺憾，然而公共生活的机会总算很多。中国学生来此者往往因过重读书而忽略共同生活，这也是一大缺点。我说过重读书，是指大多数而论，自然也有人不上课而天天去光顾咖啡馆、影剧园和 Palais de Danse 的。

在爱丁堡的中国学生和当地人民感情还算融洽，由中国传教或通商转来的人对于中国学生尤其殷勤。春秋佳日，他们尝柬相邀，虽然供奉的只是一杯例茶，而客中有此点缀，正可大破岑寂。爱丁堡又有一国际俱乐部，其中会员有三百余人，代表三十几个国家，中国学生参加的也颇不少。这个俱乐部的用意是给外国人和本地人以联络感情的机会。每月举行二三次茶话会或音乐会。

就目前说，爱丁堡的中国学生对于学校生活，大致都还满意。同时，他们也自觉有下列两种缺点：

（一）大多数人偏重读书，不能尽量利用可享的机会去受英国大学所最重视的共同生活之利益。这个缺点的原因在语言的欠缺，而结果则为大家所公认的留英学生的沉闷。

（二）中国本部学生与华侨学生接洽过少，以致无形中分成两个团体。这是理不应然的。现在他们也很想自己极力纠正这两个缺点，而且很自信这两个缺点都是有纠正之可能性的。

最后，他们向将来而未来的同学表示极诚挚的欢迎；他们更希望传话于毕业归国的旧同学，雅特王座的山光和波特白罗的海水，比以前越发清丽明媚！

（原载1927年10月《留英学报》第1期）

游学美邦（节选）
浦薛凤

浦薛凤（1900—1997），西方政治学研究者，1921年至1926年留学美国，在翰墨林大学、哈佛大学学习政治学，1926年获翰墨林大学法学博士学位。

1923年8月下旬，予自芝加哥乘坐火车到达麻州之首府波士顿"北车站"；沈克非兄曾将予之行期与抵站时刻电报告知哈佛大学萧叔玉（蓬）兄，故下车后即承迎接，同坐地道车到剑桥市。由于事前函商，故住处早曾安排：级友沈宗濂、孙超煊及予三人租住鼓兰姆街（Gorham Street）楼房两大间，临街一间有三张书桌，俨然正式书房，后面一间，则放置三张卧床。另有浴室一间专供我们三位租客使用，颇称方便（约一年左右，宗濂迁出，只超煊与予，各占一室，数月后，又彼此分别移居）。初到哈佛，遇其他清华同学甚多，如钱端升、叶企孙、陈岱孙、甘介侯、李幹（芑均）、曾昭承、沈乃正、杨宗汉、容启雄、梁实秋；新认识者有郑厚怀、瞿菊农、杨振声及张、丁、邝诸位。嗣后又遇学业早已完成之吴经熊与沈怡两位。邻近麻州理工学院（即简称 M. I. T.）则有施昭涵、顾毓琇、王崇植（常熟同乡）与沈昌诸位。与哈佛相距咫尺之赖德克利芙女子学院（Radcliffe College）则有黄孝贞与林同曜两位小姐肄业（均为1921年清华学校考取留美之专科女生）。

关于哈佛大学研究生选课，主其事者为主管研究生之教务长海斯金先生（Dean Haskin）。伊嘱予应当选读威尔逊教授（Prof. G. G. Wilson）所授"国际法"一门。予表示不愿，谓在清华时早已读过，在翰墨林又复重修两门有关国际法与国际关系，殊无重复必要。伊对予熟视良久，继乃满面笑容，低声细气相告：汝不知道，此一课程，只大四年级及研究学生，始能选修，给你们深入研究机会，不应拒予所嘱。予当时只得吞声忍气，将另一门课程涂去，改加此课。不料，甫上一堂，即知此门功课，确然与众不同。威尔逊教授吩咐：用其所著"国际法"一书作为课本，而上课时将一字不提，但小考大考则须负责；并说明每两星期一次，将命题试作一项国际法中争讼案件之判决。此种答卷须依次包括下列三项：一为结论，亦即简单明了之判决词，只需寥寥数行，必须采用法庭（不论国内最高法院或国际法庭）惯用之方式与措辞。二为事由，即叙述两造争执之所在。三为理由，此即指第一项判决词之所依据，必须尽量引用以往曾有之实际类似争执及类似判例；如其过去判例，彼此相反，则应当指陈何以取此而屏彼之道理。所以第三段甚占篇幅。威尔逊教授开门见山，说明对于每一命题之类似例案以及正反双方之理论，伊将守口如瓶，只字不提，终则含笑报道："我是推人下水，让你们自己学习游泳，浮沉不管。"散课之前，即由其一位助教，分发印就之第一次命题。大家面面相觑，默无一言，都知此课不易应付，需费精神与时间。

上述国际涉讼案件，类皆牵涉国际公法与国际私法。所谓国际私法，盖指各国之民法商法等等，自有其异同。好在哈佛大学图书馆广大阅览室中置有许多重要参考书，每种均有好几份复本，保留（"Reserved books"即不准借出）备用，足够轮流取读。正因选读此课，予首次发现吾国王宠惠博士所译英文"德国民法"（王氏以此英译获得美国耶鲁大学之法学博士）。予亦因选读此课，开始觉悟海斯金教务长之训示，更能领会哈佛大学各项研究课程自有其特立独到之处。

兹将第一学年所选研究课程，略加叙述。麦琪尔温教授（Prof. McIlwain）所授"政治思想史"不用课本，全凭其口述与自己笔记。每次上堂伊持有绿绒布袋包藏之书籍三四册，备随时取读若干段引用原文（预置长签条，一翻即到页数），伊并不携带讲演大纲，盖由于饱学，随意顺序讲述，并加评论，语义明白，层次井然。伊对于希腊柏拉图与亚里士多德两氏之政治思想，讲来如数家珍。第一学期全费在两氏之理论。第二学期讲至文艺复兴时代而止。与予同上此课者为清华高予一级之杨宗翰兄，时伊正在大学四年级。第二学年，予选读何尔康教授（Prof. Arthur N. Holcombe）之近代政治思想一课，亦不采用课本，亦是全凭笔记。另一门功课是孟鲁先生（Prof. W. B. Munro）所授"市政府"一门。此门使用其自著之有名课本，但每次所讲与课本所写者迥异，口才流利，语句利落，差不多每一句话可以想象其何处大写开始，何处用逗点、或支点、或冒号、或问号以及句点。其余一门美国宪法史，固运用教授所著之宪法判案举例一集，但因讲解时有气无力，少引历史插曲，以致沉闷干燥，毫无精彩。可见有名大学之教授，其中显分高明平凡，颇不一致。

哈佛校园，殊甚狭小。大图书馆、小礼拜堂，以及各座课堂楼房，围绕着方形场地，相互比肩搭背，颇属拥挤。当然，后面隔街仍有若干建筑，也是哈佛之一部分。却理斯河过桥为哈佛足球场，就当时而言，规模殊大，河畔有船坞，哈佛比赛划船队员经常在河上习练。哈佛校旗为红白两色。美国东岸，尤其新英格兰（所谓 New England States）六州，民情风俗与中西部（the Midwest）一带（包括明尼苏达州）显然不同。举例言之，不仅居民之间，即如同学之间，非经人介绍，彼此大抵不会交谈。至于教授与学生之间，殊无社交来往。故予到哈佛之后，日常生活，就其中与美方人士接触而言，减除不知多少。正因事先早有所闻，心里早做准备，丝毫不感失望。关于一日三餐，则住所与热闹街区较远，不若在翰墨林读书时之方便。大抵风雨无阻，总在哈佛校园前后之食店与餐厅进膳。每次必然遇着几位中国朋友。有两三个月曾与瞿菊农兄同在一家餐店吃包饭，即先购就餐票一本，早点、午餐、夜膳，各有定价，每次果腹之后，店员即撕去饭票一张。价格固较便宜，但菜碟种类有限。时值20年代初期，一般物价便宜，例如咖啡或牛乳一杯，只需五分，猪排只需三角五分。哈佛大学所办餐厅，菜肴比较讲究些，午餐约需五角或七角。理发则东岸与中部一样只需五角（并不包括刮胡与洗头。留学生似一律只以理发为限）。

双十节晚，大波士顿（Greater Boston）区域中国学生集合举行祝贺国庆宴会，由哈佛中国同学会会长萧叔玉兄主持，到者百余人，请有几位美国教授，事前萧会长约请予于进餐前作十分钟之英文演讲。正在此时，有几位迟到，其中有一位持吴文藻兄之短笺致予，阅后始知是为谢婉莹女士——亦即笔名"冰心"之女诗人——是为相互认识之开始。文藻盖与婉莹乘坐同一轮船抵美读书，文藻往达德默峙学院（Dartmouth College）肄业，婉莹则来威尔斯理女子学院（Wellesley College）读书。予就国庆节意义、中华民国前途、中美合作趋向世界大同，以及孔孟儒家哲学与基督教会宗旨之吻合，扼要陈词。宴后略有余兴，其中以甘介侯兄所自编唱之上海滩簧，滑稽突梯，最为精彩。

此后不久，哈佛与耶鲁定期举行足球比赛。美式橄榄形球。手足并用，可踢可抛，不许落地，彼此推撞拉抱，仆地倒压，状殊凶暴野蛮。观众懂得玩球规则与技巧何在，始能欣赏。研究生享有购买门票两场之权利。予持得门票后，致书婉莹女士，谓此一比赛，甚受重视，如愿观看，当来贵校迎接，是晚哈佛中国学生会欢宴外埠来此观赛之华籍同学，届时亦可偕往，聚餐后自当伴送回校。不久即得复允诺。不料是日大雨，予虽带有雨伞，但球场观众绝无一人撑用，诚以撑伞挡住后座之视线。犹忆哈佛方面获胜一次之后（所谓"touch—down"，即持球者奔越对方球门界线而以球掷触地面），吾俩旁坐之哈佛男生，自其裤袋中摸出一扁瓶美酒，劝请取喝一口，表示庆贺。时值美国禁酒期间，此项携喝私酒之现象，实甚普遍！宜乎后来有识之士，提倡从宪法中删除所增之禁酒条文而获成功。否则，知法犯法之"无法状态"（所谓"Lawlessness"）势将蔓延迅速，伊于胡底！赛球告毕，婉莹谓觉得身体疲倦，今晚聚餐盛会恕不参加。予以淋雨甚久，确宜早归，乃即雇计程车，前往火车站搭车送伊回威尔斯理，再坐计程车陪到其学院宿舍。予遂乘坐原车返站，候火车回波士顿而剑桥。

约两周左右，威尔斯理女子学院之世界会社举行万圣夕之晚会聚餐，婉莹曾先期函邀予前往参加。至则不见伊人，而由主持者另行介绍一位美籍女生作予伴侣，私忖婉莹或有不适，临时未能出席。及依照分配之座位席次，偕同伴侣坐下后，始见谢文秋女士巧是同桌。进餐甫半，文秋以英语向全桌道歉，谓略有小事，将用华语与予交谈。文秋说："浦先生，婉莹嘱我不要提起，但我想来想去，还是告诉你好。婉莹生病，现已住入医院。"再加询问，始知婉莹自观看球赛以后，不久即患咯血。乃将其所住疗养院之地址电话录下。

越日，予即赴婉莹就医之疗养院访问，并谓上次邀观球赛适值大雨淋漓，以致玉体违和，至感歉仄。伊谓病由偶然，未必与淋雨有关，望勿介怀。观其床旁茶几，置有自己半身相片，亲笔题写两句："至死犹留兰气息，他生宜护玉精神。"私自钦佩其才华卓越，而百无禁忌。此后，每隔多周，前往探望一次，既因往返途次，有伴更好，亦因清华友好愿有介晤谈话机会，故曾分别偕同叔玉与芑均往访。数月以后，婉莹恢复健康，回校读书。文藻则每次从其毕业处所前来访视婉莹，必下榻予寓。外间不知实情，误认予是有意。回忆清华高班同学友好吴毓湘兄曾专函直陈谓：间接听到消息，确否固尚不知，但终身大事，对方之健康亦系重要条件。予乃遽实相告，并谓对伊真有意者，早已另有其人，亦是清华同学，予之好友。

某次，婉莹邀请饭膳，在其学院宿舍之客厅（带有厨房一间）举行。是晚予为主客，坐首席。余有桂质良女士与杨宗翰兄，谢文秋女士与朱世明兄，以及王国秀女士与瞿菊农兄。入席后始知是日为婉莹之母亲吉诞，大家遂举杯祝贺。婉莹之父亲曾在海军部任高职，幼年随父出海多次。其《繁星》等诗集中各篇新诗类多表示海景与怀母。此一时期在威尔斯理女子学院读书者尚有黎元洪先生之女公子。

予初到哈佛，开学不久，叔玉即为予举行加入成志会（兄弟社）仪节，波士顿及剑桥同仁均来参加。此项仪节，学自美国兄弟社一般通例，略具神秘色彩，无非刺激心理，发生深刻印象。波士顿一带各大学中所有会员（例如波士顿大学华侨学生黄玉瑜兄）共只十余人。每两三个月，集会聚膳，或到附近名胜游览。每年冬季则集合东部各州兄弟举行年会一次，费用则由参加者平均负担——此盖包括路费在内，俾鼓励远程会员前来。大抵以两夜三天为期。平均每年报到者约三十人左右。主持者对于计划开会地点，接洽住宿饭食，排列日程节目，煞费苦心。普通总是择一夏季避暑胜地，或在山上，或在湖滨，其处旅馆一到冬季，游客绝少，房价自然特别便宜。每天节目，日间以游览为主，晚间则各自报道身世与抱负。至报告会史与讨论会务则所占时间殊短。予游学时期所结识之非清华出身之友好，泰半皆由加入此兄弟社而得来。

自国内来美肄业而具志向与抱负之书生，实为各兄弟社之发起人。就予所知，当时计有三个兄弟社，各有其特性。有倾向于理想者，有着重于社交者。每个兄弟社之发起人必有好几位中坚分子。兄弟社彼此之间，大抵都知其原始发起人是哪几位，当时主持领导者又为谁何。但一般留学生，对于此种组织未必了解与欣赏，大抵均感觉无所谓。只有一极小部分，则殊有误会与批评，盖即仅就保守秘密一端而论，已足引起怀疑。或则疑心此为将来彼此援引，图谋私利；或则认有政治作用。实则此皆不确。主要宗旨，乃在平素相互砥砺学业与品格，为学成以后，各就其专长与职位，服务社会而报效国家。予自认就一己经验言，获益不少。犹忆某次假期，予由哈佛往纽约学友宿舍，小住游览，在哥伦比亚大学附近一中国餐馆楼上，有一素不相识之常君，前来攀谈，谓愿单独相谈几分钟。乃步至靠街走廊静听其设言相劝。伊谓：久仰大名，私衷钦佩，唯近闻台端加入兄弟社，窃认为不要（所述理由与予前文所述尽同），希望毅然退出云云。予答以素未识荆，辱承率直指教，甚为钦佩；唯君所云云，殊属猜想与误会；总之，将来倘若发现在此情事，定当洁身退出。彼此遂握手道别。此一谈话，此位先生，迄今不忘。

两次暑假，曾偕友出外工作。此中原因不难解释。初到美国，一切大衣、西装、衬衫、皮鞋等等具备，故每月官费虽只八十元美金，足够应用。嗣后，大衣、雨衣、西装、皮手套、皮鞋等件，均须加添，新旧书籍费用亦多，故每月官费虽由八十元增为一百元，实嫌不敷应用，必须寻觅些暑期工作，增添收入。以故，1924年及1925年两个暑假，均经哈佛暑期工作介绍所觅得工作，但待遇不高。第一暑假系在一个夏令儿童营服务，工作轻松，每当夕阳西挂，犹能自划独木舟来回溪流中。第二暑假则在某避暑湖畔之大饭店中充当侍役。予偕级友（陈）华庚同往，不期而遇者，有级友陈念宗、赵宗晋以及石超庸（颍）与章晓初，曾在湖边合摄小照，迄今保存。此为迄今留存之留美时期唯一照片。

在夏令营服务之前，曾偕华庚参加为期三天之暑期布道会，讲道节目之外，每天安排游览及各自活动。有一经历，值得记述。某日傍晚，华庚与予乘坐小式划艇，首尾对面，各持两桨，前仆后仰地摇摆进行。溪流甚急，且达大海，时值退潮，划艇行驶速率渐高，吾俩同时发觉应当及时返转。不料潮退流急，难使划艇转向，两人用尽全身力气，好不容易，总算由斜而横，由横而直，卒把划艇返转方向，渐觉安全。一场险境终于脱离。数十年后，予在台北携全家大小夏日赴淡水白沙海滩戏水，远见圆橡皮艇中数人频频伸手，时值退潮，予顿觉悟其处境之危殆，卒由电话通知海关，派轮船寻觅，卒于暮色苍茫之际，在望远镜中瞥见黑点，遂将三人救起。推索原由，予之领悟，实基于当年切身之经验。

在波士顿音乐学院（Boston Conservatory）修习音乐之中国女留学生，有黄倩仪（Grace Huang）、邱小姐（Gertrnde Chu）、夏瑜（Ruth Howe）及王国新（王国秀之胞妹）诸位；威尔斯理之谢文秋女士素喜音乐，故亦参加她们，发起组织，称作Music Circle，即音乐圈。哈佛及麻州理工学院男同学如沈宗濂、朱世民及予等十余人自愿赞助追随。每隔二三月举行集会一次，聆听他们演奏钢琴及领导大家歌唱流行甚久之曲调。集会前或后，齐赴华埠中餐馆聚膳，由男生请女士。

哈佛读得硕士乃在1925年之冬季，亦即是学年上学期结束之时。哈佛硕士学位，不需另写硕士论文，盖每门功课不啻各写论文。予即继续选课深造，并在何尔康系主任指导之下，研究瑞士联邦制度之特点，进行颇有收获。但因满足条件，须至1927年，予以双亲年事渐高，希望独子从早回国，乃于1926年暑假亦即进学规定五载期满时，绕道欧洲回国。

（选自《浦薛凤回忆录》，黄山书社，2009年）

巴黎学子

常书鸿

> 常书鸿（1904—1994），画家，敦煌研究所首任所长，1926年至1936年留学法国，在里昂美术专科学校和巴黎美术学校学习美术。

1927年6月16日，我登上了一艘由上海开往马赛的"达达尼亚"大邮船。上邮船的舷梯时，兴奋的情绪就笼罩着我。梦寐以求的西方艺术、卢浮宫的藏画和雕塑将成为我的摹写对象，毫无掩饰地展示在我的眼前，使我激动万分。

船在晨雾中徐徐驶出港口，外滩的高楼大厦渐渐地变小了，模糊了。报时大楼上的钟声，穿破灰蒙蒙的雨雾，低沉地响着，黄浦江上粗闷的汽笛声也此起彼伏，浑响成一片，一阵阵传入耳中，使我的心情随之又产生了一种抑郁和伤感。当时的中国，充目所见的都是饥饿、流血和豪富的挥霍奢华。祖国的山河虽然秀美，但是艺术——绘画艺术的天地，在这个国家里几乎就像抛弃的垃圾,没有一席可栖存的土地。船尾掀起的浪花声单调地唱着,我突然感到了一阵酸楚,眼眶湿润了。母亲那张和蔼的脸,童年时钓鱼捉虾的湖边小湾,同窗知己沈西苓和一个个朋友熟悉的面容,像一幅幅画,闪现在我一瞬间似乎空白了的头脑里。

不容我多想,一个船员已吆喝着向我招手了。我这次远渡重洋,是得到一位同学父亲的帮助。他花了一百大洋搞到了一张统舱船位的证。住统舱是不能走出底舱到甲板上去的,要整日缩在船底。为了能看一看沿途的风土人情,并且挣点钱解决初到法国时的困难,我找到了在船上伙房里打杂的工作。洗碗盏、洗菜、削洋芋、杀鱼宰鸡等下手活,都由我一人承担。最让人难受的,就是从上海到马赛要在下舱底闷一个月的时间。经过地中海等海洋时,又正值7月炎暑,下舱密不透风,那闷热实在令人难熬。

在途经西贡、红海、亚丁、印度洋时,天气炎热加上锅炉的温度,真是闷热得让人透不过气来!尤其是在经过印度洋时,大风大浪,剧烈的颠簸使得不少工人头晕呕吐,一两天吃不下饭,饮不得水。我虽然也感到不舒服,但欣慰的是,临行前母亲替我准备了一罐雪里红咸菜,实在吃不下饭时,便吃一点咸菜;

加上从小喜欢走浪桥浪木，在大风大浪中经过一两天的锻炼，已慢慢地习惯了在摇摆中工作和劳动。

结束了一个月的航海旅行，到达马赛，改换火车，直接到达梦寐以求的人间"艺术天堂"巴黎。

那时，我认识一个杭州老乡郎鲁逊。他是在巴黎高等美术学校半工半读学雕刻的同学。他为我介绍到一个巴黎拉丁区中国饭店，当半日做工半日学习的临时工。我把全部业余时间用来学习法文和绘画技术。因为拉丁区是艺术中心蒙巴拿斯的所在地，那里有小型展览的画廊和供业余练习速写和绘画的格朗旭米埃画室。这个画室分人体速写素描、油画习作和静物画室，白天夜里都为业余或专业的美术工作者开放，只要购入门票，就可以进去画画。画室里有白发苍苍的老人，也有学生和业余爱好者，入场券有月票或周票，每次用票一张。模特儿的姿势和位置由模特儿自己安排。我住在科技学校路中国饭店对面的一个小旅馆的最上层阁楼中。房中一张小床，一个小窗户，一进门就要弯腰，只有到窗户口才可以直立。这是旅馆中最廉价的房间。为了节省开支，这是老乡郎鲁逊为我想方设法租到的。

我到巴黎的第二天，热情友好的郎鲁逊带我参观了伟大的卢浮宫。从文艺复兴、古典主义、浪漫主义到现实主义、印象主义，从达·芬奇的《蒙娜丽莎》、达维的《拿破仑加冕》、德拉克洛瓦的《西岛大屠杀》、库尔贝的《画室中》，直到马奈的《林中之野餐》等伟大的艺术杰作。这样系统的、完整的展览，深深地印在我的脑际中。它使我明白，绘画艺术通过各时代作家的努力，非常深刻地反映了人类在大自然和历史中的思维和创造。而且它们在演变发展中、在追求真善美的创作中取得了伟大的成就！我感到我到法国来的动机是正确的。我要努力钻研西洋美术史，我要认真学习西洋绘画。

时值20年代后期，第一次世界大战的创伤还没有得到很好的弥补，欧洲已逐渐从痛苦的回忆中苏醒过来。只有远在太平洋彼岸的美国富有的画商成为这个艺术之都最受欢迎的贵客，成为这一时期世界艺术家集中的蒙巴拿斯和蒙玛脱的动力，加上巴黎大大小小各式各样的博物馆、美术馆，各种流派作品的沙龙……这一切形成了名副其实的世界艺术中心！当时，对于我这个盲目崇拜西洋艺术的中国人来说，每天沉沦在西洋现代"五花八门"的艺术流派的海洋中，感到眼花缭乱，无所适从。但是受如饥似渴的求知欲的驱使，想到这样远涉重洋来到异乡的不易，想到艺术的学习不是朝夕用功可以解决的，我决心认真地长期地攻读下去。但家庭的困难和母校补助又都不允许我专门学习。

正在踌躇中，来了转机。1927年10月的一天，我正在宿舍作画，突然郎鲁逊兴冲冲地来到我房间，他差一点把我抱起来。他说我已被录取为法国里昂中法大学的公费生。这意外的喜讯，使我不敢相信。他拿出刚收到的《申报》，我在报上看到了浙江留法录取名单中有我的名字。不久，里昂中法大学的通知也到了。

接到通知后，我随即到里昂中法大学报到。里昂中法大学是利用"庚子赔款"在法国里昂创办的中国留学生大学。校长名义上由中国人担任，实权掌握在里昂大学法籍校长手中，他是庚子款管理委员会主任，负责各项事务。当时国内军阀当权，为了安插私人，严密控制里昂中法大学留学生名额。1923年，陈毅、李富春等一批留法学生曾要求享受公费待遇。他们严词责问驻法公使陈禄，并围困里昂中法大学。此事在国内也引起广泛的反响。国民党当局被迫改变选送办法，自1927年起由各省选派。

我适逢其时，由于浙江大学的据理要求，得以参加考试并被录取。根据我选择的专业,我被分配在里昂国立美术专科学校学习绘画及染织图案两项。我因为没有国内专业美术学校的证书,所以不能投考插班,不得不从一年级开始。当时我已二十三岁,而投考这个学校的法国人,年龄没有超过十六岁的。他们都是穿着短裤的小学生。我在他们中间学习的确很不好意思。但作为基础课,我情愿忍受着难堪,和他们一道从石膏素描开始学起。在学习中,真是如鱼得水似的,我的成绩很快赶上了二年级的学生。第二年,教师们让我跳班参加三年级的人体素描考试,结果也不错。那时候,由南京中央大学艺术系转来的吕斯百、王临乙两位同学已升入分专业的三年级油画班、雕塑班了。吕、王两同学都以出色的成绩震动里昂美专。我也不甘落后,很快地在人体素描方面名列前茅。1930年,我参加了全校以"木王"为题的素描康德考试,获得第一名奖金,从而提前升入油画班。

油画班的主任教授是窦古特先生。他原来是专门制作教堂彩色玻璃画的老画家,忠实地接受并且维护了达维以来的画院教学传统。当我第一次进入他的画室时,他冷冰冰地对我说:"对于你,我不否认你曾画了许多不坏的素描,这是好的。但到我的画室来,你不要再背上'素描'的包袱,因为在某种意义来说,到我这里来要重新搞一个用色浆涂抹的油画。"用色彩及光暗的块和面织成的造型的总体,它既有色彩的运用,也有光暗远近的总体塑造。古代大画师,从意大利文艺复兴时的达·芬奇、米开朗琪罗、拉斐尔、丹多来都、提香,德意志的霍尔本,弗拉蒙的吕本斯,荷兰的伦勃朗,法国从达维、安格尔、德拉克洛瓦、库尔贝、米罗、塞尚、马纳、莫奈、雷诺阿、西斯莱、马蒂斯,一直到毕加索,他们刻画严谨生动的形象,给我们的印象是存在于大自然的一个完整的构图,永隽的纪念碑。

在我们开始画油画之前,窦教授再三叮咛,要我们先研究了解油画颜色的制作方法和各种油色的相生相克、调和与配合。他不让我们购置放在锡管中现成的油色,而要我们自己研究颜色本身的植物或矿物原料的化学成分与研制,调进油类和甘油的成分、剂量等。我们到一家绘画原料公司购置油色的粉状原料,然后进行试验和制造,学习过去大画家的用色习惯和调色的配合方法等。这段时间需要占两周左右。然后开始画布的制作,笔的选择,及出外写生必备工具的制备,比如画箱、画凳等。这一切都完成了之后,就开始绘画。第一天的油画课是从一个老模特儿开始的。意外的事情是窦教授向新生宣布,只能用黑白两种油画颜色,一个星期内完成这幅肖像画。这对我来说是一次意外的考试。用黑白两色画油画肖像,仿佛要一个长跑选手练开步走一样,因为在此之前,我已用油画画过不少人像、静物和风景画。但这幅两色油画创作过程使我了解到,作为一个初学油画的人,应该如何从木炭素描人像晋升到油画人像的表现过程,这是十分重要的。而这种学习在国内是没有的。第二星期习作的课题,是用土红、黑、白三色油画人体的练习。这幅三色油画人体练习持续了两星期。这个练习使我对于土红在黑白两色之间所起的作用有了非常深刻的体会。第三次是使用全色油画绘制一幅色彩非常鲜艳的花果静物写生。这种循序渐进的教学方法,加上解剖学、西洋美术史、美术馆参观和幻灯教学(因为里昂美术馆就在里昂美术学校里,所以结合参观进行绘画是非常合适的),比之我参加蒙巴拿斯自由画室的学习,真有天壤之别。

  在巴黎时,冼星海来信曾劝我去里昂学习。我深深地感到这个建议是十分重要的。为了加强学习,我每天中午带了面包和简单的冷菜,在美术馆里边参观边吃。下午，我还去美术和染织图案系选课学习。这个系除绘制染织图案外，还重点设计应用于客厅、餐厅、寝室，以及火车站、旅馆、剧场的各种壁纸。我夜间还在里昂市立业余丝织学校学习，真是到了废寝忘食、如醉如迷的程度。很快地过了两年，我在业务上有了长足进步。这时在同校学习的吕斯百、王临乙已转到巴黎去了，沈西苓也在日本学习完毕，回到上海从事电影导演方面的工作。沈西苓告诉我，他认为绘画的局限性比较大，目前应该用戏剧和电影的综合艺术来唤醒醉生梦死的社会。同时，里昂美专的教授也鼓励我画几幅创作，参加里昂美术协会的沙龙展出。

1931年秋，法国报纸刊载了"九一八"事变的消息。日本军队的铁蹄蹂躏了东北整片辽阔肥沃的土地，接着又向关内步步紧逼，中华民族的命运已处于生死存亡的关头。我们在国外的中国人莫不忧心如焚，都决心回国投身于迫在眉睫的抗战救国工作。窦古特教授理解我当时的心情。他安慰我说："当然日本人的侵略是不能容忍的，但你们是一个有四亿人民的大国，连年军阀横行，各自为政，当今救亡工作主要在于唤起人民一致抗日。你作为一个画家，应该用你在绘画上的才能，搞一点反映现时爱国思想的作品，这正是你们英雄用武的时候呀!"老师的启发,使我鼓起勇气,画了一幅《乡愁曲》的油画。一个穿中国服装坐着的少妇,面带愁容,正在吹奏竹笛。这是我第一次画人像创作,这也是我进入油画班第二年的一幅油画。老师认为这是一幅有中国风格的绘画。他鼓励我拿这幅画参加里昂沙龙展出,为此我获得优秀画奖状。

1932年夏,我以油画系第一名的成绩毕业于里昂国立美术学校。同年,我参加里昂全市油画家赴巴黎深造公费奖金选拔考试,以《梳妆》油画获得第一名中选。这个奖由里昂已故名画家捐赠基金委员会主持,每年进行全市选拔考试,得奖者享受公费选派赴巴黎深造。我以一个中国人也是中法大学学生得到这个奖金,所以还是按照公费奖金待遇赴巴黎深造。我选择巴黎高等美术学校法国著名新古典主义画家、法兰西艺术院院士劳朗斯画室学习。劳朗斯三世以严谨的画风著称法国画坛二百余年。他们都以画历史人物画为独步。劳朗斯善肖像人物,又精静物,以简练精到的新古典主义著称。他看了我在里昂的素描与油画,表示已初具绘画基础,但真正的油画必须要从现在开始努力学习。来到了离别四年的巴黎,旧地重游,这个古老城市的一切都没有多大的变化。但对我来说,已不像初来时那样孤独了，身边有了从国内来的妻子陈芝秀和在里昂出生的女儿沙娜。更难得的是在巴黎又和吕斯百、王临乙、曾竹韶、唐一禾、秦宣夫、陈士文、刘开渠、王子云、余炳烈、程鸿寿等一些老同学和朋友见面。他们都是从事建筑、雕塑、绘画各专业的能手。吕斯百和王临乙是在里昂毕业后先我们来到巴黎的。同学们热情地帮助我们建立工作室和家庭住宅。为了大家今后共同学习和生活，我们选择了巴黎第16区巴丁南路一个画家住宅区安家。以后，以我家为中心，每当工作和学习之余，每一个周末或过年过节，我家就成为聚会聚餐的地方。后来我搬到塔格尔路，并于1934年成立中国留法艺术家学会，参加者有常书鸿、王临乙、吕斯百、刘开渠、唐一禾、廖新学、曾竹韶、陈士文、滑田友、周轻鼎、张贤范、马霁玉、陈芝秀、黄显之、胡善余、秦宣夫、陈依范、王子云、余炳烈、程鸿寿等人。徐悲鸿、蒋碧微夫妇来巴黎举办《中国绘画展览》时，也到我们这里来过。这位老一代的艺术教育家和画家，对我们在巴黎学习也做了宝贵的指教。

悲鸿先生还参观了那时我在巴黎举行的个人画展。他对我画的《病妇》、《裸女》，以及油画静物《葡萄》

给以表扬。《葡萄》后来被法国著名美术评论家认为，是一幅具有老子哲理耐人寻味的佳作。这幅画由法国教育部次长于依斯曼亲自选定收归法国国有。《沙娜画像》油画由现代美术馆馆长窦沙罗阿亲自来我个人画展会场，代表法国国家购去，收藏在巴黎近代美术馆（现藏蓬皮杜艺术文化中心）。1934年在里昂春季沙龙展出的《裸妇》，是1934年巴黎高等美术学校劳朗斯画室中获得第一名的作品，得到美术家学会的金质奖章，也已由法国国家收购，现藏里昂国立美术馆。我的油画作品曾多次参加法国国家沙龙展，先后获金质奖三枚、银质奖二枚、荣誉奖一枚，我因此成为法国美术家协会会员、法国肖像画协会会员。

自1933年至1935年，我跟巴黎高等美术学校教授劳朗斯学习期间，受到他的教导很多。劳朗斯老师从来不把他正在绘制的油画给别人看，但他却对我例外，给我看，并且还教导我如何布局，如何配色，先画什么，边画边思考，按自己的意图画，直到完成一幅作品。画完以后再放放，看看，直至完善。我真是受益匪浅。劳朗斯教授不幸于1935年病逝。参加葬礼时，劳朗斯夫人含泪对我说："教授在世时经常对我说，'常'是他所有学生中最听话、最用功、最有成就的一个！希望你继续努力，不要辜负教授对你的希望！"

我在法国已度过了九年零十个月的光阴。在这里一草一木的兴衰和时序变化中，在紧张的学习阶段，多少个日日夜夜，艺术大师们和他们那些杰出作品，都使我激动，促我思索，给我灵感和力量。那许多个带着面包点心在美术馆边参观边吃地度过的午休时间中，我站在里昂画家卑维司脱巨幅《林中仙人们》的杰作前面，享受作品中充满了性格和地方色彩的美妙和芳香，犹如欣赏19世纪法国文学家都德的《小物件》那样；站在德拉克洛瓦的《西岛的大屠杀》前面，伟大创作给了我深刻的启示和感受。我由衷地感到，我们的艺术工作者，"只是忙于开个人展览，个人称誉。所以中国的新艺术运动始终是没有中心思想、中心动力，像一个没有轴心的游轮，空对空的，动而无功"（见《中国新艺术运动过去的错误与今后的展望》，1934年8月1日第2卷第8期《艺风月刊》）。我们应当将自己的艺术投入到社会生活之中，才能创作出伟大的作品来。

（选自常书鸿《九十春秋》，北京大学出版社，2011年）

雅典城美国古典学院

罗念生

> 罗念生（1904—1990），古希腊文学研究者，1929年至1933年留学美国，在俄亥俄州立大学、哥伦比亚大学以及康奈尔大学学习，1933年至1934年留学希腊，在雅典美国古典学院学习。

假如你想去雅典城念一点活的书，我劝你进一个和你的外国语最相投的古典学院。假如你的美国英语最好，你不妨进美国古典学院。你可以从海港乘地下铁道车进城，在卫城北边钻上来，一辆Gamma（第三个希腊字母伽马）公共汽车会把你送到利卡威托斯山麓，你在那儿望见一座很秀丽的伊奥尼亚柱式的大理石建筑，那就是美国古典学院的图书馆。你问问那里的老年人，他会告诉你，那地方就是古代哲学家亚里士多德讲学的吕刻翁故址。雅典城永远是神灵的古城，不论站在哪儿，你都可以发生无限历史与神话上的联想。

只要有美国大学的介绍信，你便能入学。这学院希望你懂得一些考古学上的基本知识，除了古今的希腊文外，还希望你懂得一些现代西方语言，在日耳曼语里还希望你听得懂高地德语。假如你不是美国大学推荐去的，他们会要你交一百金元学费。我劝你不要住学院的宿舍，费用大，不划算，因为一大半时间你不能留在雅典城。

秋天你得随着一群同学到希腊内地和海上去旅行。大概先看马拉松和温泉关，这两个地方没有什么古迹，但是想起历史上轰轰烈烈的战争，想起雅典人和斯巴达人抗击波斯军的大无畏精神，你一定很兴奋。德尔菲、奥林匹亚依然是神灵的地方，你如果想做一个诗人，别忘了去饮一口卡斯塔利亚圣泉的水。斯巴达是最没趣的地方，那里的长脚蚊咬死人，因此日本蚊烟香在那儿很销行。美国学院在科林斯发掘了几十年，还不曾挖出一个市场，你也得去看看，看他们怎样翻泥，看美丽的女神自地中出现。

希腊的海岛更是明丽异常。提洛、克里特你一定得去，去看古时的福地变做了一片荒凉，去看那断垣上绘着的百合与飞鱼。你最好在那时背诵《奥德赛》中的诗句，随着奥德修斯去到伊塔卡，不，那不容易去，你且从科孚岛下去看这英雄漂泊的孤舟怎样变做了一个青葱的小岛。

然后你回到雅典上课，实际上无所谓上课与下课，而是和古希腊人一样无时无地不在受教育。有一门功课是"雅典地方志"，一道城门、一口流泉就值得你花三天工夫去查书，然后随着一些考古家前去观察研究。你的书越看得多，你说话的机会越多。德普斐尔特否认公元前5世纪的希腊剧场有舞台的学说虽已成立，导师还会叫你代表对立派出来辩护。建筑班上时常给你一方残石，叫你去定下名称，把它安放在适当的位置上。雕刻课则是在博物馆里作比较研究。你得记住欧美博物馆里保存的重要雕刻，还要明白许多美学上的原理。至于文学班的课堂却是在国家剧院里，每次他们排演什么古剧，你得先仔细读过那剧本才去看。也许你不容易懂得那种现代化的希腊语，但是剧中的情节你全然明白，那也可以"陶冶"你的情感。如果德国人下来上演埃斯库罗斯的悲剧《波斯人》，你的机会更好，那将更容易使你明了。你可以相信希腊国家剧院会同他们比赛，你还可以相信酒神会给现代的希腊人加上胜利的荣冠。

到了春天。你可以每天去看古市场里的发掘工程，看他们怎样掘壁画，怎样用酸水洗陶片，那些陶片没有几片他们舍得抛掉，不像我们在宝鸡，挖出来的破砖烂瓦，用处不大。有时候一个年轻人惊喜地跑来报信，你便知道古代的光华又自土中出现了。

剩下的时光你得花在一篇论文上面。你可以到酒神剧场里去认石块，把上面的文字考证出来；或是在典籍里去搜寻，看有多少剧本是演唱俄狄浦斯家族的故事的。

如果命运不许你在希腊住上一年，你最好加入他们的暑期学校，把一年的课程在六个星期内赶完，全看你自己会不会消化。

也许你要问希腊的天气好不好，我敢说哪儿的天气都没有希腊的好，你的日记簿上一年会记上三百个晴天，隆冬时节也会记上一些温暖。也许你还想问希腊的生活程度高不高，这个我难以回答。大概比法国的生活程度还要低得多。但若你能像希腊人那样生活，简直比北平还要贱些。一毛国币可以在博物院前面坐一夜咖啡店，听一夜音乐。

欧洲几个大国都在雅典设立有古典学院，我们纵谈不上这种设备，也应该有人去念一点活的书回来。我们如今正需要像这样念一点书，这方法是可贵的。

（选自《罗念生全集》第 9 卷，上海人民出版社，1989 年）

海德贝格记事(节选)*

冯至

冯至(1905—1993),现代诗人、德国文学研究者,1930年至1935年留学德国,在海德堡大学、柏林大学学习,1935年在海德堡大学获博士学位。

记徐诗荃①

1930年9月12日,我从北平起身,经过我在《北游》里写过的哈尔滨,经过广袤的西伯利亚,经过正在进行第一个五年计划的莫斯科,在柏林住了几天,乘夜车到了海德贝格。海德贝格晨雾初散,只见两山对峙,涅卡河一水横流,我觉得很新鲜,又很生疏。我心里想,这就是我的终点站,要在这里住下去吗?

---

* 海德贝格,今译海德堡。
① 徐诗荃,原名徐琥,后以徐梵澄行世。湖南长沙人,中国社会科学院世界宗教研究所研究员、翻译家。——编者注

山和水都沉默无言,显出不拒绝也不欢迎的样子。

当天上午我在一个小学教员的家里租了一间有家具设备的房屋。出乎意料地凑巧,这里还住着一个姓戴的中国学生,约十七八岁,正在读中学。他告诉我说,海德贝格中国人很少,他只知道在大学里学习的有两位同胞,一个学文的姓徐,一个姓蒋的学医,此外就没有了。我听了他的介绍,中国人如此稀少,并不觉得惊奇,因为我在国内时,很少听人谈到过海德贝格,我是听从了一个德国友人的建议才到这里来的。那个德国朋友向我说,若去德国学习,不要到大城市。大城市太热闹,人也忙,谁也顾不了谁,同学之间,师生之间,不容易接近。在较小的城市,尤其是在所谓大学城里,除了大学外,没有其他重要的机构,整个城市都围着大学转,人们容易很快就熟悉起来,这对于提高语言能力,增进知识,了解社会生活都有好处。他帮助我选择了海德贝格。理由是海德贝格大学是德国境内最古老的大学,已有五百五十年的历史,有著名的教授,若学文,享有盛名的宫多尔夫①教授正

---

① 宫多尔夫(Friedrich Gundolf, 1880—1931),德国文学史家、文学批评家。

在那里讲学。这番道理，那时人们知道得还不多，所以在海德贝格的中国留学生寥寥无几。

第二天下午，我到涅卡河南岸的一个小巷里拜访了学文学的徐君。我的突然来访，主人并不觉得惊奇，我们互相报了姓名，好像一见如故，虽然二人都有些矜持。他来德国已经一年多，向我介绍了海德贝格大学的情形，我也跟他谈了些国内的近况。我看见他的书桌上摆着一幅鲁迅的照片，又看见书架上德文书中间夹杂着些中文书刊，我心里想，今年春天，我在《萌芽》月刊里读到过一篇从德国寄给鲁迅的通信，署名季海，莫非就是这个人吗？但我没有向他说明，因为他告诉我他姓徐名琥。那时大学还没有开学，他带我熟悉海德贝格的某些名胜古迹，以及与大学有关的机构，如图书馆、报刊阅览室等。渐渐熟了，谈话的内容也渐渐丰富而深入了。他在上海复旦大学学习过，1928年5月，鲁迅在复旦实验中学讲演，他作了记录寄给鲁迅，后又在《语丝》上发表了《谈谈复旦大学》一文，揭露复旦大学当时的腐败现象，惹起复旦当局的不满与复旦校友们的非议。也许就是这个缘故，他不愿在复旦待下去了，他到了德国。他少年气盛，谈世事谈到愤慨时，便朗诵清代诗人王仲瞿祭西楚霸王的诗句:"如我文章遭鬼击,嗟渠身手竟天亡。"他也欣赏南社诗人高天梅拟作的《石达开遗诗》,如"我志未酬人亦苦,东南到处有啼痕"、"只觉苍天方愦愦,莫凭赤手拯元元",这有多么沉痛!他不仅古典文学知识渊博,也常常和我谈起他湖南家乡的王湘绮、杨皙子等人物。

大学开学后,我主要选修文学史课程,徐琥则用更多的时间研究美术史,并练习木刻,他室内挂着一大幅他自制的高尔基木刻像。日子久了,我们也就无所不谈。一天,他笑着对我说,我们首次会晤后,他曾写信给鲁迅先生,里边有这样一句话,"今日下午有某诗人来访",但没有说出我的姓名。后来他收到鲁迅的回信,信里说到"某诗人"时,也没有提名道姓,只在文字中间画了一个小小的骆驼。不言而喻,这指的是我于1930年夏在北平和废名共同编的一个小型刊物《骆驼草》。关于《骆驼草》我不止一次地说过:"我在这里边发表的散文和诗,有的内容庸俗,情绪低沉,反映我的思想和创作在这时都陷入危机。"从信里画的小骆驼也可以看出,鲁迅对这刊物是不以为然的。

从此我知道,徐琥经常和鲁迅通信。徐琥有不同的别名和笔名,如冯珧、季海、诗荃等,鲁迅则对他以诗荃相称。如今翻阅鲁迅的日记,从"1929年8月20日徐诗荃赴德来别"到"1932年8月30日夜诗荃来自柏林"三年零十天(即徐琥在德国的时期)的日记里,提到诗荃有一百五十四处之多,内容都是书信来往。徐琥在德国为鲁迅搜集图书画册以及报纸杂志,鲁迅也把国内的出版物寄给他。鲁迅日记里提到的"寄诗荃以《梅花喜神谱》一部"、"为诗荃买《贯休罗汉像》一本……"以及"小报",我在徐琥那里都见到过;所谓"小报"是上海低级趣味的《晶报》,从这里也可以看出鲁迅的用心,要使海外的游子,不要忘记国内仍然有这样下流的东西在流行。1931年7月6日的日记"得诗荃信,上月18日发。附冯至所与信二种",这两纸信里我写的是什么,如今我怎么想也回想不起来了。有一件事在鲁迅的日记里没有提到。那时曹靖华在列宁格勒,翻译绥拉非摩维奇的《铁流》,他把译稿用复写纸抄成两份,一份直接寄给鲁迅,一份寄给徐琥,由他转寄。这是因为从苏联寄给国内的邮件,常被国民党审查机关扣留,为了安全起见,再从德国寄去一份,比较保险。不知鲁迅收到的《铁流》译稿最后是一份呢还是两份?徐琥向我谈及此事时,还把他收到译稿后写给曹靖华的短信背给我听,是用文言写的，很古雅。他和鲁迅通信也常用深奥的古文，鲁迅在复他的信中有时还穿插几句骈体。遗憾的是鲁迅给他的信（这该是多么宝贵的一笔遗产！）在抗日战争时期失散了。

徐琥回国后，由鲁迅介绍他在《申报·自由谈》上用不同的笔名撰写杂文，也是由鲁迅介绍，他翻译尼采的《苏鲁支语录》和《自传》得以出版，署名徐梵澄。徐琥用过许多笔名，恐怕他自己也难以胜数，正如众流归大海一般，徐梵澄这个名字算是最后定下来了，一直沿用到现在。他在德国时期，梵澄二字还在虚无缥缈间，因为鲁迅的日记里称他为诗荃，所以我把"记徐诗荃"作为这一段的小标题。

"同胞事　请帮忙"

初到外国，多么想看见中国人啊。我在海德贝格，能与徐琥一见如故，自己觉得是出乎意料的幸运。那一位学医的蒋君，我当然也要去看看他。这一看，非同小可，我几乎吓呆了，也可以说是又一次的出乎意料。我叫开蒋君住室的门，走进来，在比较阴暗的房里看见四个中国人围着一张桌子在打麻将。我脑子里立即发生疑问,不是说这里包括我在内只有四个中国人吗,现在除了蒋君外怎么又多出来三个人呢?他们交谈用浙东的方言,我一句话也听不懂。蒋君对于我这不速之客似乎很不欢迎,冷冷淡淡,使我进退维谷,我记不得是坐了一会儿,还是在麻将桌旁站了一会儿,便匆匆告别走了。此后我再也没有遇见蒋君。后来我才知道,那三个人是浙江省青田县人,他们迢迢万里来到欧洲,在各处串街走巷,兜售青田石雕刻的花瓶笔筒以及其他用具。但青田石雕是有限的,货源并不通畅,不知是从欧洲的什么地方他们贩来一些仿制东方的瓷器,上边描绘的风景人物,说像中国的又有几分像日本的,说像日本的又有几分像中国的,总之这类恶劣的赝品是用来骗没有到过东方的欧洲人的。但这些商贩有艰苦的冒险精神,他们到欧洲来,有的经海路,有的甚至经过中亚的陆路,有的没有正式护照,有的护照过了期,他们居无定所,警察经常和他们发生纠葛。人们轻蔑地称他们为"青田小贩"。

　　说实话,我那时对于这些青田的同胞也是蔑视的,觉得他们给中国人"丢脸",而对于他们离乡背井、长途跋涉、遭受凌辱的苦情却毫无体会,也不想一想是什么缘故使他们走上这条渺茫的不可知的道路。我和徐琥天天谈的是什么，他们天天干的是什么，完全属于两个不同的世界。我有时在路上遇见他们，也不打招呼。如今回想，我蔑视他们是错误的。真正给中国人丢脸的并不是他们，而是那些军阀官僚、洋奴买办。可是有一次在1931年春，徐琥在路上被一个青田同胞截住，这人用不容易听懂的青田话向他说，他的两个同伴被警察拘留了，语言不通，请他帮助。他随即拿出一个名片，说这是在街上遇到的一个中国的旅游者给他的。徐琥接过名片，上边写着六个字"同胞事，请帮忙"，他再看名片上的姓名，是"林语堂"。徐琥于是到了警察局，他不仅勉勉强强地当了一次翻译，再且替被拘留者作了一些解释，同时充当了辩护人。

内心的空虚

我的房东有一幢三层的小楼，除自住外把空余的四间租给学生居住。我每月付出的房租包括天天在他家里吃早餐。我早餐时，作为小学教员的房东主人和读中学的小戴都已到学校去了。精明的房东太太在客厅里预备好面包和咖啡。与我同桌的有两个在他们家里租住的大学生，一个是匈牙利人，同情共产党，另一个可能与房东有亲戚关系，戴着花色小帽，一望而知是某一个大学生社团的成员。德国的大学生社团有比较悠久的历史，它们创始于反拿破仑自由战争后的1815年，本来具有爱国主义思想和进取精神，它们反对专制统治，甚至于1819年至1848年被政府禁止活动，后来又渐渐恢复，形成各种性质不同的组织。到了20世纪，大学里的社团种类繁多，有以政治倾向为基础的，有以同乡为基础的，各自用不同的颜色作为社团的标志，但总的说来，大都不再有1815年的革新精神，而带有民族主义的、国家主义的保守色彩了。这个与我同桌的属于某社团的大学生，浑浑噩噩，说不出一句有内容的话来，那个匈牙利人求知欲很强，经常谈到世界大事，也问我中国革命的形势。我们这三个人天天共进早餐，人人的心境不同，眼前的远景也不一样，却能和平相处，好像井水不犯河水。

但是街头上和大学里就完全不一样了。1930年全世界资本主义国家发生历史上最严重的经济危机，德国的经济更为恶化，工厂倒闭，资金外流，失业人口日益增加，以中央党领袖布吕宁为总理的魏玛共和国政府费尽心机，采取种种措施，克服不了这个艰难困苦的局面。纳粹党利用经济危机和民族情绪，大肆蛊惑群众，迅速膨胀起来，同时共产党的力量也增强了。在街上，常常看见共产党的红色战线战士同盟和纳粹党的冲锋队在激烈斗争。有时有右翼党派的学生成群搭伙，把大学旧楼的入口处堵得水泄不通，叫嚣不已。他们向学校当局提出无理的要求，如解聘具有进步思想反对战争的教授、限制犹太族师生的活动等。左派学生也出来据理力争，揭露和批判他们的谬论。但在学生中间也有袖手旁观的"逍遥派"，在两方面争辩得不可开交时，我听到过有一个学生冷笑着向我说："看，德国是多么热闹呀！"

我是外国人，处在旁观的地位，但是听了这句话，不由得起了反感。我想，他作为德国人，在激烈的斗争中，就应该采取这种态度，说这样的风凉话吗？——如今我回想，当时我对中国国内残酷的阶级斗争的态度，跟那个德国学生并没有什么两样，像我前边提到过的我与废名合编的《骆驼草》，其中某些言论与那句风凉话在性质上也没有什么不同。我对那个德国学生起反感，真是只看见别人脸上的斑点，忘记自己身上的疮疤了。

实际上我在海德贝格的时期内，无论是国内或是国际上进步势力和反动势力的斗争都达到火炽阶段，我却仿佛置若罔闻。我只认为，德国社会的动荡不安与我无关，中国人民的水深火热我也无能为力。但是我的内心却感到无限的空虚。20年代，不管我的思想如何幼稚，心境如何狭窄，还是真情实感地歌唱了十年，这时则一句诗也写不出来。当时有的留学生，一到外国便像插上了翅膀一般，神飞色舞，觉得一切学问和幸福便能迎面走来，而我，有如断了线的风筝，上不着天，下不着地，漂浮在空际。我刚到海德贝格时，每星期写一篇短文寄给杨晦在《华北日报》的副刊上发表，总标题为《星期日的黄昏》。仅仅这个标题就可以反映出我每逢星期日无法排遣的心情。但是写着写着，自己也觉得无聊，写了三篇，再也写不下去了。总之，没有真实生活的人是最空虚的人。

我怎样排遣我的空虚呢？

在一部分文科学生中间经常谈论两个著名的诗人：盖欧尔格和里尔克。他们都是在法国象征主义影响下开始写作的，但后来发展的道路各自不同。盖欧尔格一生致力于给诗歌创造严格的形式，把"为艺术而艺术"看做是道德与教育的最高理想，他轻视群众，推崇历史上的伟大人物，认为历史是伟大人物造成的。他从1892年起。创办《艺术之页》，宣传他对艺术以及对政治的主张，达十八年之久。他有一定数量的门徒，形成盖欧尔格派。门徒中最有成就、最有声望的宫多尔夫在海德贝格大学任文学教授。有个别学生是盖欧尔格的崇拜者，态度傲岸，服装与众不同，模仿盖欧尔格严肃的外表。但是宫多尔夫没有盖欧尔格难以接近的外表，他蔼然可亲，主持正义，当右翼学生提出不合理的要求时，他断然拒绝。他这学期讲浪漫派文学，阐释浪漫主义精神很能给人以启发。对于盖欧尔格的诗和他的思想，我觉得生疏难以理解，可是宫多尔夫的著作却能引人入胜。至于里尔克，则与盖欧尔格不同，读他的书信是那样亲切动人，读他的诗是那样耐人吟味，我从他那里重新学到了什么是诗，怎样对待写诗，我在另一篇文章《外来的养分》里较详细地叙述了里尔克对我的影响，这里我不重复了。

我就用读里尔克的书、听宫多尔夫的讲演排遣（而不是填补）我内心的空虚。想不到，宫多尔夫在1931年7月12日突然逝世了。

记梁宗岱

大约在 1931 年 2 月底或 3 月初，一天我正在早餐，来了一个客人，他递给一封介绍信，是柏林一个朋友写的。我读了信，知道他是梁宗岱。梁宗岱这个名字，我那时并不熟悉，只记得在20年代前期他出过一本诗集《晚祷》，我没有仔细读过。他打算在海德贝格待两三个月，我首先是陪他去找房子租住。梁宗岱胸怀坦率，在找房子的路上他不住口地对我作了详细的自我介绍。他精通英语、法语，他是法国著名诗人瓦莱里（他用广东语音把这名字译为梵乐希）的弟子，在1927年他就翻译了瓦莱里的名篇《水仙辞》。他能用法语写诗，把王维、陶渊明的诗译成法文，出版了一部豪华本的《陶潜诗选》，瓦莱里给他写了序。他还谈到罗曼·罗兰和纪德，谈到国内的徐志摩，也谈到里尔克，他从法文译本转译过里尔克的《罗丹论》。我说，里尔克也翻译过《水仙辞》，是1926年他逝世的那年译的。直到在涅卡河北岸山腰上一家住宅里租到了一间房子后，他的自我介绍才暂告结束。

我帮助他把住房安排好了以后，独自走回来，一路上我想，在北平时局限在沉钟社几个朋友的圈子里，自以为懂得文学、献身艺术的只有我们几个，好像我们一辈子就可以这样互相依存地生活下去。我每逢感到孤独寂寞，便自言自语，"北平有我的朋友"，用以自慰。殊不知山外有山，天外有天，能人背后有能人。徐琥的聪明才智已经使我惊讶，如今又遇见梁宗岱，也是才气纵横；一个是鲁迅的学生，一个是瓦莱里的弟子。鲁迅和瓦莱里，一东一西，20世纪前期的这两个伟大人物，他们的切身经历、文艺思想，没有共同之点，但是他们的创作历程，却有些相似。瓦莱里在19世纪90年代中期发表了他早年的诗作后，有过长期的沉默，到了1917年才以《年轻的运命女神》问世，一鸣惊人，此后就不断地写出他那宁静、纯洁、富有透明的理性的诗和散文。鲁迅青年时留学日本，撰写具有革命精神的文艺论文，译介欧洲当代的短篇小说，随后也是经历了将及十年的沉默，直到1918年，发表《狂人日记》，震撼了中国古老的封建社会，从此用他所向披靡的笔锋跟腐朽的、反动的恶势力战斗，永未停息。这两个人的气质完全不同。我在20年代，聆受过鲁迅的教诲，所以与徐琥的友谊有一定的基础。如今接触到以里尔克为代表的西方最纯熟、最精湛的一派诗风，与梁宗岱也不是没有共同的语言。

梁宗岱在海德贝格度过了这里最美好的季节，春天。他在3月21日写完了给徐志摩的一封长信《论诗》。这是一篇全面论诗的散文（我不说是论文），它涉及诗各方面的问题，显示出作者对古今中外的诗歌有较深的修养，并提出自己的见解。他的态度既严格而又宽容，既骄傲而又谦虚。以至诚的心情希望中国新诗能有健康的发展。他在写作过程中，遇到某些问题曾和我商讨，并把我从国内带来的几部线装书如李商隐的诗集、姜夔的《白石道人四种》等借去参考。我很惭愧，我对于诗不像他那样考虑得深远。

他从德语文学里翻译歌德、尼采、里尔克简短的抒情诗，都很成功。但我感到难以卒读的却是他极力称颂的瓦莱里《水仙辞》的译文。一来是原诗的难度大，不容易译，二来是这篇晶莹而清澈的纯诗，译者用了些不适当的华丽词藻。而且为了押韵，有些词句显得勉强、不自然。我不懂法语，我读里尔克的德译，觉得比读梁宗岱的中诗更容易懂些。

我把我1930年在《骆驼草》上发表过的八首诗给他看。他读后很坦率地对我说，这些诗格调不高，他只肯定其中的一首《等待》。他的评语对我发生了影响，后来我编选诗集，从发表在《骆驼草》上的诗里只选了一首《等待》，其他的都没有选入。

抗日战争时期，他在重庆，我在昆明。1914年，我把我写的几首十四行诗寄给他。他回信仍然是那样坦率，他说，他不同意我用变体写十四行，他自然是严格的"形式主义者"。但是他严格遵守格律写的十四行诗，我读后总觉得语调不够自然，缺乏生气，虽然他论诗的文章写得很深刻，很认真，我从中得到不少的教益和启发。

记F君和鲍尔

宫多尔夫教授当时享有盛名，有不少学生是慕他的名声来到海德贝格大学的。他的课室里经常挤满了人。在课间休息时我认识了一位F君，他不过二十岁左右，是犹太人，很聪明，知识渊博。我从他那里首次知道西方两个著名的论战家：丹麦的基尔克郭尔和奥地利的卡尔·克劳斯。他尤其钦佩克劳斯独自经营一个刊物《火把》，保卫德语的纯洁，反对报章文字，反对战争。他也常常背诵尼采的警句，他看不起尼采的妹妹，他说她不懂得尼采，只靠着在尼采的庇荫下生活，实际上她对于他所赞颂的人并没有什么研究，只不过是作为一个青年人读到他们犀利的文句、尖锐的讽刺特别感到痛快罢了。有一天下雪，我问他对于雪有什么感想。他似乎不了解东方人对于雪的感情，他回答说,"我们家开袜厂,雪后天寒,毛袜的销路会增长。"有一次我三四天没有看见他,见面后我问他这几天为什么没来听课。他说,"这几天纳粹党的冲锋队在街上到处横行,我躲在家里没有敢出门。"1931年下半年我在柏林大学又遇见过他,后来纳粹党的势力日益膨胀,我们再也没有见面,他可能流亡到国外去了。

F君从此音信杳然,我却时常怀念他。我从他那里不仅首次知道了基尔克郭尔和克劳斯的名字,还听到了一些有意义的掌故。例如他说,"宫多尔夫是一个藏书家,有许多珍本,他曾经在一个旧书店里买到一套连载狄更斯某部小说的杂志,上边有叔本华阅读时的批语。宫多尔夫跟书有难解难分的因缘,他常说,不是他找书,而是书在等着他。"我也一向爱逛旧书店和旧书摊,我听F君这样说,真是不胜神往。

在宫多尔夫的课室里我遇到的另一个同学是维利·鲍尔,我们后来成为很好的朋友。过了五六十年,世界发生了巨大的变化,我们的友谊却没有中断。他是宫多尔夫的崇拜者,直到老年他还自称是宫多尔夫的学生。我认识他时,我已经从小学教员那里迁至(意译为)鸣池街15号楼上的一间房里,距离鲍尔的住处不远,便于来往,很快就彼此熟悉了。鸣池街是通往海德贝格主要的名胜、位置在半山腰于17世纪被法国军队炸毁过的宫殿的必由之路，我们常在那一带地方散步。这时他已经在宫多尔夫指导下写好了博士论文，不久通过博士考试，随后便离开了海德贝格。此后我们不断通信，互相赠送书籍，谈近况，谈读书心得。希特勒攫夺政权后，他因为反对纳粹党专政，到法国、瑞士、意大利各地谋生，抗日战争时期，我曾邀请他来中国在同济大学附设高级中学教德语，学校先后迁移到赣县、昆明，他也跟着学校经受流离的辛苦。后来他回德国去了，由于中国和西德长时期没有外交关系，我们的通信也一度中断。十一届三中全会以后，对外开放，我又得到他的消息。最使我感动的是，我于1982年在慕尼黑与他重逢时，他把我从1931年到1947年写给他的信都保留完整，他允许我带回北京看一看，看完了再还给他。我拿到这些信，感到一种良心的谴责，他给我的信以及其他朋友的信，有的在战乱中失散了，有的在十年浩劫中焚毁了——鲍尔又何尝不是从战乱中过来的呢，却把信保留得这样完整！我给他的第一封信，是在1931年7月12日写的。是宫多尔夫逝世的那一天。信里这样说：

亲爱的朋友：

您会预想到，我收到您从美丽的阿尔卑斯山的来信，我是多么高兴。但是，我的朋友，您不能预想到，我现在是多么悲哀，我自从到海德贝格以来，这样的悲哀我还没有感到过。我一向所想象的，从今天起，都"写在水里"了。几月之久，官多尔夫以他的讲授鼓舞了我。我衷心敬重他的人格以及他的著作。我是一个寻路的人，并把他看做是我的指路者，但是，他现在怎样了呢？我应该告诉您吗？……不，我不愿意……

您常常向我说，官多尔夫有过许多计划。我迫切地等待着他关于里尔克的讲演。现在一切都随着他消散了。这对于德国文学是多么大的损失！我忽然觉得，好像海德贝格变得不美了，——下半年我不想待在这里了。

您什么时候回斯图卡特？若是我得到您从斯图卡特的来信，我就去拜访您。

以友好的祝愿

冯至

鲍尔的父母住在斯图卡特附近的坎史塔特,鲍尔从阿尔卑斯山旅行回来后,我在离开海德贝格去柏林之前曾到他家里去拜访过他。他陪同我参观了一些与席勒、舒巴特有关的遗迹。

从此我们书信往来还很少中断。我们有时也谈到对于盖欧尔格与里尔克的看法。后来我在柏林读到沃尔特斯写的《盖欧尔格与〈艺术之页〉》,过分推崇盖欧尔格,贬低其他有贡献的诗人。有一次我写信给鲍尔:"我觉得,有些盖欧尔格的信徒太偏激了。例如沃尔特斯在《盖欧尔格》这部书里说,里尔克'这种不安定的自我暴弃,我们认为对于培养一种更高尚的生活是有害的,我们从来没有被这完全是斯拉夫倾向的灵魂震动所震动'。我想,宫多尔夫就不会这样说。所以我很想知道他对于里尔克的意见。"后来我才听说,宫多尔夫在他逝世前一个多月在埃森作了论里尔克的讲演,给里尔克以与盖欧尔格同等的评价。

1933年4月底我又回到海德贝格。有一次在8月里的一天我访问了宫多尔夫夫人,随后我写信给当时住在巴黎的鲍尔:"这是一个偶然的侥幸,我给宫多尔夫夫人通电话。我立即被她很友好地接待了,就在这唯一的一天她在海德贝格。因为她在这天以前还在史特拉斯堡，明天又要到瑞士去。我们谈了许多有趣的事，谈到宫多尔夫丰富的藏书，谈到她拜访过里尔克，谈到她热爱中国的绘画。"这次会面，她赠给我一幅她在瑞士摄制的里尔克的照片。这照片我不曾在任何关于里尔克的书或画册里看到过，后来我把它带回国，在1936年12月份的《新诗》月刊配合纪念里尔克逝世十周年发表了。

宫多尔夫关于里尔克讲演的全文，由他的夫人于1937年在维也纳出版（这时宫多尔夫的书已经不能在纳粹德国印行），装帧精美，鲍尔来中国时赠给我一本，说是作为我们1931年在海德贝格结交、1938年在江西赣县重逢的纪念。

（选自冯至《立斜阳集》，工人出版社，1989年）

就是这样走过来的(节选)
庞薰琹

> 庞薰琹(1906—1985),画家,1925年至1930年留学法国,在叙利恩绘画研究所、格朗特歇米欧尔研究所学习绘画。

叙利恩绘画研究所,有人称它为学院,根据实际情况来讲,还是称它为研究所比较合适。这个研究所是哪年成立的不清楚,最少已有几十年的历史,不少成名的画家在这里学习过。其实它只有一间很方很大的工作室,其中分为三个部分,中间也并没有把它隔开,只要一进门就可以看到全貌。右边是石膏教室,中间是人体教室,左边是雕塑教室。石膏教室中,靠三面墙,排列着立体形、手脚鼻等,还有头像,半身像,全身像,到大型巨像,包括米开朗琪罗的奴隶像。每个石膏像后面墙上挂满了示范作品,这是几十年来从学员的学习作品中选出来的。假若把这些作品选一选编一编印一印就是一本精彩的素描选集。据说其中也有徐悲鸿画的,哪一幅是徐悲鸿画的,只有请悲鸿自己去认一认,或许能找出来。现在悲鸿已去世,那就无法查问了。石膏像都是依次排列,固定不变,谁也不会去搬动石膏,上午一班人画,下午换一班人画。画的人摆好画架,画凳,在地上把画架的三只脚、凳子的四只脚、用粉笔在地上画好位置签个字,你明天来可以继续画,绝没有人抢占你的位置,或者把你在地上画的记号擦掉。从不会发生这样的事。人体教室中有两个模特儿台,你要画哪一个就画哪一个,可以画素描,也可以画油画,模特儿的姿势似乎有固定一套,比方第一次总是两臂伸直,两脚并着站立,画正面,侧面;第二次同样姿势,画背面,侧面,目的是知道人的全身比例。接着画一只手臂伸直,有一只高架子给模特儿搁放手臂,目的是为了了解动作时肌肉的变化。下一次应该摆什么姿势,模特儿自己知道。男模特儿看见有女学员在座,自动用布片把下身遮一下,都是不要人说,模特儿自觉这样做。也从来没有人自作主张要模特儿这样或那样摆姿势。所以它是依照着顺序进行的,不是为画模特儿而画模特儿,它是为了要使你知道人体的比例、动作时肌肉的变化等等。人体教室只有一面墙,墙上也挂满人体的示范作品。

有一点其实是不好的习惯,天花板上、柱上都有一层厚厚的五颜六色的油画颜色,人们每次画完把自己的画板刮干净,然后把自己不要的颜色用调色刀弹到天花板上和柱子上,不过弹到天花板上要有一定的技术,落到别人身上那可不行,也没有人敢冒失行事。这里用不到什么思想教育,到这里学习,看到这一切,你只能坐下来努力学习。一个新来的学员只要你勤奋学习,总会有人来帮助你指导你。我到这研究所的第一天,就有一个匈牙利同学来帮助我,他甚至坐等我画完了,陪我一同走出研究所。在开始学习的一段时间中,有四五个学员来帮助我,其中有两个日本学员,我忘了他们的名字,其中一个好像就是以后在巴黎很有名的日本画家希拉茄,日本名字我不知道。

在叙利恩研究所学习的学员中,艺术水平、技术水平都相差很大,有的是在巴黎小有名气的画家来这里画短时期的模特儿。教师每星期只来一次,而且只看油画。他第一次给我看画,我就和他抬起杠来。

我得到很多人的帮助,技术进步很快,但是主要的还是艺术修养方面的进步,初来巴黎的是一个什么都不懂的中国乡巴佬儿,现在开始踏进了艺术的大门。

我个人认为旧式的课堂教学必须改变,要实行大教室制，让同学们自己互相帮助，教学生教得全班好像是一个模子里倒出来的，都和自己一模一样，这种教育方法必须改变。教学生要学生都比自己强，这才是做教师的光荣。

我在巴黎五年从教师那里学到的东西微乎其微，主要的依靠朋友的帮助。这些朋友中其实很多人确实就是我的老师。

这个研究所，没有听说有所长，连一个行政工作人员都没有。有一个秘书，蒋碧薇介绍我进这研究所时，见过他一面，可是以后始终再没有见到他。这里勤杂工人也没有，请看管房子的老大娘，每天来扫一扫地。把地上的废纸烟头收拾干净，把炉渣清一清，把炉火弄旺点，她已经干了二三十年，从中年到了老年，她在行得很，知道什么能搬动，什么就是动不得，比方地上用粉笔画的位置，就不能把它擦掉。

研究所所有工作由秘书委托一个学员负责。那个负责一切实际工作的学员，并没有工资，仅仅是可以免费在研究所学习。我去时那个负责人是画油画的，在群众中很有威信，工作能力很强，但是完全没有架子，西班牙人，二十岁上下，大家都叫他"马西埃"。其实"马西埃"的意思是"管事的"，他的原来姓名，我们都不知道。平时他很少说话，生活学习完全和我们一样，这里没有领导与被领导的关系，有不少人甚至不知道他是研究所的实际负责人。我是秘书给我介绍的，他马上安排我的学习，所以我进入研究所第一天，第一个就是认识他。可是我们平时却没有什么往来。第一个和我交朋友的是一个矮矮的身体十分结实的匈牙利人，他是自动来接近我的。第一天他就等我收拾完毕一起走出研究所，实在抱歉得很，他的姓名记不起来了。他学绘画，同时又是一个体育家，可是我对于体育什么都不会。但是什么都不会不等于什么都不喜欢，在震旦时期，震旦有个足球队，阎瑞生当年在学校里就是一个足球队员。震旦的足球队每次比赛，十之八九是输的，但我自始至终，是拉拉队中的积极分子。

这位匈牙利朋友，教我两件事，他认为一个男子不会击剑，不会一口气就把一升啤酒喝光，就不能算是男子汉。从研究室出来，他时常拉我去健身房，教我击剑，可是只要一交锋，立刻就被他刺中了，他怎么教我也学不会。一天一个教练员在旁边看，大概看到我实在不是一块料，他笑着对我说："你要学剑，何必到法国来学，我们法国有位击剑冠军，现在还在中国峨眉山学剑。"总算把我解放出来。一口气把一升啤酒喝完，我学会了。

桑克蒂斯是意大利人,大约四十岁,进研究所不久就和我相识,他要他的爱人教我意大利文,可是没有多久,她就教不下去了,因为我实在没有复习时间。桑克蒂斯的画完全是学院派,他擅长画静物,一幅静物可以画上半年,一点一点修啊!改啊!每次"春季沙龙"他的静物总可以入选,而且可以卖出去,他一年的生活费用就靠卖一幅静物画。他的画室相当大,但是破破烂烂,据说租费非常便宜。那一大片都是这样的画室、雕塑工作室,法国政府为穷艺术家们创造了工作条件。为什么巴黎能有这样多有才能的美术家?因为在巴黎有生活虽穷困,而仍能安心工作的条件。在巴黎很少听到有人高声嚷嚷,一般说话声音都很轻。所以虽然一大片工作室,整天寂静无声。对艺术家来说,提高自己的艺术修养与技术锻炼是第一位的,生活方面的享受是无所谓的。没有钱,喝自来水,吃白面包,不算稀奇。美术家一般都不讲究服饰,巴黎大歌剧院,不穿晚礼服,不能进去,唯独美术家不受限制,当然一般学习美术的人,也买不起大歌剧院包厢或正厅的票。能在巴黎学习美术,确实感到非常幸福。

(选自庞薰琹《就是这样走过来的》,三联书店,1988年)

我与鲁汶大学法学院[*]

周枏

> 周枏（1908—2004），罗马法研究者，1929年至1934年留学比利时，在鲁汶大学学习罗马法，1934年获鲁汶大学法学博士学位。

幸遇胡适

中国公学是清末留日学生因愤恨反对日本人歧视、侮辱我国，毅然返国兴学，在孙中山先生等一批革命先驱的大力支持和赞助下，于1906年创办的。最初只是一所中学，后来增设了大学部。1927年学校改组领导班子，校董事会推举胡适先生来校担任校长。

我在"中公"大学部学的是银行会计。那时，大学实行学分制，读满一百二十学分（包括必修课和选修课）即可毕业。其时，正值第一次国内革命战争期

---

[*] 题目为编者自拟。

间，我和大多数同学一样参加了许多轰轰烈烈的政治活动，出席群众大会，赴苏州、无锡等地为北伐军募捐等。此外，便挤出时间躲在图书馆或宿舍里学习，尽可能地获取学分，取得好成绩，争取早日毕业。在校期间，我选修了商法，学习了"时效制度"和"共同海损"规则。这是我第一次接触到罗马法的内容，但当时我还不知道这是罗马法中的两个制度。用了两年的时间到1928年7月，我已修完了毕业课程所需的学分，欣喜地认为可以提前拿到毕业证书。但举行毕业典礼时，竟没有发给我毕业文凭。为此，我专门找校长胡适先生询问原委。胡校长告诉我：现在学校已改为学分与学年相结合的制度，除读满学分外，学生还需在校三至四年才可毕业。你的学分虽已读满，但住校年限不够，所以不能发给毕业文凭。我申辩道：我入学时学校执行的是学分制，现在实行的新办法按理只能对新入学的学生使用。况且，毕业应以学习成绩为主，我的各种成绩与应届毕业生相比，毫无逊色，不准毕业，有失公允。加之我父亲已去世，家庭经济困难，恳请学校准许我提前毕业。胡校长听完后便拿起电话和教务长林舒谟教授商谈。不久林先生便带了注册科科长及成绩册来到校长办公室。胡校长看到我两年的成绩多数是九十分以上，少数是八十多分后，面露喜色关心地对我说："我们这样办吧！学校留你在校内工作。这样，你既可减轻家庭经济负担，又可利用时间再学一些你感兴趣的课程。一年后等住满了在校年限，再领取毕业文凭。"我感谢胡校长的美意，但没有接受他的建议，说："我已找到了一个出国留学的机会，盼望能早日毕业后去国外深造。"胡校长听了我的说明后，表示赞许，就对我说："那我就给你出个证明吧！在国外证明书的效力并不比文凭差。"我欣然接受。胡校长当即就亲笔为我写了"已修满本校毕业所需学分，各科成绩均甚优良，唯因未满住校年限，不能发给毕业证书"的证明，并加盖校章和私章后交给了我。这不是文凭而胜似文凭的珍贵证件，我至今仍珍藏着。

当时，中国公学教我们课的田恩需教授和江文新教授都是比利时留学生。他们见我年轻好学，可堪深造，便主动向我介绍：第一次世界大战后，比利时生活费用低廉，学费也不昂贵，还有打工的机会，一般三年就可取得硕士学位。他们还热情地为我写了介绍信，寻求援助等。我自己明白，以我的家庭情况，要资助我出国留学困难很大，但机会难得，我应尽力争取实现留学的愿望。胡校长在交给我证明书时，还关心我离校后的情况。我据实以告。胡校长说：遇到困难，只要他力所能及的，愿给予帮助，并预祝我出国成功。

回家后，我与家人谈了我的留学想法，还拿出了胡校长的亲笔证明书给他们看，大家都很高兴。关键问题是如何筹集这笔留学经费。后经商定：三年内家里供给我两千银元的费用。第一年八百元，为旅费和学法文的费用；第二、三年各六百元为攻读硕士学位之需。当时，我家一时要拿出八百银元实乃不易。二哥鼎力相助，他卖掉了家中许多东西，又多方借款，凑够了此数。但办理出国签证必须有财务担保，我没有这个直接关系，只好向胡适校长求助。他满口答应很快为我办妥了此事，做了我的留学保证人。半个多世纪过去了，在中国公学与胡适校长交往的经历，仍历历在目，终生难忘。

弃商学法

那时，我认为，国家贫弱的原因很多，但主要在于文化的落后。因此，欲图国家富强，必先从提高人民的文化素质入手，故普及和提高教育应为国家的首要任务。我怀着教育救国的思想，于1928年8月从上海搭乘法国邮轮的货舱，经过三十多天海上的颠簸后，终于在法国马赛登陆。然后，换乘火车到达目的地比利时的鲁汶。鲁汶是个大学城，城市设施主要都是为大学服务的。到比国的第一年，我先在中学住校学习法文。翌年，进入鲁汶大学学习。

鲁汶大学是欧洲历史悠久的著名大学之一。1425年在天主教皇马丁五世批准下创办。校长由罗马教皇任命的一位红衣主教担任。学校学科比较齐全。

1929年9月，我进入鲁汶大学后，继续学商。西欧诸国国土狭小，语言复杂，要有利于通商就必须熟悉各国的多种语言和文字。我的英文、法文还可以，但对西班牙、意大利、德国等多种语言文字从未接触过。我出国前对家人的承诺是三年获得硕士学位。我要在两年内学好这么多种语言文字并完成学业，获得硕士学位难度很大。加之我的个性也不适合经商。当时，我在欧洲的一年学习和生活中，深感西方国家的依法治国，法律面前人人平等，不因领导者的更替而影响政局与社会的稳定和进步，这与我国千年以来的"人存政举，人亡政息"，视执政者的仁明与否的"人治"大相径庭。比利时虽是一个小国,但第一次世界大战后,经济复苏较快,社会发展迅速,国民富裕文明,因而萌发了"法治救国"的思想。但鲁汶大学的法学学制为五年,我只有两年时间,故不能学法,只能学两年即可攻得硕士学位的政治外交专业。因此,我在商科听课两周后就书面申请转系并附上胡适校长的证明书。后经批准我便转入法学院政治外交专业学习。经过两年的刻苦努力,顺利地通过了考试及论文答辩,于1931年7月获得政治外交硕士学位。因我学习总成绩为优等,经申请得到了庚子赔款设在鲁汶大学的奖学金,解决了我的经济问题,使我继续深造、学习法律成为可能,以实现我立志回国后从事法学教育的愿望。

是年秋,我以硕士生的资格顺利插入法学院三年级,从此我便开始系统地学习罗马法。当时中国留学生在鲁汶大学求学者颇多,攻读法学博士的五年级学生有路式导、在四年级学习的有陈朝壁和徐直民、在三年级学习的还有徐铸和宋玉生。三年级开设的课程主要有"宪法"和"罗马法通论"等五门。"罗马法通论"由比国罗马法权威第柏里埃教授讲授。第柏里埃教授精通拉丁文,他对罗马法的基本原理进行了全面、系统、深入的阐述,尤其对他所专长的"债编"做了精辟的分析和讲解,令人难忘。该课每周分两个上午讲授。他讲得很快,学生难以记全笔记。由于历年的讲课内容大同小异,因此,高年级的比国同学便组织起来,整理讲稿,打印,装订成上、下两册出售。我买了这两册,上课前预习,听课时注意记下章节重点和讲义上没有的新内容。课后又到图书馆查阅资料,对不太清楚的问题加以深究、充实。从那时起,罗马法的浩瀚和精深深深地吸引了我,使我对它产生了浓厚的兴趣,至老而不衰。

那时,比国大学的教育和中学截然不同,中学对学生管制极严,而大学则宽松自由。男学生都租房住在校外,到校听课一任自愿,文科、法科平时一般无测验,以致有学生不认识授课教师的怪事发生。考试则在升级和毕业时算总账,采用口试的方法进行,极其严格。考试成绩分为:最优等、优等、及格、不及格四个等级。一般能回答出基本理论者为及格;对学说、观点能通晓无误,对答如流者为优等;对老师提出的一般不为人注意的小问题,或课堂上老师没有讲而在指定参考书上或新近出版的杂志上才有的新观点,能回答正确并发挥得当者为最优等;如基本的内容都答不好，使老师不快，老师就中止考试，叫该学生明年重新再来。这说明这位学生对这门课程不重视，根本没有好好学习，这也是对老师的大不敬。口试时，考生必须在一天内把一年所学的全部课程逐一考完。各授课教师记下每个学生的口试情况并打出分数。然后各门课的任课教师集中讨论，一人一票，采用一票否决制，给每位学生评出学年总成绩和所取得的学位。所以，要获得最优等的总成绩难度是很大的。总成绩一般在当天下午4时左右当众宣布。届时，考生的家长也多来旁听，当听到某学生留级或不予毕业或未能获得学位时，该同学和他的家长往往泪流满面，有的甚至失声痛哭。我三年级的总成绩有幸被评为优等。四年级开设的主要课程有：学说汇编（罗马法学说与判例）、民法、刑法等六门。罗马法学说与判例汇编仍由第柏里埃教授讲授，采用讲课和讨论相结合的方式进行。此课为选修课。因经常组织学生课堂思辨讨论，要求学生不仅必须能讲流利的法语，还要懂得拉丁文。此外，准备讨论前，需要查阅大量的书籍和资料，费时费力，要学好这门课并非易事，尤其对我这样一位靠奖学金的留学生来说是具有一定风险的；学不好，就有失去奖学金的可能。尽管很多同学没有选修它，我因对罗马法有浓厚的兴趣,还是冒险选修了这门课。此课的思辨讨论是具有很强的针对性的,记得有一次,对《十二表法》中 hoste 一词的理解作了专题讨论。第柏里埃老师特别指定我为中心发言人。为此,我进行了认真的准备,不仅广泛地查阅了很多资料,还请教了高年级的学长们,综合了大家的意见之后我发言,其主要内容有:hoste 一词在古罗马原指与罗马订有条约的国家的人民,即"外国人"。后来,其词义也泛指与罗马交战国的人,即外部敌人以及投降敌人的叛徒。

hoste 一词在《十二表法》中前后出现了三次。第一次在第二表第二条:"审理这天,如遇审判员、仲裁员(arbiter)或诉讼当事人患重病,或审判 hoste 时,则应延期审判。"第二次在第三表第八条:"对 hoste 的追诉,永远有效。"第三次在第六表第五条:"hoste 永远不能因使用而取得罗马市民法的所有权。"

对第二表第二条中的 hoste 拉丁原文,部分人认为应释成"内部敌人"和"叛徒"。他们以为《十二表法》成于公元前 450 年左右,那时的古罗马尚没有什么对外交往,不可能制定出针对外国人的律条来。大部分人则认为:对方的持论虽有一定的道理,但《十二表法》以后即毁于高卢人(外国人)的战火。在古罗马漫长的历史中，与外国的交往是长期的、大量的，和他们的诉讼自然不会少。况且，外国人大多居于罗马国之外，或犯罪后具有逃匿国外的便利，这就给诉讼时按时出庭造成了困难，所以在时间上延期是合理的。故而这个 hoste 应释作"外国人"。

对第六表第五条中的 hoste 拉丁原文，同学们的理解一致，都认为应作"外国人"解释无疑。认为这是为了保护罗马本国人的利益而专门针对外国人的律条。

但对第三表第八条里的 hoste 拉丁原文，同学们的理解分歧很大。一些人认为：既然第六表第五条中的 hoste 作"外国人"理解，第二表第二条中的 hoste 也可作"外国人"看待，那么，根据法律同一律文中的同一词应严格地按同一词义诠释的道理，把它理解成"外国人"是顺理成章的。而我和大多数同学则认为：hoste 一词的含义在古罗马历史的变迁中并非一成不变，它不仅指与罗马交战的敌国人，即外国人，也可指投靠敌国的罗马人中的叛徒。从"论理解释"的角度而言，理解为叛徒是较为合适的。叛徒出卖了罗马的利益，罪行严重，最为人痛恨，所以，对其罪行的追诉"永远有效"是理所当然的。若作"外国人"理解就不那么妥当。外国人犯的罪行有轻有重，对犯轻罪的外国人进行永远的追诉显然是不合理的。最后，第柏里埃教授作了总结，认可了我们大多数人的观点。这一年我的考试总成绩仍获优等。五年级开设的主要课程有：民法、商法、国际私法、财政法规等六门。鲁汶大学法学院的博士考试须经初试和复试两个阶段。一般在学年的终了和新学年的开始分别举行，以便于申请学位者利用暑假对复试做充分的准备，但也可以申请在学年终了时连续进行，这样，难度当然就很大了。为了测试自己的学习能力，我选择了后者。为了过好这最后一关，考出好成绩，我做了充分的准备。我只身携带书籍和笔记本住到列日市郊的一个小旅馆里，完全与外界隔绝，潜心苦读。整整一个月后回校应考，以最优等的成绩通过初试。当院长但朋宣布时，全场鼓掌祝贺，尤其是中国同学，视我为祖国争了光！我则起立致谢。而后的复试成绩为优等。我终于获得了法学博士学位。但代价是我的体重减轻了四公斤。

为了满足自己的求知欲，我还想继续攻读罗马法博士学位。凭我在法学院三年的学习成绩：四次考试，三次优等、一次最优等的情况，继续申请获得奖学金的可能性很大。但由于当时比国的中国留学生还没有获得硕士和博士学位后再攻读博士的先例，而奖学金的名额有限，为了避免挤占名额，我决心放弃继续深造的打算。刚好，早已回国在上海持志学院教授罗马法的路式导学长来信邀我去上海与他合作，我便踏上了归国的旅程。

碰巧，中国招商局在英国订购了几艘海轮将要到上海交船，其中一艘在年底启航。得知这一消息后，我即与我国驻英国使馆联系，在使馆人员的热情帮助下，得以按接船人员的身份免费乘船回国。这样，我把节省下来的钱购买了一批书籍。还新购了巴黎大学罗马法教授吉拉尔的专著《罗马法》一书的修订本。此书最为我珍爱，在回国后的教学中给了我很大的帮助。可惜的是，在1949年友人因教学需要向我借阅，为了帮助他，我把此书借给了他，还把我的罗马法讲稿送给他用。谁知如借荆州，一去不回，实在惋惜。作为读书人，我对书籍尤为偏爱。先后购买了大量中外法学专著。1950年后，这些书籍和我的大量学习笔记、札记一直存放在吕生荣同志家里。吕是从事图书馆工作的，经他的精心管护，这些书籍有幸躲过了"文革"浩劫。遗憾的是，1978年我介绍朋友去吕家暂住，时值盛夏，朋友夫妇以为放书的两只大木箱阻碍了室内空气流通，致使闷热难当，提出卖掉它们。在他们的再三要求下，我只得说：《罗马法》的书籍不能卖。这样，其他的大量书籍、《第柏里埃罗马法讲义》下册，以及我的大量学习笔记、札记都被当做废纸卖掉了，造成很大损失，令人扼腕心痛！

1934年11月，我怀着欲离还留的复杂心情告别了比国，经伦敦到达格拉斯哥登上了便轮，于1934年12月24日平安返回上海，寄住在路式导、黄亚慈夫妇家中，开始了新的生活。

（节选自周枏《我与罗马法》，见陈夏红编《法意阑珊处》，清华大学出版社，2009年）

留英记（节选）
费孝通

> 费孝通（1910—2005），社会人类学家，1936年至1938年留学英国，在伦敦政治经济学院学习人类学，1938年获博士学位。

我第一次看见马林诺斯基是在他的席明纳里。提起席明纳，我得先说说这个东西。席明纳是欧洲传统的一种教学组织，也是一种教学方法，在欧洲各大学指导高年级学生时常被采用。英国大学里教师们怎样去教他们的功课，完全由他们自己做主，他们愿意怎样教就怎样教，很有点八仙过海各显神通的味道。以我自己接触到的来说，大家熟悉的罗素也在伦敦经济政治学院开过课，他是登台念讲稿，一字不漏，讲完一个课程就出一本书。我就听过他的"权力论"。我也旁听过一门逻辑课，这位教师的名字忘了，但是我的印象很深，因为有点像我们的小学，许多公式要学生大家一起念，还要指着学生的名字站起来答复问题。

我看情形不对，第二堂就没有敢再去。马林诺斯基不喜登台讲课而善于搞席明纳，当然搞席明纳的不止他一人，但是他的席明纳有它的特点，而且在伦敦经济政治学院相当有名，在人类学界当时也是为大家所推崇的。席明纳简单的可以译作讨论会，但是讨论会这个名称还传达不出它的精神，所以用这个音译的名词。

他树立了这样一个不成文的习惯，每逢星期五（除了假期），他总是坐在伦敦经济政治学院那间门上标着他名字的大房间里。这间房说是办公室不很合适，因为满墙、满桌，甚至满地是书籍、杂志、文稿，到处是形式不同的沙发、靠椅、板凳。到了那个规定的时候，他的朋友们、同事们、学生们就陆陆续续地来了，相当拥挤。这批人中有来自各国的人类学家，有毕业了已有多年的老徒弟，也有刚刚注册的小伙子。他有他一定的座位，其他人就各自就座，年轻的大多躲在墙角里。这里没有禁止吸烟的告示，因而烟雾腾腾，加上这位老先生最怕风，不准开窗，所以烟雾之浓常常和窗外有名的伦敦大雾相媲美。

为什么有这么多人来呢？有些是马林诺斯基自己邀请来的，凡是要和他谈学术的朋友就在这时候到这里来。其他场合当然也可以谈学术，但是在这里是公开的谈,大家一起谈。绝大部分是自动来的,凡是他的门徒到了伦敦,逢到那一天就争着要来此会会老师,主要的目的是要在这里闻闻人类学的新气息。这个席明纳作为一门功课,名称就叫"今天的人类学"。在当时人类学范围里来说,这个名称倒也不能说不名副其实,因为在这里讨论的,是不但书本上还没有写,课堂上还没有讲,甚至一般的人类学家还没有想到的问题。这类问题为什么在这里会提得出来,与其说是靠这个老头子学问高,倒不如说靠参加的人多,他们四面八方从实地研究中带来了新问题。他们遇到困难,或有了心得,在老师的席明纳里发言,经过讨论得到了启发,又回去工作,解决问题,提高质量。大家得到好处。不知马林诺斯基哪里学来的这一套办法,使他的席明纳成了他这一门弟子所喜爱的东西。

马林诺斯基自己在席明纳里不多说话。他主要是起组织作用,就是事先安排一两个主要发言人。这个发言人首先念一篇准备好了的文章,有的是调查报告,有的是对于一个问题的意见。换一句话说,这个老头子首先抓的是在席明纳里要提出什么问题,大体上有一个方向。我在伦敦的第一年,席明纳里主要是讨论怎样解剖一个文化的问题,他称之为文化表格,内容后来翻译成中文在燕京的《社会学界》发表过。第二年主要讨论的是文化变动。他死了之后，有位学生把这些讨论整理出来，也已经出版。他的特点是不喜欢讲空理论，什么时候都不许离开调查的"事实"说话，所以讨论时，都是那些亲身做过调查的人摆材料。老头子听得高兴时，插上一段话，这些插话就是大家所希望的"指导"了。他写的文章和写的书中有不少就是当时插话的记录。

我最初参加这种场合，真是连话都听不懂。听不懂的原因有二：一是这里的人虽则都是在说英文，但是来自世界各地，澳洲的、加拿大的、美国的、欧洲大陆的之外，还有亚洲的、非洲的，口音各有不同，而且在席明纳里都是即兴发的言，不是文言，而是土话。其次是材料具体，富有地域性，地理不熟，人类学知识不足，常常会听得不知所云。我们这些小伙子就躲在墙角里喷烟，喷喷就慢慢喷得懂了一些，也觉得它的味道不薄了。

回头来讲我第一次见这位老先生的事。那天席明纳里照例已坐满了许多人，马林诺斯基坐在他的大椅子里在和别人讲话。他是一个高度近视、光头、瘦削、感觉很敏锐、六十开外的老头。弗思把我叫到他的跟前，替我作了介绍。他对我注视一下，说了几句引人发笑的话，这也是他的特长；接着说，休息时跟他一起去喝茶，说完他又去和别人说话了。

喝茶是英国社会生活里的一个重要制度，每天下午4点到5点都要喝茶。喝茶是引子，社交是实质。学校里也是这样。到了这时候，教师和学生都停止工作到茶室里去聊天。教师有自己的茶室，就是这时交换意见，互相通气；有时教师也约学生去一起喝茶，增进感情。

喝茶时才知道他刚从美国回来，他是去参加哈佛大学三百周年纪念会的，在会上还得了个荣誉学位。他在美国遇见了吴文藻先生，已经知道我到了英国。过了不久，又有一次约我去喝茶，这次不是在大茶室里，雅座中只有我们两个人，他问了问我到伦敦以后的情况，我告诉他已经跟弗思定下了论文题目。他随手拿起电话，找弗思说话，话很简单，只是说以后我的事由他来管了。这是说他从弗思手上把我接收了过去，他当我的业师了。接着回头问我住在哪里，我把情况说了之后，他立刻说：赶快搬个家，他有一个朋友可以招呼我。我当时觉得很高兴，终于达到了跟这个著名的学者学习的愿望了，但是为什么他这样看得起我,不大清楚;同学们听到了这个消息都为我道贺,也觉得不平常,因为要这个老师收徒弟是不容易的。据说多少年来,在我之前,在他手上得学位的不过十几个。我的幸运当然引起同学们的羡慕。

马林诺斯基主动地承担起做我业师的任务,并不是我在他面前表现出了什么特别的才能,我那时连席明纳里讨论都跟不上,话也听不太懂,正是躲在墙角里抽烟的时候。原因是他在美国和吴文藻先生会了面。吴文藻先生是代表燕京去参加哈佛三百周年纪念会的,有着司徒雷登给罗氏基金会的介绍信。马林诺斯基一直是罗氏基金培养的人物,他的学生们在非洲进行的大部分调查就是罗氏基金给的钱。吴文藻先生到美国去,后来又到英国来,口袋里就有一个在中国开展"社区研究"的计划,我这个人是计划中的一部分。这个计划深得罗氏基金的赞许。这些,马林诺斯基都知道。他是个感觉敏锐的人,在这里卖一个人情,正可以迎合老板的用心;而且培养一个自己的学生在东方为他的学派开拓一个新领域,又何乐而不为呢?如果没有这一段背景,他那一双高度近视的眼睛根本可能一直看不到这个其貌不扬、口齿不清的外国学生。

其次要讲一讲搬家的事。伦敦经济政治学院是没有学生宿舍的。学生都在伦敦市内自己找房子住，学校不管。伦敦市内有一种叫"膳宿寄寓"，专门招待单身房客。有些是房主人因为有空闲的房间，租出去可以收一些房钱贴补家用。更多是那些下层的中产人家，以此为业，向房产公司租一幢房屋，招四五个房客。女主人自己管理，煮饭侍候他们，收得房租，除了付去给房产公司的租金外，可以有一笔收入，用以维持生活。我在伦敦的时候，普通一间房，包括家具、床褥在内，早上和晚上两餐，每星期从十一个先令到一英镑。在市内没有家的学生就找这种寄寓住。每个街道角上的杂货店里有一个小小的广告板，板上揭示着附近出租的房屋。住几天到几年都可以，你要搬家，就搬家，很方便。这种下层的中产阶级种族歧视并不显著，特别是学校附近，各国的留学生不少，对不同皮肤颜色的人也看惯了，甚至有些特别欢迎中国学生，因为中国学生很讲人情，和房东会拉交情，平时送些东西，很能讨得欢心。当然，也碰着过去找房子时吃闭门羹的："对不住，已经租出了。"但是依我的经验说，在这方面受窘的并不常见。这是和房东的阶级成分有关；有钱的剥削阶级不会干这个行业，很多是工人和小职员的家庭，才需要自己的老婆操作招呼房客。

这个阶级在种族歧视上成见不深，而且一旦接触到了以平等待人的房客，不论属于哪个国籍或种族，很容易打破那种不合理的成见而交起朋友来。

马林诺斯基要我搬家就是要我改变我在伦敦生活的社会环境。他介绍我去住的是他的一位朋友的家。这位朋友是一位四十多岁的夫人。她父亲是位人类学家，而且是个贵族，写过很有名的著作，名叫 John Lubbock Averbury。她嫁给一位陆军军官，第一次世界大战中当过师长，在前线阵亡，所以她有很丰富的抚恤金。她的儿子在银行里做事，银行老板和她有亲戚关系。女儿是一个有名的新闻记者，写过关于捷克斯洛伐克的报道，风行过一时。家在伦敦的下栖道，下栖道是个文化艺术家聚集之区。一座房屋有四层楼，雇有厨师、女仆和管家。在英国社会里，不算阔绰，属于中上，或是上下的那一阶层。她在经济上并没有出租房屋的需要，但是这位中年寡妇却极喜欢和文化人往来，由于她父亲曾是个人类学家，所以她认识不少印度的学者。她和尼赫鲁也相识，他的女儿来英国留学就拜托她招呼照顾，她也以此为乐。在她家里有些青年人，生活可以更丰富些。马林诺斯基把我介绍去，算是对我的照顾，而其实是要我和这个阶级接触，感染一些英国统治阶级的气息。

这位夫人受了朋友之托,对我管教颇严。她心目中英国文化是最高的,有意识地要我"英国化"。她请客时我得和她的家人一样参与其间;她有朋友来喝茶,我也要侍坐在旁。而我这个人生性就不喜欢这一套,在这种场合里总是别扭得发慌,记得有一次,她约我去她娘家的乡间一个别墅,我听说在那里晚上吃饭要换礼服,而我哪里有这一种东西呢,拒绝她又不成,只能临时托故不去。她竟怒形于色。自从这一次之后,大概她觉得"孺子不可教"了,对我也放松了一些。

我在她家里住,一个星期要交管家两个几内(一个几内值一英镑又一个先令),较一般"寄寓"高了四倍。这还不算是"房租",因为我是算那位夫人的客人受招待的。实际上,她在我身上花的可能还要多一些,不但供我膳宿,连社会生活,比如请朋友喝茶、吃饭都不另要我付钱。在她是一片好意,在我却负担很重。清华公费每月一百美元,学费书费一切包干在内。所以不但精神上感到拘束,经济上也同样不觉得宽裕。后来,卢沟桥事变发生,我托词经济可能发生问题,才摆脱了这个"好意",重新回到普通的寄寓里去。

我提到这个插曲,目的是想揭发那个老大帝国主义怎样做殖民地工作的。像尼赫鲁这样的人从骨子里浸透着英帝国的气味，这不是偶然的。殖民主义是整个英国统治阶级的中心活动。一般看得到的是它的军旗和炮舰，而看不到的是无数细致、复杂的社会活动。通过日常的、看来十分平易的社会接触，英帝国把殖民地的上层人士的灵魂勾引了去，也就是说在意识形态的深处收服了这一批在殖民地社会上有势力的阶层。这批人口头上和表面的行动上尽管要求独立，反对英国统治，但是在骨子里是跟着英帝国走的；像被慑了魂的人，不知不觉受着巫师的调遣。英帝国表面上是崩溃了，而一个无形的帝国依然存在，几百年的殖民经验中修练出来的魔道还在新的躯体上作怪。

接着谈谈我这位业师怎样指导我学习的。伦敦经济政治学院人类学系的研究生一般都可以去参加马林诺斯基的席明纳。席明纳是他指导学生学习的主要场合。他在席明纳里从来没有长篇大论地发过议论，但是随时用插话的方法，引导在场人的思路。这些指点固然是很重要的，但是更重要的是在善于组织别人互相启发、互相辩论，他自己也就在这里学习。给人印象最深的是在示范地表演出一个人怎样去分析问题，怎样去发展自己的思想。已经解决了的问题在他的席明纳里是没有地位的。在争论新问题的过程中，他用他自己的思索，带动学生们的思索。这一点是使学生们最佩服他的地方。也就是通过这个方法，他把立场、观点灌输给了学生。

直接受他指导的学生除了参加席明纳之外，还有机会"登堂入室"，那就是到他家里去，参加他自己的著作生活。师傅是在他自己作坊里带徒弟的。这位老先生是个鳏夫，他的妻子已经死了好几年。他一个人住着一所普通的住宅，生活很孤独，而且没有规律。想到要吃东西时，自己开个罐头，烤些面包也算一顿。大多时间是在外边吃的。工作时有一个女秘书帮助他。我们这些学生到他家里去，有时也替他搞搞卫生工作，清理一下厨房，把瓶瓶罐罐扔出去一些。他的书房卧室更是乱得叫人难以插足，不但桌子上，连地板上都是一叠叠的稿纸。不准人乱动，只有他知道要什么到哪里去摸。我已说过他是个高度近视眼，事实上他的眼睛已经不能用来工作。他的秘书和学生有义务给他念稿子。他闭了眼睛听，听了就说，说的时候，有秘书替他速记下来。

他同时在写好几本稿纸，有时拿这一本念念，改一段，添一节；有时又拿另一本出来念念。这些稿本很多到他死的时候还没有定稿。有些后来经过他学生编辑出版了，有些可能还没有。

在旁听他怎样修改他自己的著作，对一个学生是很有好处的。普通我们读的书，都是成品，从成品看不到制造的过程，而一项手艺的巧妙之处就在制造过程里。成品可以欣赏，却难于学习，但是谁有机会看到一个学者创造思想成品时的过程呢？上面所说的席明纳是创造思想成品的一个步骤，单靠这个步骤还是完不成成品。"登堂入室"又看到了这个过程的另一工序。他有时也要征求学生的意见，这样说成不成，那样说好不好，一字一句全不放松。这样的学者尽管立场、观点有很多可以批判之处，但是在做学问时，严谨刻实的态度确有值得学习的地方。

还有一种场合他也要打电话把学生叫去，凡是有朋友来和他讨论问题，他觉得哪个学生旁听一下有益处时，他就要把他传呼去。有一次，他和一个波兰学者谈得高兴了，忘记旁边还有异乡人，大讲其波兰话。他曾和我说，学术这个东西不是只用脑筋来记的，主要是浸在这个空气里。话不懂，闻闻这种气味也有好处。不管这种说法对不对，他所用力的地方确是在这里。他是在培养一个人的生活、气味、思想意识。在我身上，他可能是失败了的，但是有不少学生是受到了他这种影响。他从来没有指定什么书要我念，念书在他看来是每个学生自己的事。他也从来不考问我任何书本上的知识，他似乎假定学生都已经知道了似的。但是当他追问一个人在调查时所观察的"事实"时，却一点也不饶人，甚至有时拍着他的手提皮箱（英国大学生和教授们手里提的是一种小型的皮箱），大发雷霆。他对我可能是有点另眼相看，但是被他呵责也不止一两次。当我写论文时，写完了一章就到他床前去念，他用白布把双眼蒙起，躺在床上，我在旁边念，有时我想他是睡着了，但是还是不敢停。他有时突然从床上跳了起来，说我哪一段写得不够，哪一段说得不对头，直把我吓得不知所措。总的说来他不是一个暴躁的人，最善诙谐，谈笑风生。他用的字，据说比一般英国人还俏皮和尖刻。他最恼我的是文字写不好。他骂我懒汉。其实我已尽我所能了，但总是不能使他满意。他实在拿我没有办法，又似乎一定要保我过关，只好叮嘱一位讲师，替我把论文在文字上加了一次工。现在回想起来，如果不是另有着眼的大处，肯这样"培养"一个学生实在是太难为了他。

现在回想起我身受到的那一套马林诺斯基的"教

育"，如果要找它的关键，也许可以说在于从各方面来影响我的世界观和方法论。所用的方法不只是靠说服，而是通过社会生活，学术实践，并且用他自己做具体的榜样，"潜移默化"地从思想感情上逐渐浸染进去的。因之我想，任何人世界观的形成和改造，也必须通过生活和学术的实践才能见效。

最后，到了1938年的春天，他催促我，要我赶快把论文写完。他是个性格很矛盾的人，表面上有说有笑，而骨子里却抑郁深沉。据说他有一种恐惧死亡的精神病症，所以当欧洲的战云密布的气氛袭来的时候，他紧张得受不住，准备去美国了。行前打算让我考过了，好告一结束，所以为我举行的考试完全是一种形式。伦敦大学只派来了一个"考官"，记得是叫丹尼森·罗斯爵士,是一个著名的"东方学者"。考试是在马林诺斯基的家里举行。他为这次仪式预备了几种酒。这位"考官"一到，就喝起酒来，举杯为这位老师道喜，说他的这位门生在学术上做出了贡献。接下去使我吃惊的是，他说他的老婆已细细读过这篇论文，一口气把它读完，足见具有很大的吸引力。这句话也可能表示，他自己根本没有看过这篇论文。他说完了这段话，就谈起别的事来了。在他要告辞时，还是马林诺斯基记起还有考试这回事,就问他是不是在他离开之前完成一点手续,在一张印得很考究的学位考试审定书上签个字。他欣然同意,又喝了一杯喝,结束了这幕喜剧。

送走了这位考官,马林诺斯基就留我在他家里吃晚饭,在吃饭的时候,他又想起了一件事,在电话上找到了伦敦的一家出版公司的老版。他开门见山地说,这里有他的一个学生写了一本论文,问他愿意不愿意出版。这位老板回答得很妙:如果他能为这本书写一篇序,立刻拿去付印。马林诺斯基回答了"当然"二字,这件事也就定下了。书店的效率并不坏,在我回国之前,清样都打了出来。这本书就叫《中国农民的生活》,还加上一个中文书名《江村经济》。

一个作家在英国要出版一本书并不是容易的事。我在下栖区住的时候,认识过一些角楼里的作家,他们带我去参加过一些经纪人的酒会,所以也知道一些内情,在这里不妨附带说一下。在英国,作家和书店之间有一种经纪人。一个作家不通过经纪人而想找到出版的机会是近于不可能的事。经纪人每星期有一个定期的酒会,凡是经过介绍的作家都可以去参加。在这个酒会上许多作家在这里碰头会谈,经纪人就在这种会里放出现在需要哪一种稿子的暗示。经纪人是熟悉行市的专家,他有眼光可以看得出市面上要哪一种书。作家受到这种暗示就琢磨怎样能迎合这种需要,在这种酒会上他也放出风声,自己在写什么。经纪人听得对头就来接头,他提出各种意见,怎样写法才能畅销。作家有了稿本就交给经纪人,由经纪人去考虑送哪个书店出版。如果这本书出版了,经纪人照例扣作家所得的10%。一个经纪人如果能经手十本销路广的书,就抵得上一个名作家的收入,他所花的成本只是每星期一次酒会的开销。作家是离不开经纪人的,因为作家不知道市场的行情,写出的书不合市场要求,根本找不到出版商的门。出版商也离不开经纪人,因为经纪人掌握一批作家,能出产所要的成品。经纪人其实不仅懂行情,而且是操纵行情的人,他们有手法可制造畅销书,可以奴役作家。作家如果不听经纪人的建议,多少岁月的劳动可以一文不值。所以住在角楼上的无名作家见了经纪人是又恨又气,背地里什么咒语都说得出,但是每逢酒会的时候还是要抱着一举成名的侥幸心理,打扮得整齐一些,赔着笑容,在那里消磨一个午夜。

我那天晚上,听着老师挂电话,出版一本书那么容易，又想到下栖区里啃硬面包的朋友，觉得天下真是有幸与不幸。当时我哪里懂得就是这个"幸与不幸"的计划，多少人把自己的灵魂押给了魔鬼。

放下电话，马林诺斯基沉思了一下，说这本书叫什么名字呢？他嘴里吐出一个字来，Earthbound，后来又摇了摇头说："你下本书用这个名字也好。"Earthbound 直译起来是"土地所限制的"，后来果真我第二本书就用了这个名字叫 *Earthbound China*，用中文说，意思可以翻译做"乡土的中国"。他这短短的一句话，不是在为我第二本书提名，而是在指引我今后的方向，他要我回国之后再去调查，再去写书。我的确在他所指引的道上又走了好几年。这是后话，不在这篇《留英记》里说了。

1962 年 4 月 3 日于北京

（选自费孝通《师承·补课·治学》，三联书店，2001 年）

学习吐火罗文

季羡林

> 季羡林（1911—2009），语言学家，1935年至1941年留学德国，在哥廷根大学学习梵文、巴利文、吐火罗文等，1941年获哥廷根大学哲学博士学位。

我在上面曾讲到偶然性，我也经常想到偶然性。一个人一生中不能没有偶然性，偶然性能给人招灾，也能给人造福。

我学习吐火罗文，就与偶然性有关。

说句老实话，我到哥廷根以前，没有听说过什么吐火罗文。到了哥廷根以后，读通了吐火罗文的大师西克就在眼前，我也还没有想到学习吐火罗文。原因其实是很简单的。我要学三个系，已经选了那么多课程，学了那么多语言，已经是超负荷了。我是有自知之明的（有时候我觉得过了头），我学外语的才能不能说一点都没有，但是绝非语言天才。我不敢在超负荷上再超负荷。而且我还想到，我是中国人，到了外国，我就代表中国。我学习砸了锅,丢个人的脸是小事,丢国家的脸却是大事,绝不能掉以轻心。因此,我随时警告自己:自己的摊子已经铺得够大了,绝不能再扩大了。这就是我当时的想法。

但是,正如我在上面已经讲到的,第二次世界大战一爆发,瓦尔德施米特被征从军,西克出来代理他。老人家一定要把自己的拿手好戏统统传给我。他早已越过古稀之年。难道他不知道教书的辛苦吗?难道他不知道在家里颐养天年会更舒服吗?但又为什么这样自找苦吃呢?我猜想,除了个人感情因素之外,他是以学术为天下之公器,想把自己的绝学传授给我这个异域的青年,让印度学和吐火罗学在中国生根开花。难道这里面还有某一些极左的先生们所说的什么侵略的险恶用心吗?中国佛教史上有不少传法、传授衣钵的佳话,什么半夜里秘密传授,什么有其他弟子嫉妒,等等,我当时都没有碰到,大概是因为时移事迁今非昔比了吧。倒是最近我碰到了一件类似这样的事情。说来话长,不讲也罢。

总之,西克教授提出了要教我吐火罗文,丝毫没有征询意见的意味,他也不留给我任何考虑的余地。他提出了意见,立刻安排时间,马上就要上课。

我真是深深地被感动了,除了感激之外,还能有什么话说呢?我下定决心,扩大自己的摊子,"舍命陪君子"了。

能够到哥廷根来跟这一位世界权威学习吐火罗文,是世界上许多学者的共同愿望。多少人因为得不到这样的机会而自怨自艾。我现在是近水楼台,是为许多人所艳羡的。这一点我是非常清楚的。我要是不学,实在是难以理解的。正在西克给我开课的时候,比利时的一位治赫梯文的专家沃尔特·古勿勒(Walter Couvreur)来到哥廷根,想从西克教授治吐火罗文。时机正好,于是一个吐火罗文特别班就开办起来了。大学的课程表上并没有这样一门课,而且只有两个学生,还都是外国人,真是一个特别班。可是西克并不马虎。以他那耄耋之年,每周有几次从城东的家中穿过全城,走到高斯-韦伯楼来上课,精神矍铄,腰板挺直,不拿手杖,不戴眼镜,他本身简直就是一个奇迹。走这样远的路,却从来没有人陪他。他无儿无女,家里没有人陪,学校里当然更不管这些事。尊老的概念,在西方国家,几乎根本没有。西方社会是实用主义的社会。一个人对社会有用,他就有价值;一旦没用,价值立消。没有人认为其中有什么不妥之处。因此西克教授对自己的处境也就安之若素，处之泰然了。

吐火罗文残卷只有中国新疆才有。原来世界上没有人懂这种语言，是西克和西克灵在比较语言学家 W. 舒尔策（W. Schulze）帮助下，读通了的。他们三人合著的吐火罗语语法，蜚声全球士林，是这门新学问的经典著作。但是，这一部长达五百一十八页的皇皇巨著，却绝非一般的入门之书，而是异常难读的。它就像是一片原始森林，艰险复杂，歧路极多，没有人引导，自己想钻进去，是极为困难的。读通这一种语言的大师，当然就是最理想的引路人。西克教吐火罗文，用的也是德国的传统方法，这一点我在上面已经谈到过。他根本不讲解语法，而是从直接读原文开始。我们一起头就读他同他的伙伴西克灵共同转写成拉丁字母、连同原卷影印本一起出版的吐火罗文残卷——西克经常称之为"精制品"（Prachtstück）的《福力太子因缘经》。我们自己在下面翻读文法，查索引，译生词；到了课堂上，我同古勒轮流译成德文，西克加以纠止。这工作是异常艰苦的。原义残卷残缺不全，没有一页是完整的，连一行完整的都没有，虽然是"精制品"，也只是相对而言，这里缺几个字，那里缺几个音节。不补足就抠不出意思，而补足也只能是以意为之，不一定有很大的把握。结果是西克先生讲的多，我们讲的少。读贝叶残卷，补足所缺的单词儿或者音节，一整套做法，我就是在吐火罗文课堂上学到的。我学习的兴趣日益浓烈，每周两次上课，我不但不以为苦，有时候甚至有望穿秋水之感了。

不知道为什么原因，我回忆当时的情景，总是同积雪载途的漫长的冬天联系起来。有一天，下课以后，黄昏已经提前降临到人间，因为天阴，又由于灯火管制，大街上已经完全陷入一团黑暗中。我扶着老人走下楼梯，走出大门。十里长街积雪已深，阒无一人。周围静得令人发憷，脚下响起了我们踏雪的声音，眼中闪耀着积雪的银光。好像宇宙间就只剩下我们师徒二人。我怕老师摔倒，紧紧地扶住了他，就这样一直把他送到家。我生平可以回忆值得回忆的事情，多如牛毛。但是这一件小事却牢牢地印在我的记忆里。每一回忆就感到一阵凄清中的温暖，成为我回忆的"保留节目"。然而至今已时移境迁，当时认为是细微小事，今生今世却绝无可能重演了。

同这一件小事相联的，还有一件小事。哥廷根大学的教授们有一个颇为古老的传统：星期六下午，约上二三同好，到山上林中去散步，边走边谈，谈的也多半是学术问题；有时候也有争论，甚至争得面红耳赤。此时大自然的旖旎风光，在这些教授心目中早已不复存在了，他们关心的还是自己的学问。不管怎样，这些教授在林中漫游倦了，也许找一个咖啡馆，坐下喝点什么，吃点什么。然后兴尽回城。有一个星期六的下午，我在山下散步，逢巧遇到西克先生和其他几位教授正要上山。我连忙向他们致敬。西克先生立刻把我叫到眼前，向其他几位介绍说："他刚通过博士论文答辩，是最优等。"言下颇有点得意之色。我真是既感且愧。我自己那一点学习成绩，实在是微不足道，然而老人竟这样赞誉，真使我不安了。中国唐诗中杨敬之诗："平生不解藏人善，到处逢人说项斯。""说项"传为美谈，不意于万里之外的异域见之。除了砥砺之外，我还有什么好说呢？

有一次，我发下宏愿大誓，要给老人增加点营养，给老人一点欢悦。要想做到这一点，只有从自己的少得可怜的食品分配中硬挤。我大概有一两个月没有吃奶油，忘记了是从哪里弄到的面粉和贵似金蛋的鸡蛋，以及一斤白糖，到一个最有名的糕点店里，请他们烤一个蛋糕。这无疑是一件极其贵重的礼物，我像捧着一个宝盒一样把蛋糕捧到老教授家里。这显然有点出他意料，他的双手有点颤抖，叫来了老伴，共同接了过去，连"谢谢"二字都说不出来了。这当然会在我腹中饥饿之火上又加上了一把火。然而我心里是愉快的，成为我一生最愉快的回忆之一。

等到美国兵攻入哥廷根以后，炮声一停，我就到西克先生家去看他。他的住房附近落了一颗炮弹，是美军从城西向城东放的。他的夫人告诉我，炮弹爆炸时，他正伏案读有关吐火罗文的书籍，窗子上的玻璃全被炸碎，玻璃片落满了一桌子，他奇迹般地竟然没有受任何一点伤。我听了以后，真不禁后怕起来了。然而对这一位把研读吐火罗文置于性命之上的老人，我的崇敬之情在内心里像大海波涛一样汹涌澎湃起来。西克先生的个人成就，德国学者的辉煌成就，难道是没有原因的吗？从这一件小事中我们可以学习多少东西呢？同其他一些有关西克先生的小事一样，这一件也使我毕生难忘。

我拉拉杂杂地回忆了一些我学习吐火罗文的情况。我把这归之于偶然性。这是对的，但还有点不够全面。偶然性往往与必然性相结合。在这里有没有必然性呢？不管怎样，我总是学了这一种语言，而且把学到的知识带回到中国。尽管我始终没有把吐火罗文当做主业，它只是我的副业,中间还由于种种原因我几乎有三十年没有搞,只是由于另外一个偶然性我才又重理旧业;但是,这一种语言的研究在中国毕竟算生了根,开花结果是必然的结果。一想到这一点,我对我这一位像祖父般的老师的怀念之情和感激之情,便油然而生。

现在西克教授早已离开人世,我自己也年届耄耋,能工作的日子有限了。但是,一想我的老师西克先生,我的干劲就无限腾涌。中国的吐火罗学,再扩大一点说,中国的印度学,现在可以说是已经奠了基。我们有一批朝气蓬勃的中青年梵文学者,是金克木先生和我的学生和学生的学生,当然也可以说是西克教授和瓦尔德施米特教授学生的学生的学生。他们将肩负起繁荣这一门学问的重任,我深信不疑。一想到这一点,我虽老迈昏庸,又不禁有一股清新的朝气涌上心头。

(选自季羡林《留德十年》,东方出版社,1992年)

哈佛七年

周一良

周一良（1913—2001），历史学家，1939年至1944年留学美国，在哈佛大学学习日本古典文学，1944年获博士学位。

史语所迁四川以后，我与所里联系，准备去内地。就在这时，洪煨莲先生提出给我哈佛燕京学社奖学金赴美留学的建议。任务是学比较文学，条件是回国后到燕京服务。洪先生的安排，看来包含三方面用意：（一）他是哈佛燕京学社中国方面的总负责人，对于为燕京以及其他美国教会大学培养后进，办好文科各系，筹划有素，时刻关心。各教会大学历次派赴哈佛的人选，基本上都经过他选择推荐。1938年底，燕京历史系第二次派去的翁独健先生已在哈佛毕业（第一届是齐思和先生），可以再派一名去。（二）由于燕京校内的派系斗争，以资助文史哲三系为主的哈佛燕京学社，不仅关心历史系，还要抓国文系和哲学系。因为我日文修养较好，而哈佛燕京社总社主任叶理绥恰恰是研究日本文学的。所以派我学比较文学，正是准备回校后安插到国文系。我回国后的安排也正是如此。（三）还有很重要的一点，是涉及当时北平学术界（至少文史方面）的派系斗争。北大、清华之间虽不无门户之见，但大体上这两所国立大学和史语所关系较近。而燕京是教会大学，自成格局与体系，与这三个机构关系都比较疏远。近年我才听说，洪先生与傅先生这两位都具有"霸气"的"学阀"，彼此间的关系也不融洽。所以，像我这样燕京毕业的学生，被史语所吸收过去，洪先生定是于心不甘的。因此趁派人去哈佛学习的机会，把我重新拉回燕京。洪先生推荐我去哈佛，可称一举三得。而我自己，只有过赴日本的念头，从来没有想到会赴美留学，当然求之不得，决定不去内地。同时，私心认为赴美也有利于我魏晋南北朝史的研究。当时崇拜陈寅恪先生的学问，以为他的脑筋以及深厚的文史修养虽非努力所能办到，但学习梵文等文字，肯定有助于走他的道路，而去哈佛可能多少达到此一目的。事实上，我只部分地达到了目的，距离陈先生的语言训练还远得很。但哈佛七年的学习与工作，对我以后各方面的教学与研究起了很大作用，这是应当始终感谢洪先生的厚爱与提携的。上述个人打算当然没有对洪先生说过，对陈先生也只报告他哈佛的导师是叶理绥。陈先生看来不知其人，回信给我说："彼处俄人当从公问日本文史之学也。"

1939年秋，从天津到上海，乘大来公司"塔虎脱总统号"邮船赴美，二等舱一屋四人，每人美金两百元。同船熟人有燕京教育系毕业生戢亚昭（后嫁康奈尔大学经济学教授刘大中，一度在清华同过事。以后刘对台湾税制改革做过贡献，前些年因患癌症，夫妇双双自杀）。到达旧金山时，正值纳粹德国侵占波兰，欧洲战争爆发。由旧金山乘火车东行，到达哈佛大学所在的马萨诸塞州剑桥市。哈佛燕京学社的基金，用于资助东方研究，分为几种途径：（一）资助美国学生到东方学习，头一个领这个奖金来华的，是1930年来北京的卜德（Derk Bodde）教授。回国后任教于宾夕法尼亚大学，以翻译冯友兰先生的《中国哲学史》而知名。他1948年至1949年又来中国，著有《北京日记——革命的一年，1948—1949》（*Peking Diary, 1948—1949: A Year of Revolution*），同情中国革命，是宾大左派教授。1989年我重过费城时曾再次相晤。(二)资助中国学生到美国学习,头一个是得哈佛大学历史系博士学位的齐思和(致中)先生。(三)在哈佛和中国各教会大学颁发研究生奖学金。(四)支付中国各教会大学文史哲等系某些知名教授的薪金。(五)资助燕京大学图书馆和哈佛燕京学社总社图书馆购置图书。在裘开明先生长期经营下,哈燕社的有关东亚藏书现在美国仅次于国会图书馆。我到哈佛时,已成立远东语言系,还规定领取哈燕社奖金的学生,都在这系注册,因此当时有些中国同学不无讽刺地称之为"学中文的"。我见到导师叶理绥教授,谈学习计划,表示自己文学基础太差,燕京指定我研究比较文学不太对路,而我对日本语言文学及梵文有兴趣。看来燕京方面对我在哈佛的学习安排没有与叶理绥具体确定,恰巧叶理绥自己又是语言学家,对我酷好语言和有志于梵文深表赞同,欣然允诺,我来美以前的盘算得以实现。在哈佛的五年学习,便以日文为主,梵文为辅。而时间的分配上,由于日文根底较好,充分利用哈佛的条件提高,所用时间反不如梵文之繁重。由于最后两年兼任陆军特别训练班的日语教员,所以到1944年夏才完成博士论文毕业。

叶理绥教授(Serge Elisséeff,日本名英利世夫,

1889—1975）是俄裔法国人，早年先在德国柏林大学学语言，1908年至1914年在日本，是东京帝国大学国文学科第一个外国毕业生。他毕业成绩优异，本应与日本优秀生同样获得天皇给予的奖品。教授芳贺矢一认为，外国人不应受此殊荣，因而作罢。不知是否与日俄战争后日本仇俄心态有关。近年日本仓田保雄写了他的传记。新村出《广辞苑》第三版有他的条目，有的书称为西方日本学的奠基人。我原对到哈佛学日本语言文学不抱太大希望，接触了叶理绥教授以后改变了看法。他不仅口语纯熟（法、英、德等语亦流利），关于日本语言学、文学、艺术的知识都很丰富。在只有我一个学生的习明那尔班上，指导我读过一些历代文学名著如《竹取物语》、《今昔物语》、《心中天网岛》等，口讲指画，触类旁通，发挥尽致，使我感到是一种享受，大为折服。我读的作品，有些大概是他早年在东京帝大读过的，他讲的内容，一定也有当年他的老师如芳贺矢一、藤村作等人讲的，再加以他对日本戏剧、音乐、美术的修养和深入社会各阶层获得的了解，对我而言，都有不少为书本所无，极富启发性内容。两三年后，通过精读原作，听课和浏览相配合，我感到日本语言及文学知识面和水平确实扩大、提高了。以后能在哈佛教日语，固然依靠自己早年基础，更应当归功于叶理绥教授的教导与熏陶。

1930年初进燕京国文专修科时，看见宗教学院课程表上有许地山先生讲授的梵文，兴致勃勃去签名选修。谁知选修的学生太少，没有开成。想不到九年以后，竟在哈佛敲开梵文之门。梵文教授柯拉克（Walter Clark），是哈佛第一任梵文讲座兰曼教授的弟子，留学德国。与叶理绥教授之滑稽幽默、玩世不恭不同，柯拉克教授是一位说话都慢条斯理的严肃长者。我当时虽通日、英语并略解法语，但像梵文这样在性、数、格和时上都如此变化多端的文字，却从未接触过。初级梵文的教学方法，又非一般当代语言那样，由浅入深，学语法，做练习，而是一上来就以文法为拐棍来读书——《罗摩衍那》大史诗中那拉王子故事。与叶理绥教授的日文课游刃有余大不相同，我简直晕头转向。梵文班上另外两个研究生，一个是主修希腊拉丁文的，当然不太吃力；另一个是主修阿拉伯语文历史的，即后来哈佛大学近东研究所的费耐生（Richard N. Frye）教授，也有古典语言的基础。我与他们竞争，显处劣势。但心想机会难得，当初唐朝玄奘和尚都学通了梵语，我不能不咬牙。而且，为了保证继续领奖学金，也不得不努力，主要课程得 B 等是无法交代的，何况选修梵文又是自己的请求！第一学期结束，成绩得了 A 等，才松口气。不久，柯拉克教授在一次宴会上遇见同学黄延毓，问及我的情况，说我"必然是拼了命"。柯拉克教授对佛教有兴趣，第二年以后，友人陈观胜先生从加州大学来哈佛。他在那里跟德人雷兴教授学了西藏文，专攻佛教史。梵文班只有我们两人，改为每周一个晚上在教授家上课。我们陆续读了《佛所行赞》、《妙法莲华经》、*Divyaavadana*，直到 1946 年我离开哈佛，这每周一晚的梵文阅读都没有中断。当然，这时已享受从容研讨的乐趣，不为分数而发愁了。字典是学语言必需工具，而在第二次世界大战中无法从欧洲买书。我父亲早年为准备翻译康德著作，购备了不少外文字典，我记得其中有莫尼·威廉斯的《梵英大字典》。在"珍珠港事变"之前由天津寄到剑桥，藏于自庄严堪三十年的工具书终得其用。陈观胜先生后在普林斯顿大学及洛杉矶加州大学教佛教史，著有《中国佛教简史》、《中国佛教之变化》，皆有英、日文本，广泛流行。

叶理绥教授主张，学梵文必须略通希腊拉丁文，这是西方学术界的传统。哈佛大学的初级拉丁文已达一定水平，我无法选修，于是到剑桥的中学和孩子们一起读了一学期启蒙的拉丁文，然后选修大学本科的初级拉丁文。结束之后，又选修了大学一年级的希腊文。此外，为了应付博士学位的规定，利用平时选课（此种工具课程不算学分）再加暑期补习方式，1944年秋季开学前通过了法语和德语的考试。所以在哈佛的头几年，主要精力都用在了学语言——死的和活的。可惜的是，回国以后不久解放，梵文与佛教史固然束之高阁，德文也还了老师，只有法文还偶尔用上。拉丁文只记得恺撒的三句名言：veni、vidi、vinci。希腊文则只记得杰克森老教授在课堂上活灵活现地描述希波战争时，希腊士兵归途看到大海如见亲人，大叫 thalata thalata！清人说，不为无益之事，何以遣有涯之生，我正是如此了。

开始写论文之前，必须通过一次口试，包括四门课。我考的是日本文学、日本历史、中国历史、印度佛教史。博士论文题目没有选自日本，而是利用梵文知识，研究了唐代天竺来华的三个密宗僧人——善无畏、金刚智、不空金刚。内容为三家传记的翻译，配以详细注释和专题附录。取了一个堂而皇之的题目

《中国的密教》（Tantrism in China），是魏鲁男教授（James R. Ware）的建议。论文呈交后，又有一次口试，1945年在《哈佛亚洲学报》发表。1982年及1989年两次重访美国，从一些研究佛教史的外国同行处得知，因为关于印度本土密宗的史料很少，这篇论文四十年来颇受重视，有的佛教史参考书目中列为必读，对我可谓"不虞之誉"了。

哈佛燕京学社奖学金除第一年因包括路费稍多以外，每年一千二百美元。交学费四百元后，所余基本够用。当时物价较低，学校附近小饭馆午饭二角五分，晚饭四至五角。周末看一场电影四角，中国城打一次牙祭也不过一元左右。学校宿舍昂贵，中国学生一般住民房。谈到住房，不能不揭露美国那时的种族歧视。房东太太往往对东方人偏见很深，不肯把房间租给中国学生。有时外边贴着"出租"，开门看见黄皮肤，立即说已租出，甚至更恶劣到一言不发，享以闭门羹。租公寓尤其如此，我碰到多次，最后租到的公寓房东为犹太人。80年代的今天，华人地位据说已大不相同，但黑人住房问题仍然严重。当年中国留学生的住房常常是由中国人"世袭"下去，如我的房由赵理海先生（哈佛同年毕业，北大法律系教授）继承，而40年代吴保安先生的房东老太太，还是30年代初齐思和先生的房东。我的学生生活极为单调，读书之外还是读书。工作地点两处：一是博义思同楼中哈燕社的汉和图书馆，那里中日文藏书之富可以比美国会图书馆。一是魏德纳图书馆亦即哈佛的总图书馆，研究生可占一张用格子隔开的小桌，自由取阅库中书籍，还可留置桌上长期使用，方便异常。那时书籍没有磁性报警设备，大图书馆门口有位白发老人，检查每个出门者的书包，有无未办出借手续的书籍。这位老人对中国学生特别友好，每次总是把手一挥，让我们免检过关，而中国学生也从未听说有人辜负老人的厚爱。尽管有人检查，柯拉克教授指导的一个美国研究生还是盗运出了不少珍贵的佛教考古书籍，后被查获。1941年我爱人来美后，开始家庭生活，主要内容仍不外学习与工作，假期中去过华盛顿、纽约以及英国移民最早登陆之地普利茅斯、南特克岛、马瑟葡萄园岛等不远的名胜。周末看电影是最为价廉物美的娱乐，大约四五角钱。而且那时影院不分早、中、晚场，开门以后一遍又一遍地放映。进去不出来，可以看几遍，对于初到时语言未过关的人有很大好处。

当时领取哈佛燕京学社奖学金的同学，毕业后都回国内几所教会大学任教，计有比我早的齐思和（历史，燕京）、翁独健（历史，燕京）、黄延毓（历史，岭南）、郑德坤（考古，华西）、林耀华（人类学，燕京）。约与我同时的陈观胜（佛教史，燕京），较我稍晚的有蒙思明（历史，华西）、王伊同（历史，金陵）、王钟翰（历史，燕京）。其中除黄、蒙两人外，都是燕京毕业的。就文史哲三系而言，燕京显然是教会大学中的首脑，而这首脑的中枢，是洪煨莲先生。洪先生关于哈燕社的擘画，随着解放和院系调整后所有教会大学的撤销而瓦解，这些学生的下落也各自东西。黄延毓是诗人黄遵宪之孙，后到"美国之音"工作，对人民政府修葺他祖父在梅县家乡的人境庐故居异常兴奋。郑德坤由英国剑桥大学回到香港中文大学，筹办了东方文化研究所，并任所长。陈观胜、王伊同留在美国，分别从洛杉矶加州大学和匹茨堡大学退休，颐养天年。王伊同出版了中英文著作两大册。林耀华、王钟翰回国，现在中央民族学院任教。蒙思明由华西调整到川大，"文革"中受迫害而死。

"文革"中红卫兵对解放前的组织最为敏感，以为所有组织必与反动政治相联系，往往使人哭笑不得。这里我不妨把在哈佛时一些有关的组织做个交代，以正视听，兼留鸿爪。哈佛大学有中国学生会的组织，属于联谊性质，每学年送旧迎新，逢节日搞些联欢活动。设有主席、文书、会计，推选产生。大都是学习和群众关系都较好的人当选，而且往往是上届的文书被选为下届的主席。1939年我到校时，主席蒋默掀（政治系）、文书刘毓棠（政治系）。1940年至1941年刘当选主席，我被推为文书。刘毓棠一度任教于清华政治系，现在台湾文化大学美国研究所任所长。1941年至1942年我任主席，文书是冯秉铨（无线电系）。1942年至1943年主席冯秉铨，文书吴保安（历史系）。1943年至1944年主席吴保安，文书高振衡（化学系）。以后高任主席，文书杨联陞（远东语言系），次年好像杨继任主席。冯秉铨解放后任华南工学院副院长，对中国无线电工程的研究和教学做出了突出贡献，见姚树华著《冯秉铨教授的道路》。高振衡回国后任南开大学教授、系主任、中国科学院学部委员。吴保安（回国后改名吴于廑）和杨联陞，是当时文科同学中最有才华的两位，以后分别蜚声中美学术界。我与杨联陞1938年夏订交之初，即相器重。他赴美工作，也与我有些因缘。1939年春，我在北平，曾协助哈佛大学贾德讷教授（美国人）查阅日文杂志中关于中国历史的论文。后来我将赴美，就推荐了杨联陞代替我。我到哈佛不久，贾德讷教授也回国，又约我去帮忙。我由于领取了哈佛燕京学社全时奖学金，不能兼职工作。于是贾德讷教授出资从北京约请杨联陞到美国，做他的私人助手。后来杨联陞也得到哈佛燕京学社奖金，入研究院获得博士学位。三十多年以后，听一位熟悉内情的朋友说，我回国后叶理绥教授本想重新邀我到哈佛教书，燕京方面不肯放，于是邀请了杨联陞去。我平常自诩有"知人之明"，杨联陞亦曾在信中叙述平生际遇，戏称我为"恩友"，两人交谊极深。杨联陞在哈佛获得"哈佛燕京学社教授"称号，治中国社会经济史兼及语言文字，博闻强记，学术上多有创获，著作多种，不少美国汉学人才出其门下。吴于廑回国曾任武汉大学历史系主任、副校长，开创15、16世纪世界史研究，卓有建树。我与他合作编《世界通史》，深受其教益。此外当时熟悉的同学，哲学系有任华（北大教授），英文系有王岷源（北大教授），经济系较多——谢强（后去日内瓦，在联合国工作，已逝世）、张培刚（华中工学院教授）、严仁赓（北大教授）、关淑庄（中国社科院经济所研究员）、王念祖（哥伦比亚大学教授）等。我爱人到剑桥后，每逢年过节，有家庭的人总邀约一些单身同学来家吃饭欢聚。饭后打桥牌或搞节目，以慰乡思。记得平时不苟言笑的赵理海出了一个谜：大笑几声，然后席地盘腿，合十而坐。打"哈佛"二字。谜语不艰深，但本地风光，因而始终不忘。大诗人杜甫有"同学少年多不贱"诗句，如果不把"贱"字解释为贵贱贫富，而理解为学术地位，我倒是大可引老杜之句以自豪的。

还有一个组织应当提到——成志学社，简称CCH。当时美国男女大学生各有一种全国性组织，以联络感情、毕业后互通声气为宗旨，称为兄弟会或姊妹会。中国学生有两个兄弟会，成志学社是其一，据说最早是王正廷、孔祥熙等在美留学时发起组成的。我由老社员王念祖介绍加入，据他说，考虑人选的条件有三：学习成绩，群众关系，领导才能。记得当时冯秉铨、杨联陞和波士顿总领事王恭守都是成员。隔些时聚餐一次，偶有社员来自国内则聚会欢迎。记得平民教育专家晏阳初过波士顿时，就有欢迎聚餐。我回国后，只收到过一份国内社员名单，没有任何活动。当然不排除有人利用这个组织去拉关系，谋求政治利益，但留学生的兄弟会肯定不能算反动政治组织。

还有一个与我有关的组织,即哈佛所办美国陆军特别训练班(Army Special Training Program),简称ASTP。美日开战后,为了训练美国士兵掌握中日语言,陆军战略服务处在若干大学中开办了特别训练班,哈佛是其中之一。中文班由赵元任先生主持,他在大课里讲语法及课文,找了不少北京口音的留学生分小组辅导训练,我爱人也在内。以后美国研究中国文史的专家,如牟复礼、柯迁儒教授等,都曾是ASTP的学员。日文班由叶理绥教授主持,帮助他辅导训练的青年,有日裔美国人松方(松方正义的后代)、美日混血的麦金侬女士(后嫁汉学家丹策尔·卡尔)和我。日文方面,后来又办过海军军官培训班,我也参加教学。以后在美国日本史研究方面声名仅次于赖肖尔的莫理尤斯·詹森(Maurius Jansen)教授和柏克利加州大学教日本史的史密斯教授,都曾是这个训练班的学员。

回忆40年代中期哈佛的学生生活,谁都不会忘记剑桥行者街赵元任先生家。赵先生1941年从耶鲁来到哈佛,先主持编纂《汉英大字典》,后来字典计划中辍。ASTP开办以后,赵先生全力以赴,实现了他多年来关于汉语语音语法教学的设想,推广了他创造的汉语拼音法。对于美国的汉语教学和研究起了重要促进作用。这位年高德劭的知名学者,平时总是面带微笑而沉默寡言。赵太太杨步伟却恰恰相反,心直口快,热情好客,因而赵家成为中国留学生的一个中心。赵太太的祖父、著名佛学家杨仁山先生,与我曾祖是好友,她的自传中提到了两家的友谊。当时剑桥凡有爱国活动,如义卖、表演、街头募捐等,她都带头出力,并号召大家踊跃参加。同学有困难,她无不竭诚相助,三楼上有间空房,不少同学都在那里住过。每逢节日,她必然做许多菜,邀请同学到家里欢聚,有时多达几十人。我们1946年回国后的头几年,每逢节日,还常常怀念在赵家过节的情景。由于赵先生在国内外的学术地位,过剑桥的学者往往都是他家的座上客。胡适之先生卸任大使后,到哈佛短期讲学,虽住旅馆中,却在赵家吃饭。我因此而和他熟识,1946年回国后,在北平时时有所请益。他对我关于《牟子》的论文提出商榷意见,并且同意我想步杨守敬后尘的请求,跟随他出访日本。但他未成行,我则是到了1973年,以花甲之龄才初访东瀛。法国著名汉学家伯希和教授,我也是在赵家宴会上得识。老教授颇为朴素，晚宴后搭电车由剑桥回波士顿，我陪同引导一段路，记得在车上曾就阿拉伯人 Marvazi. 游记请教。陈寅恪先生由英返国，路经纽约，没有下船。我与杨联陞搭赵先生亲自驾驶的汽车从剑桥赶赴纽约码头，登舟谒见陈先生。陈先生垂询甚详，还谈及季羡林先生。同时又讲到某人，已忘其名，说他"连 Hoti clause 都不懂"，透露陈先生对古典文字的修养。1937 年陈先生离北京时，虽已开始患视网膜脱落，还能看书写字。几年间经过四川和英国手术失败，这时视力已几乎完全丧失，在纽约船停数日，竟毫无弃舟登陆旧地重游之意了。

1944 年毕业之前，因参加 ASTP 工作，推迟了论文的写作。毕业后，系里聘我为教员，又在哈佛教了两年日文。叶理绥教授这样安排，与赖肖尔先生（E. O. Reischauer，他在日本的汉字译名为赖世和）的离开哈佛有关。他原协助叶理绥教授教日文，"珍珠港事变"后，他被调入军队，迄未复员，所以我毕业后把我留下。ASTP 三位日文助手中聘任我，想来是由于美国大学教师人选注重学位的缘故。赖肖尔教授后回哈佛，在美国的日本史界蔚为长老。据其自传，他主张承认新中国，反对越南战争，对中国是很友好的。

　　1945年夏，次子在波士顿出生。我父亲给他取名启博，因我得了博士。为了避免学生签证多纳税，我出美国境到加拿大蒙特利尔，重新入境，改换身份为永久居留。实际上并不永久，1946年合同届满，去国已经八个年头的我，怀着"漫卷诗书喜欲狂"的心情，经过大瀑布、安阿柏、芝加哥，偕妻挈子奔返祖国了。

（选自周一良《毕竟是书生》，
北京十月文艺出版社，1998年）

在牛津

杨宪益

杨宪益（1915—2009），翻译学家，1934年至1940年留学英国，在牛津大学莫顿学院学习，1940年获硕士学位。

秋天，学院的米迦勒节期班开学了，我搬进校园内居住。当时学院对新生管得很严。院章规定，每天晚上几点钟以后，男生不得在学院范围内接待女生；外出的学生在晚上10点钟以前必须返回校园，过了10点钟校门就锁上了。英国到处有大众酒吧，供应啤酒、杜松子酒和其他带酒精的饮料，它们就叫做小酒店。牛津的学生和他们的导师时常光顾那些地方。在30年代，学校规定每天晚上几点钟以后，学生就不许到那里去了，学校还设置了一些名为"学监"的管理人员，负责把学生赶出小酒店。尽管我从来没有被学监盯上过，但我还是多次成功地超过规定时间才返校。在这种情况下，我就得爬墙而入，或者从运煤通道滑落下去。默顿街上有一条通向默顿学院的煤溜子。你只要拉开人行道上的一块盖板，从洞里钻进去，就能从煤溜子上滑进学院内的贮煤室。年轻学生总爱违反校规，跟其他学生学玩这种把戏一点儿也不难。校园内的新生居住区称为"寄宿舍"。我住在楼厅上的一个套间，有一间很大的书房、一间卧室，还有一间餐具室，供仆人居住及做盥洗之用，但是没有浴室。每天早晨我得穿过四边形的院子跑到公用浴室去洗澡。每个大学生都有一名仆人，称作他的"侍从"。我的侍从是一位个头矮矮的中年男子，名叫霍华德。他对我非常好，我非常喜欢他。他把我的衣服及时地拿出去浆洗，每天早晨，我还没起床时，他就把我的皮靴擦亮了，把我该穿的衣服备齐、烫平，给我送来热水，供我洗脸、剃须。如果我要在住处招待朋友吃早饭、午饭或晚饭，他就替我订菜。不过在一般情况下，我总是在大餐厅和我的老师们（导师们）以及其他学生一起进餐。集体用餐前，导师们总要站在一张高桌前用拉丁文做祷告。用餐时我们可以要啤酒。大学生活似乎充满中世纪精神，但同时又是令人愉快的。

在当时，要取得文学士学位一般需要三年时间来完成全部课程,并通过毕业考试。但是,修习希腊、拉丁文的学生要取得荣誉学位,就得花四年时间。第一二年学习希腊、拉丁文学,接着进行荣誉学位考试。考试合格的学生可以进一步研读哲学或历史学课程,这样的学生被称为"格雷茨"(Greats,很了不起)。你也可以不读古典人文学科,把后两年时间用来修习其他课程,譬如外国文学或英国文学之类,然后进行毕业考试,取得荣誉学士学位。我的课程就是这样安排的。我在默顿学院学习两年希腊和拉丁文学,然后又修习英国文学。荣誉学位是分等级的,你可能会取得一、二、三、四这四个等级中的一个。毕业考试的结果会在英国最权威的报纸《泰晤士报》上公布。我在默顿学院的希腊、拉丁文导师是一个非常和善的年轻人,名叫罗伯特·莱文斯。很不幸,他享年不永,死于50年代或60年代。有一次,他请我到他家去吃茶点。他拿出一本他编的罗马著作送给我,作为临别纪念。这本书现在仍保留在我的书架上。

我从来也不是个好学生。在天津上中学时,由于我的中、英文水平远远高于其他同学,所以我从来也不必刻苦攻读,或准备应付考试。当我来到牛津后,尽管我的希腊、拉丁文基础很差,但我觉得自己的智力要应付考试还绰绰有余,因此并不为考试及格而用功。我从不为毕业考试能不能得个优等而伤脑筋。对英国学生说来,毕业时能得个优等是件非常重要的事。以一等成绩毕业,就能在政府部门谋得个好差使。但我知道,即使考个一等,对我说来也毫无意义。我是要回中国去的,不管我得的是什么学位、什么等级,我总能在大学里找到工作。我因为喜欢读古典文献才去学希腊、拉丁学科,可是我从来也无意成为一位精通希腊、拉丁语法的学究。读古典人文学科荣誉学位,确实需要掌握希腊、拉丁文学的综合知识,要在这两种语言的运用上下很多工夫。然而,我对指定教材从来不大重视,我刚开始读古典人文学科荣誉学位时,首先必须读荷马,我觉得这很容易,因为我喜欢读荷马,但我不喜欢为诸如伊索克拉底、维吉尔、贺拉斯或西塞罗这样的作家花太多时间。我用更多的时间阅读稍后一些的作家,如:爱森尼乌斯、菲洛斯特拉德斯、卢奇安、阿普列尤斯、佩特罗尼乌斯等人,这些作家并不在考试范围之内。我记得,我第一次到我的导师罗伯特·莱文斯那里去上辅导课,他要求我写一篇关于几位希腊、拉丁作家的文章,目的是想考一考我的理解能力和知识水平。我写了一篇论希腊诗人阿尔凯奥斯和萨福的文章,把他们说成是反对寡头政府、争取民主的爱国诗人。我想,罗伯特·莱文斯也许觉得我那年轻人的热情和相当幼稚的解释很有趣。

我进学院不久就与学院管理当局之间发生了麻烦。我和几名来自英格兰北部约克郡和兰开斯特郡的新生交朋友,而他们是些不守规矩的学生。其中之一是伯纳德·梅洛,布莱克普尔一名酿酒商的儿子。另一个是弗雷德·韦勃斯特,约克郡巴恩斯莱一名屠夫的儿子。还有一个名叫西里尔·列特伍德·希顿,他的母亲是寡妇,可是我不记得他是哪里人了。还有其他一些学生陆续参加我们的团体,诸如威尔士人特里·威忒克等人。晚上,我们喝足了啤酒,就会在校内、校外玩各种各样的古怪游戏,譬如说:装鬼、吓唬其他胆小的男孩之类。我记得,一天晚上,特里·威忒克喝得醉醺醺地骑自行车离开了,他是另一所学院的学生。过了不久,他跌跌撞撞地回来了,说是海上暴风雨过于猛烈,他不得不把船驾回来。其实是默顿校园外有一条鹅卵石铺成的小径,他发现自己在自行车上摇摇晃晃骑不稳。还有一次,一个专与我们作对的学生帮绑架了西里尔·列特伍德·希顿,把他身上的衣服统统剥光，因此他只能浑身一丝不挂地从另一个院子跑回来。他被一位导师撞个正着，狠狠地挨了一顿责骂。我有一把玩具气枪，我们常在我的书房里瞄准各个目标射击。一天晚上，我们推开窗子，瞄准校园小巷对面的路灯，想把它射灭。可是灯罩的玻璃太厚，尽管我们多次射中目标，也没能把玻璃打碎。正当我们努力想把灯打灭时，学院院长恰巧走过我们的窗户，我们险些射中他的鼻子。他吓了一跳，从窗口往里看，只见我们正一个个肚子沾地，伏在地板上往外打气枪呢。第二天早晨，院长把我叫去，要求我说出肇事者是谁。我承认气枪是我的，我愿意承担全部责任。但是院长明明看见房间里还有别的人，在他看来都是些坏孩子，所以他坚持认为是其他人教唆我这么干的。由于我坚持要独自承担全部责任，他也就无能为力了。最后他没收了我的气枪，罚了我二十英镑，事情就这么了结了。这是 1936 年秋天我入学不久时发生的事。1936 年冬天的假期我们可能是在伦敦和巴黎之间的往返中度过的。牛津大学一年分三个学期上课，每个学期为八周。所以一年里有半年多时间我都在校外度假。放假期间我从来不在牛津的校园里待着。

1937年春假期间，我和新朋友伯纳德·梅洛一起到他位于布莱克普尔的家里住了两星期。他的父亲是一名酿酒商，因此我参观了他的酿酒作坊。我还访问了另一位同学弗雷德·韦勃斯特的家，约克郡一座叫巴恩斯莱的小城，但这可能是初夏时的事了。我只在他家住了不多几天。我记得有几个晚上，我跟他去了当地的酒馆，喝啤酒，还和当地工人一起玩掷镖游戏。1937年7月，中日战争爆发，北平和天津激战了一些日子。不久，中国北方就被日本占领了，战争蔓延到南方的上海和南京。战争正式开始时，我是否还在约克郡，我已经记不清楚了，但那段时间里，人们对中国人民抵抗日本侵略的战争确实谈论得很多。我记得有一天晚上，我在和当地工人玩掷镖时有好几次投中了靶心。当地人很惊奇。他们把我举到一张桌子上去站着，大家高声喊道，如果我回去打日本，他们愿意追随我，参加我的游击队。这是个令人振奋的场面。我还记得另一件事，我和弗雷德·韦勃斯特一起住在约克郡时，有一天晚上，我们到酒馆喝酒，直到晚上11时左右才走着回家。街上空无一人，非常安静，我俩决定把一盏路灯拧下来，当做一件纪念品带回家。当时街上刚装上一种新式路灯，它叫做贝利夏指路灯,贝利夏正是引进这种路灯的那位大臣的姓氏。它是圆的,样子像只足球,表面有一层珐琅质。弗雷德爬上路灯柱,把路灯拧了下来,我俩把它当成足球,一路踢着它走回家。我们想把它藏起来,不料弗雷德的大姐还没有睡着,发现了我俩干的勾当。她吓得目瞪口呆,以为警察马上会找上门来。她坚持要我们把路灯送回原处,我俩照她的意思办了,一切都很顺利,没有招来任何麻烦。

除了访问我的朋友们在兰开夏和约克郡的家以外,我还独自步行去了湖区,历时一周。湖区在英格兰北部,离苏格兰很近。你只要花很少钱,就能步行经过一系列风景点,每天晚上都可以在一种特设的青年旅社住宿,那里供应晚餐和早餐。至于午餐,你可以在旅途中遇到的饭店里去吃。我越来越喜欢这种徒步旅行的方式。身上只带一只软式背囊,每天通常走十五至二十英里,直至到达下一家青年旅社。道路大多修筑得很好,我所遇到的人们都态度友好亲切。这是一种斯巴达式的、健康的消遣活动。1938年至1939年间,我在湖区的徒步旅行至少进行过三次。第三次是在1939年春天,那次是在和戴乃迭(后来她成为我的妻子,英文原名为格莱迪丝)以及作家萧乾一起去的。萧乾当时是中国一家报纸驻英国的记者。我记得有一回我们在湖区从一家青年旅社徒步走向另一家旅社，我们全靠一张交通图指明方向，结果还是迷了路，因此走了许多冤枉路。戴乃迭又累又饿，竟哭了起来。为了给自己鼓劲，我们决定高声唱进行曲。我们用最大的嗓门唱，首先唱的是第一次世界大战时最流行的歌曲《蒂帕雷里路途遥远》，接着唱了几首苏格兰民歌，诸如：《安妮·罗莉》、《罗蒙湖》，后来又唱基督教圣歌，诸如《前进，基督的士兵》等等，这个办法确实使我们精神振奋，我们就一边唱歌一边前进。我们走了大约二十五英里，终于到达目的地。我们确实走得筋疲力尽，但这次经历给我们日后留下多么美好的回忆呀。

（选自《杨宪益自传》，薛鸿时译，人民日报出版社，2010年）

我在耶鲁的时候

李赋宁

> 李赋宁（1917—2004），英国语言文学研究者，1946年至1950年留学美国，在耶鲁大学英文系学习。

抗日战争胜利后，我于1946年9月初从上海乘船赴美国留学。同船名人甚多，计有冯玉祥将军、冯友兰教授、曾昭抡教授等。当时我是清华大学外文系讲师，和我一同去耶鲁大学英语系做研究生的人还有武汉大学外文系讲师吴志谦和中山大学外文系讲师钟日新。到达耶鲁大学研究生院后，院长辛普森教授拿出一些法语、德语和拉丁语的选段给我们看，告诉我们若要读硕士学位，必须通过法语或德语的阅读考试；若读博士学位，必须通过法、德和拉丁三门外语的阅读考试。升学后两周就要举行这些外语考试。我以优异成绩通过了法语考试（因我在清华大学当研究生时研究的范围是17世纪法国文学），但我的德语程度很低，而我的拉丁语程度则等于零。我去见了英语系研究生指导罗伯特·迈纳（Robert J. Menner）教授，请教他如何选课。他要求我只选两门研究生课，以便集中精力补学拉丁和德语。于是我选了研究生课程"古英语入门"和"十六七世纪英国戏剧"，以及本科生课程"一年级拉丁语"和"二年级德语"。当时我已二十九岁，选这么重的外语课是很辛苦的。但是我学习的积极性很高，越学越感兴趣，尤其爱上了拉丁语。"一年级拉丁语"每周上课五节，星期一到星期五每天上午 11 时到 12 时上课。每次一课书，每节课都有五至十分钟笔头测验。这课程进度快，检查频繁，巩固牢靠，教学效果很令人满意。每当校园中哈克尼斯钟楼上的大钟中午 12 点发出清脆、洪亮的报时钟声时，我从拉丁语教室走出来，其喜悦心情是难以用言语表达的（当年我在抗日战争前的清华大学外文系二年级上学时跟吴达元先生学"一年级法语"也曾有过类似的心情）。耶鲁大学研究生的"古英语"课由迈纳教授亲自讲授，严格要求预习，课外要求笔头作业、读书报告和学期论文，以及期末考试和学年考试。这是耶鲁大学英国文学和语言研究生最重要的一门基础课，是攻读博士学位研究生的必修课。我体会这门课相当于我国大学中文系的"说文解字"课。

我发现古英语和现代德语很相似。迈纳教授告诉我说他在大学本科学的是德语专业，毕业后到法国去留学，学了古法语。回国后，他又研究英语，获得耶鲁大学英语语言文学博士学位，他的专长是中世纪英国语言和文学。获得博士学位后，他到加拿大某大学任教，若干年后才回到母校英语系当教授。他的古英语老师是耶鲁大学库克（A. S. Cook）教授，他是耶鲁大学古英语课的开山祖。20世纪初年，库克到德国留学，跟德国语言学家西弗斯（Sievers）教授学古英语。19世纪德国学者在印欧语系比较语言学领域有重要发现和研究成果，因此英、美人士去德国学习古英语并不是一件怪事。据我了解，许多年长的美国教授，尤其是理工科的科学家，早年多半在德国留学，因为19世纪和20世纪早期，德国的大学一直在科学研究方面居于世界领先的地位。到了20世纪30年代，美国大学才发展了研究生教育，才开始在美国本国培养高级科技人才和专家。

耶鲁大学教莎士比亚和文艺复兴时期英国文学的塔克·布鲁克(Tucker Brooke) 教授早年在英国牛津大学留学。1946年暑期，布鲁克教授突然病故，学校措手不及，只得临时聘请纽约哥伦比亚大学英语系主任坎贝尔（O. J. Campbell）教授来耶鲁兼课。坎贝尔教授早年在哈佛大学获得博士学位后到英国去留学。他每周坐火车从纽约来到耶鲁大学所在城市纽黑文上"莎士比亚"课和"十六七世纪英国戏剧"课。他在耶鲁大学住一夜，第二天回纽约。当时他在哥伦比亚大学的年薪是两万元美金，耶鲁给他七千元美金的兼课费，待遇算是不错的了！我有幸跟坎贝尔教授学"十六七世纪英国戏剧"课，并曾请他在纽黑文一家中国饭馆吃过一顿中国饭，真是受益匪浅！首先，这门课使我大开眼界，培养了我快速阅读早期文学作品的能力，以及从文化史和思想史的角度分析、评论文学作品的能力。"十六七世纪英国戏剧"要求每周阅读四个剧本，外加有关的历史背景和评论、分析的参考资料。进度快，阅读量大，使我不得不学会快速阅读，并培养抓重点的习惯和能力。这门课使我认识了早期英国戏剧发展的来龙去脉，并使我积累了大量的关于早期英国文学作品的感性认识，为我后来研究莎士比亚做了极好的准备。坎贝尔教授只在耶鲁大学兼课一年。为了挑选布鲁克教授的继任人选，耶鲁大学邀请了三位较年轻的学者分别来校作学术报告。这三次报告我都听了，我个人的印象是讲马尔洛的科克尔（Kocher）教授应该当选，因为他的论点鲜明，富于说服力。但后来校方选中了查理斯·普劳蒂（Charles Prouty）教授，可能由于普劳蒂的学历更好：他是耶鲁大学本科毕业，英国剑桥大学博士。后来我跟普劳蒂教授学莎士比亚，感觉比较一般。

　　使我受益更大的一位学者是赫尔葛·凯克里兹（Helge Keritz）教授。他是瑞典人，是专门研究莎士比亚语音的瑞典专家扎克里森（Zachrisson）的学生。凯克里兹教授在卡尔·扬（Karl Young）教授去世后在耶鲁大学讲授"乔叟"课和"中世纪英国戏剧"课，但是他的特长却是英语史。我跟他学了"乔叟"和"英语史"两门课，感觉收获很大。在他的指导下，我写了"乔叟的形容词"和"18世纪初期的英语语音拼写"两篇论文。我对英语史的兴趣也是在他的影响下培养起来的。在50年代中期，凯克里兹教授出版了他毕生的心血著作《莎士比亚的语音》。当时我已回到国内，忙于参加历次政治运动，与国际学术界消息完全隔绝。直到我国对外开放后，伦敦大学英语语法专家夸克（Quirk）教授访华，他才告诉我说凯克里兹教授这本书出版后引起学术界很大重视。美国学者对它评论较好，但几位英国权威对凯克里兹的论证表示怀疑，因此对他的心血著作评价颇低。为此凯克里兹教授受到打击，郁郁而亡。凯克里兹教授终身未婚，孜孜不倦地从事教学和科研工作，和蔼可亲，助人为乐，值得人们长久怀念。但是当我1982年再度访问耶鲁大学时，在英语系研究室墙壁上挂的以往英文系教授肖像中居然没有凯克里兹的照片，我心中很替这位瑞典学者抱不平。

40年代耶鲁大学还没有比较文学系，但雷内·韦勒克(René Wellek)教授已在耶鲁任教。他是捷克人，毕业于布拉格查理斯大学英语系。由于他熟悉俄罗斯文学，耶鲁请他给本科生用英语讲授"19世纪俄罗斯小说"课程（他曾把果戈理《死魂灵》译成英语），并请他给研究生开设"文学研究"课程，指导科研。我旁听了这门课，我也是最早读过他和奥斯汀·沃伦合写的《文学理论》的读者之一。韦勒克教授的英语口语有很重的外国口音，但是它的书面英语却极干净、明晰、流畅、自然。我在1982年重访耶鲁时曾亲自问他为什么他的英语写得如此纯粹、地道。他回答说由于他在美国普林斯顿大学当过英语系研究生，受过严格的英语写作训练。我猜想他的法语和德语（甚至俄语）的写作水平也是相当高的。

我在耶鲁上研究生头两年期间，英文系研究生课程当中没有20世纪英、美文学。到了1948年秋，耶鲁才请到新批评家克里安斯·布鲁克斯(Cleanth Brooks)来校开设"20世纪文学"。这就像我国北京大学中文系第一次开设"五四运动以后中国文学"课程一样具有划时代的意义。我也去旁听过布鲁克斯教授的课，更喜读他的书《精心制作的瓮》（*The Well-Wrought Urn*, 1947）。我对新批评派的研究方法颇为欣赏。1982年我重访耶鲁时，布鲁克斯已是八十开外的老人，早已退休，但仍经常在图书馆看书。我很欣赏他的鹤发童颜，和他谈说40年代的事。他很想访问中国，但由于他年事已高，我国教委不同意邀请八十岁以上老人来我国讲学，只好作罢。

另一位教授是梅纳德·麦克(Maynard Mack)，他当年教本科生"莎士比亚"课。我曾去旁听他的讲课，很喜欢，因为他对剧本的分析很细致、中肯。后来我参加博士生综合考试口试时，他是我的主考官之一。我记得他非常详细地问了我关于莎士比亚《李尔王》一系列的问题，至今印象犹深。1982年，他也是接近八十岁的老人了，但仍精神抖擞，不减当年。我听了他讲"耶鲁大学英文系的传统"学术报告后，上前与他叙旧。经过三十多年,他居然还记得我。我也记得在1949年他买了一辆新汽车,在当时英语系师生中传为佳话,因为当年教授自己开车的极少。我问他是否喜欢他的新车,他说非常喜欢,用了许多年。麦克教授送给我他写的两本书:《哈姆雷特的世界》和《李尔王的问题》。这两本书是我读过的关于这两部伟大悲剧最精辟的论著。

我还有一位恩师是弗雷德里克·波特尔(Frederick A. Pottle)教授,他教的课程是十八九世纪英国文学。这一段时期英国文学的丰富多彩可以与我国唐宋时期的文学相媲美,因此是学习英国文学的人必须熟悉的时期。波特尔教授在大学本科是学化学的,受过极为严格的科学训练。由于他的兴趣转向文学,他当了耶鲁大学英文系的研究生,获得英语语言文学博士学位。我原先没有打算选修波特尔教授教的"华兹华斯的时代"(即19世纪英国浪漫主义时期文学)。我本拟选"美国文学",征求研究生指导迈纳教授的意见。迈纳教授斩钉截铁地说一个耶鲁英语系的研究生没有上过波特尔教授的课是一个很大的损失,因为波特尔教授的研究方法是最科学的。我听了迈纳教授的话,选修了波特尔教授的课,从他那里学到了鉴别手稿,选择版本，考证传记材料和历史事实，以及组织讲稿和指导课堂讨论等本领。此外，波特尔教授还纠正人名和地名的读音，以及关于词义的误解。例如，有一次一位同学把英语fruition解释为bearing fruit（结果实），波特尔教授根据拉丁词源纠正词义为enjoyment（享受，欣赏）。耶鲁大学研究院英语系的主要目标有二：一是训练英国文学研究方法，二是训练英国文学教学方法。波特尔教授的课程充分体现了这一特点，为培养科研人才和大学师资做出了卓越贡献。1982年他已八十多岁，退休十二年了，但他每天仍去图书馆研究室继续编辑博斯韦尔（Boswell）的书信手稿。他毕生从事科研的献身精神应受到人们的高度崇敬。

1982年我重访耶鲁时又结识了几位现在耶鲁英语系的教授：一位是弗雷德·鲁滨逊(Fred Robinson) 教授，他是现在耶鲁的古英语教授，还是美国中世纪研究会会长。由于他的推荐，我也成为这个学会的会员。他是一位极为全面的中世纪文学和文化研究专家。哈佛大学出重金聘他去哈佛任教，但他和他夫人更喜欢耶鲁。他夫人在纽黑文一个小学任教，曾陪我爱人和我同去参观她的学校。我们发现这个学校居然有为培养小学生独立阅读的图书馆，购置了图文并茂的《小学生百科全书》，供孩子们浏览。我在耶鲁还结识了两位女教授，她们也都是中世纪英国语言文学专家：一位名叫玛丽·博罗夫(Marie Borroff)，她是芝加哥大学本科毕业，耶鲁英语语言文学博士。她的专长是英语史和当代英、美诗歌。另一位女教授名叫道罗塞·梅特里兹基(Dorothée Metlitzki)，她讲授中世纪和文艺复兴时期英国文学、希伯来文学和《圣经》文学，以及中世纪阿拉伯文学，她的博学达到令人惊羡的程度。她是伦敦大学本科毕业生，耶鲁大学英语语言文学博士。40年代耶鲁英语系没有一位女教授，现在女教授已有好几位。40年代耶鲁英语系教授的专业范围比较狭窄、单一，现在比较开阔、多样。这些现象标志着美国学术和教育事业比以前有了相当大的进步。

（选自李赋宁《蜜与蜡》，北京大学出版社，1995年）

公费留学到巴黎

吴冠中

> 吴冠中（1919—2010），画家，1947年至1950年留学法国，在巴黎国立高级美术学校以及A.洛特工作室学习。

1947年夏，我们几十名留学生搭乘美国邮轮"海眼号"漂洋过海。经意大利拿波里，留欧同学登陆换火车。离船时，头、二等舱的外国乘客纷纷给美国服务员小费，几十、上百美元不等，中国留学生急忙开了个会，每人凑几元，集中起来由一代表交给美国人，美国人说不收你们四等舱里中国人的小费。

留拿波里四五日，主要参观了庞贝遗址及博物馆，便乘火车奔巴黎。车过米兰，大站，停的时间较久。我迫不及待偕土熙民叫出租车往返去圣·马利教堂看达·芬奇的《最后的晚餐》，教堂不开放，我们的法语又讲得很勉强，好不容易说明来意请求允许进去看一眼。教士开恩了，让我们见到了那举世闻名的模糊的壁画，教士解释那是被拿破仑的士兵用马粪打犹大打成这样子的。匆匆返回车上，出租车费甚贵，以为人家敲竹杠，不是的，等待的时间也计价，我是生平第一次乘坐出租车。火车很快就启动，万幸没耽误时间。

我们的公费属中法文化交流项目，在法费用由法国外交部按月支付，不富裕。第一天到巴黎被安排在一家旅店里，那房间里卧床之侧及天花板上都镶着大镜子，看着别扭，原来这是以前的妓院改造的旅店，少见多怪。搬过几次旅店，最后我定居于大学城，寄寓比利时馆中。大学城是各国留学生的宿舍，法国提供地面，由各国自己出资建馆。当时的瑞士馆是勒·柯彪西（Le Corbusier）设计的新型建筑，是悬空的，像树上鸟窝。日本馆保持他们的民族风格。中国呢？没有馆，据说当年建馆经费被贪污了，因此中国留学生分散着寄人篱下。

如饥如渴，头几天便跑遍巴黎的博物馆。我们美术学院的学生凭学生证免票，随时过一座桥，便进卢浮宫。那时代参观博物馆的人不多，在卢浮宫有一次只我一人在看断臂（米洛）的维纳斯，一位管理员高傲地挖苦我：在你们国家没有这些珍宝吧！我立即反击，这是希腊的，是被强盗抢走的，你没有到过中国，你去吉美博物馆看看被强盗抢来的中国珍宝吧。这次，我的法语讲得意外的流利。在国内时学了法语很想找机会应用，但在巴黎经常遭到歧视，我用法语与人吵，可恨不及人家讲得流畅，我感到不得不用对方的语言与对方争吵的羞耻。我曾千方百计为学法语而怀抱喜悦，而今付出的是羞耻的实践。但咬紧牙关，课余每晚仍去夜校补习口语。

对西方美术，在国内时大致已了解，尤其是印象派及其后的作品令我陶醉，陶醉中夹杂盲目崇拜。因是公费生，我必须进正规学校，即国立巴黎高级美术学校。油画系共四位教授，其中三位都属现代派，只一位最老的杜拜（J. Dupas）属学院派。在国内人们只信写实技巧，对现代艺术所表达的情和美极少人体会。作为职业画家，我们必须掌握写实能力，我赶末班车，就选杜拜的教室，摸传统院体派的家底。白发老师严于形与体，他用白纸片贴近模特儿的后面，上下左右移动着白纸，证明浑圆的人体在空间里不存在线。然而有一次他请几位学生到他家看他的作品，我也去了。播放的都是他大壁画的幻灯片，装饰风格的，都离不开线的表现，是体的线化或线化了的体。我不喜欢他的作品，因缺乏激情。他上课从不摆弄模特儿，让大家画呆呆站立着的男女人体，自然空间，不用任何背景。从锻炼功力看，这确是高难度，但我对非艺术的功力无兴趣。老师对我的评价，说色的才华胜于形的把握，他总和蔼地称我："我的小东西，我的小东西。"但"小东西"决定离开他，投入苏弗尔皮教授（J. M. Sou Verbie）的怀抱。苏弗尔皮老师观察对象强调感受，像饿虎扑食，咬透捕获物的灵与肉。他将艺术分为两路，说小路艺术娱人，而大路艺术撼人。他看对象或作品亦分两类：美（besu）与漂亮（joli）。如果他说学生的作品"漂亮啊"便是贬词，是警惕。有一回，课室里的模特儿是身材硕大上身偏高而头偏小的坐着的中年妇女，他先问全班同学：你们面对的对象是什么？大家睁着眼无言以对。他说：我看是巴黎圣母院！他赞许我对色的探索，但认为对局部体面的琐细塑造是无用的，是一种无谓的渲染，叫我去卢浮宫研究波提切利。

苏弗尔皮是四五十年代前后威震巴黎的重要画家、法兰西学院院士，他的作风磅礴而沉重，主题大都是对人性的颂扬，如《母性》——庞大的母亲如泰山，怀抱着厚重的金矿似的孩子；《土地》——镇坐中央的是女娲似的人类之母，耕畜、劳动者们的形象既具古典之端庄，又属永恒的世态；《昼与夜》……我到现代艺术馆、夏伊宫等处找他的展品及壁画，我确乎崇拜他，也是他启发了我对西方艺术品位、造型结构、色彩的力度等等学艺途中最基本的认识。巴黎的博物馆和画廊比比皆是，古今中外的作品铺天盖地，即便不懂法文，看图不识字，凭审美眼力也能各取所需，但若无苏弗尔皮教授的关键性启蒙，我恐自己深入宝山空手回。世事沧桑，80年代后重返巴黎，博物馆里已不见了苏弗尔皮的作品，他的同代人勃拉克依然光照观众，我不禁怅然。感谢一位法国友人送了我一期沙龙展目，封面是苏弗尔皮的作品《母性》，那一期是专门纪念他的，内有他的照片及简短介绍。历史的淘汰无情，而淘汰中又有遗忘后被重新发现的人和事。

我没有记日记，先是觉得没工夫，记了日记只是给自己将来看的，后来也就一直没记了，让生命白白流去未留踪影。现在追忆某一天的巴黎学生生活，当然并非天天如此，但基本如此。

大学城的宿舍一人一间，约二十米平米，包括小小卫生间、一床、一桌、一椅、一书架。每层楼设公共淋浴室及煤气灶，可煮咖啡、烤牛排。每晨有老年妇女服务员来打扫，她跪着抹地板，一直抹到床底下，抹得非常干净。干完活她换上整洁的时髦服饰，走在街上谁也辨不出谁是干什么工作的。大食堂容量大，学生们端着铝合金的食盘排队取菜，菜量限在饭票价格六十法郎（旧法郎）之内，如超限或加红酒则另补钱。食堂的饭是最便宜的，质量也可以，我们总尽量赶回来吃，如赶不及，便买条面包、一瓶奶、水果及生牛排，煎牛排五分钟，一顿饭就齐备了。蔬菜少而贵，水果代之，尤其葡萄多，法国人吃葡萄是连皮带籽一起吃，只见葡萄入口，没有东西吐出来，我也学着吃，可以。早点咖啡加新月形面包，吃完便匆匆赶地铁去美术学院上课，走在街上或钻进地铁，所有的人都一样匆匆。油画课室旧而乱，墙上地上画架上到处是颜料，我赶上学校三百周年纪念，我这课室虽古老，显然不到三百年。每天上午画裸女，男模特儿极少，因人工贵，男劳力缺，而女的求职难。有一次来了个青年女模特儿，大家赞美她体形美，但三天后她没有再来，后来听说她投塞纳河自杀了。同学中不少外国留学生，美国学生显得很阔气，带着照相机，日本人是没有的，我在街上往往被误认为是越南人或日本人。12点下课，背着画箱就近在美术学院的学生食堂用餐，价格和质量与大学城差不多。学校下午没有我的课，除了到卢浮宫美术史学校听课，整个下午基本是参观博物馆、大型展览及大大小小的画廊，那么多画廊，每家不断在轮换展品，虽然我天天转，所见仍日日新。再就是书店及塞纳河岸的旧书摊，也吸引我翻个没完没了。晚上到法语学校补习，或到"大茅屋"画室画人体速写，时间排得紧，看看来不及回大学城晚餐时，便买面包夹巧克力，边跑边吃。大学城晚上常有舞会，我从未参与，没有时间，也因自己根本不会跳舞。晚上回到宿舍约10点多了，再看一小时法文书，多半是美术史之类，那时不失眠，多晚睡也不在乎。

复活节放几天假，一位法国同学约我驾小舟，备个帐篷，顺塞纳河一路写生去。多美的安排！我跟他先到郊外他家乡间别墅，住一宿。翌日他扛个木条帆布构成的小舟，类似海水浴场玩儿用的，到了河岸，将帐篷、毛毯、画箱、罐头、面包塞进小舟，已满满的，他的弟妹和女佣都说危险，但我不敢说，怕他认为中国人胆小。舟至江中，千里江陵一日还，漂流迅速，但这位年轻法国同学感到尚不过瘾，又张起小布帆，舟飞不到一小时，便覆于江中，随波沉浮，我们两人抓住覆舟，犹豫着是否泅水登岸，他先冒险游到了岸，我不能游泳，且西装皮鞋行动十分困难，江面浩浩百来米，便只能嗷嗷待救。他呼救，四野无人，我不意竟淹死于印象派笔底美丽的塞纳河中，并立即想到口袋中尚有妻和新生儿可雨的照片。当我力尽将沉没之际，终于有一艘大货船经过，货船尾部携带的小艇将我救上沙岸。同学和我找到最近的村，撞入遇到的第一户人家，同学电话他父亲立即开车接回，其间主人先给我们烤火，那里的村民真善良。我在同学家乡间别墅住了好几天，有几幅水彩速写就是在那里画的，在我画集里尚可找见。回巴黎后，我在大学城游泳池学游泳，时间少，仍未学会。

　　每遇暑假，总要到国外参观，首选是意大利。战后欧洲供应困难，在巴黎，凡糖、肉、黄油替代品等均定量分配，凭票按月购买，仿佛我们的票证时代。我从来不进饭店吃饭，贵，都说蜗牛是法国名菜，我至今没有记住蜗牛的法文名称。去外国旅行，失去了大学城的学生大食堂，又进不起饭店，于是面包夹肠之类的三明治成了我每天的主食，只是总需找个偏僻处吃，躲避人们的眼光。罗马、佛罗伦萨、米兰、威尼斯、拿波里等名城的博物馆及教堂都跑遍了，像乌菲栖博物馆更去过多次。文艺复兴早期壁画分散在一些小城市的教堂中，为看乔托、息马彪等人的壁画，我到过一些偏僻的小城，印象最深的是西以那。我走在西以那的街巷中，遇一妇女，她一见我便大惊失色，呼叫起来。那大概是个节日，乡下人进城的不少，原来这是个偏远乡村妇女，很少进城，更从未见过黄种人。如果中国乡村妇女第一次见到白的或黑的洋人，同样会大惊失色的。地球上多少差异的神秘已消逝，看来还正在消逝中，我们只等待外星人了。在伦敦住了一个月，除看博物馆外，补习英文，在中学时学的英文全忘了，因不用。在伦敦遇到一件小事却像一把尖刀刺入心脏，永远拔不出来。我坐在伦敦红色的双层公共汽车中，售票员胸前挂个皮袋，内装车票和钱币，依次给乘客售票。到我跟前，我用硬币买了票，她撕给我票后，硬币仍捏在手中，便向我邻座的一位"绅士"售票。那"绅士"给的是纸币，需找他钱，售票员顺手将捏在手中的我付的那个硬币找给"绅士"，"绅士"大为生气，不接受，因他明明看到这是中国人出手的钱。售票员于是在皮袋中换另一枚硬币找他。

四五十年代的巴黎大建筑物外表都已发黑，称之为黑色巴黎也合适，后来费大力全洗白了。但瑞士一向显得明亮而洁净，车站售票处的售票员手不摸钱币，用夹子夹钱，其实那些钱看来都还整洁，根本不见国内那种烂票子，"非典"期间，我们对钱币好像没有注意把关。干干净净的瑞士，雪山、绿树、泉水都像人工安排的，艺术意味少。水太清，鱼就不来，这鱼指艺术灵感倒很贴切。

我们这些留学生大都不问政治。国内内战日趋激烈，改朝换代的大事岂能不波及每个中国人，我们持的是国民党中华民国的护照，而国民党将被赶出大陆，宋美龄频频飞美国求救，秦庭之哭已徒然。国民党的腐败我们早痛恨，对共产党则无接触，不了解，但共产党在长江中炮打英国军舰的消息真令我们兴奋，受尽歧视的中国留学生渴望祖国的富强。中共派陆璀和区棠亮二位女同志到巴黎参加世界和平大会，大会是露天的，我也去旁听了，在那里见到与会的毕加索。陆、区二位在一家咖啡店里邀请部分留学生叙谈，介绍解放战争的形势和解放区对留学生的政策，希望大家学成归国建设新中国。每个人面临着去、留的选择，其间关键是各人的专业与回国后如何发挥的问题，对生活待遇等等很少人考虑。

到巴黎前，我是打算不回国了，因国内搞美术没有出路，美术界的当权人物观点又极保守，视西方现代艺术如毒蛇猛兽。因之我想在巴黎扬名，飞黄腾达。当时有人劝我不要进学校，不要学生身份，要以画家姿态出现。我想来日方长，先学透，一面也参展春季、秋季等沙龙，慢慢创造自己独特的风格。看了那么多当代画，未被征服，感到自己怀着胎，可能是异样的中、西结合之胎，但这胎十个月是远远不能成熟的，不渴求早产。我陶醉在五光十色的现代作品中，但我的父老乡亲同胞们都不了解这些艺术，我自己日后创作出来的作品也将与祖国人民绝缘吗？回忆起在独石桥小学给女生画的那幅麻子像，感到落寞、茫然。可能是怀乡情结，故而特别重视凡·高的书信中语：你是麦子，你的位置在麦田里，种到故乡的土里去，将于此生根发芽，别在巴黎人行道上枯萎掉。似乎感到我将在故土长成大树，在巴黎亦可能开花，但绝非松柏，松柏只卫护故国。当苏弗尔皮教授预备为我签署延长公费时，我吐露了我的想法，他完全同意这观点，并主张上溯到17世纪以前的中国传统。离开巴黎，仍舍不得，但梁园毕竟不是久留之地。矛盾不易解决，或去或留的决定经过多次反复，与熊秉明等研讨无数回，最后我于1950年暑假离开了巴黎，投向吸引海外游子的新中国，自己心目中的新中国，我们这些先行者们当时似乎是探险者。这之前一年，我曾给吴大羽老师一封信，倾诉我的心情。大羽师保留了这信，"文革"中此信被抄走，最后得以退还，数年前，感谢大羽师之女崇力给我寄来了复印件，今录下：

羽师：

我试验着更深度的沉默。但是国内紊乱接着紊乱，使我日益关怀着你们的行止和安危。

在欧洲留了一年多以来，我考验了自己，照见了自己。往日的想法完全是糊涂的，在绘艺的学习上，因为自己的寡陋，总有意无意崇拜着西洋。今天，我对西洋现代美术的爱好与崇拜之心念全动摇了。我不愿以我的生命来选一朵花的职业。诚如我师所说：茶酒咖啡尝腻了，便继之以臭水毒药。何况茶酒咖啡尚非祖国人民当前之渴求。如果绘画再只是仅求一点视觉的清快，装点了一角室壁的空虚，它应该更千倍地被人轻视！因为园里的一株绿树，盆里的一朵鲜花，也能给以同样的效果，它有什么伟大崇高的地方？

何必糟蹋如许人力物力？我绝不是说要用绘画来做文学的注脚、一个事件的图解。但它应该能够真真切切，一针一滴血，一鞭一道痕地深印当时当地人们的心底，令本来想掉眼泪而掉不下的人们掉下了眼泪。我总觉得只有鲁迅先生一人是在文字里做到了这功能。颜色和声音的传递感情，是否不及文字的简快易喻？

十年，盲目地，我一步步追，一步步爬，在寻找一个连自己也不太清楚的目标，付出了多少艰苦！一个穷僻农村里的孩子，爬到了这个西洋寻求欢乐的社会的中心地巴黎，到处看、听。一年半来，我知道这个社会，这个人群与我不相干，这些快活发亮的人面于我很隔膜。灯红酒绿的狂舞对我太生疏。我的心，生活在真空里。阴雨于我无妨，因即使美丽的阳光照到我身上，我也感觉不到丝毫温暖。这里的所谓画人制造欢乐，花添到锦上。我一天比一天不愿学这种快乐的伪造术了。为共同生活的人们不懂的语言，不是外国语便是死的语言。我不愿自己的工作与共同生活的人们漠不相关。祖国的苦难憔悴的人面都伸到我的桌前！我的父母、师友、邻居、成千上万的同胞都在睁着眼睛看我！我一想起自己在学习这类近乎变态性欲发泄的西洋现代艺术，今天这样的一个我，应该更懂得补鞋匠工作的意义，因他的工作尚且与周围的人们发生关联。踏破铁鞋无觅处，艺术的学习不在欧洲，不在巴黎，不在大师们的画室；在祖国，在故乡，在家园，在自己的心底。赶快回去，从头做起。先时，犹如别人的想法，我要在这里学上好几年，三年之内绝不回国。觉迷途其未远，今年暑假二年期满我是决定回国了。原已向法政府进行延长第三年的公费手续也中止了。因为再留下去只是生命的浪费。我的心非常波动，似乎有什么东西将生下来。苦日子已过了半世，再苦的生活也不会在乎了。总得要以我们的生命来铸造出一些什么！无论被驱在祖国的哪一角落，我将爱惜那卑微的一份，步步真诚地做，不会再憧憬于巴黎的画坛了。暑假后即使国内情况更糟，我仍愿回来。火坑大家一齐跳。我似乎尝到了当年鲁迅先生抛弃医学的学习，决心回国从事文艺工作的勇气……

    生 冠中谨上
    2月15日

  我并非最勇敢的先行者，同学中更有先行人。1949年10月中华人民共和国成立，巴黎学生会立刻挂出了五星红旗，驻法使馆来干涉，扬言要押送我们去台湾，威胁扣发旅费。我们四十名公费生索性全部住进使馆大厅，请愿红旗要挂，路费要发，使馆里乱成一团，请正在出访的陈源教授来劝说，而我们根本瞧不起这位被鲁迅讽为"写闲话的西滢"的陈西滢。学生胜利了，有些人拿到路费便提前回国了。巴黎的华侨开庆祝大会，使馆的官员们识大局，也起义与会，钱泰成了光杆的国民党末代大使。

  1950年暑假，我买了从马赛到香港的法国"马赛曲号"船票，自己提前从巴黎出发，到阿尔（Arle）访凡·高的黄房子及其附近写生过的风物，并在小旅店的小房间住了几宿，那房间的简陋，颇似凡·高作品的原型。接着又到埃克斯访塞尚故居。维多利亚山是塞尚永远的模特儿,我绕山行,移步换形探索老画家的视野与构想。在此遇到同学左景权,便同宿相叙,惜别依依,他是历史学家,左宗棠的后代,当时不回国,至今仍在巴黎,久无联系,垂垂老矣,据说孤寂晚景,令人感伤。

中国学生往返买的都是四等舱。四等舱,肮脏,塞在船头尖顶,风浪来时这里颠得最疯狂,那些吊住上、下床的铁链条摇晃得"哐当、哐当"响。白天,我们都爬上甲板,在甲板上租一把躺椅,舒舒服服躺着看海洋,江山卧游,每经各国码头港口时,泊二三日,均可登岸观光,这样神往的行程,现在当属于豪华旅游了,一般人恐已不易享受到。舟行一月,闲着,我作过一些速写和诗,诗见于《望尽天涯路》。

(选自吴冠中《我负丹青》,人民文学出版社,2004年)

耶鲁谈往
夏志清

> 夏志清（1921年生人），中国现代文学研究者，1948年至1952年留学美国，在耶鲁大学英文系学习，1952年获得博士学位。

北平、上海、俄亥俄

1946年9月底，我随济安哥从上海乘船北上，到北平北京大学去当一名西方语文系的助教。那年秋天，胡适之先生也从美国返北大任校长之职。"上任不久，消息即传出来，纽约华侨企业巨子李国钦先生答应给北大三个留美奖学金，文、法、理科各一名。北大全校资浅的教员（包括讲师、助教在内）都可以参加竞选，主要条件是当场考一篇英文作文，另缴一篇英文书写的论文近作，由校方资深教授审读。"

上文引自《鸡窗集》里我那篇《红楼生活志》。凡是看过该文或另一文《我保存的两件胡适手迹》（载

《传记文学》1987年8月号）的，都知道那次竞考的文科得奖人是我。但我是教会学校出身，胡校长竟认为哈佛、耶鲁简直不必去申请，我的奖学金限期两年，连个硕士学位都拿不到的。新任北大西语系副教授的王岷源想是个国立大学毕业生，在留美期间即同胡校长相识。他在耶鲁读了四年才拿到个硕士学位。我在北大时并未申请耶鲁，而终于1948年春季进了该校研究院的英文系，在本文里此事先得加以交代。

1946年英国名诗人批评家燕卜荪（William Empson, 1906—1984）重返北平，在北大任教。同秋美国欧柏林学院（Oberlin College）真立夫（Robert A. Jeliffe）教授也来北大客座一年。欧柏林是俄亥俄州的名校，真立夫一定是个好老师，但算不上是个名学者。我听了胡校长的话，为保险起见，请真立夫帮我申请了欧柏林。该校规模较大，是设有硕士班的课程的。后来我同真教授重会于欧柏林，他说年轻时曾写过一部小说，标题即雪莱一首名诗的首行 When the Lamp is Shattered。日后我发现耶鲁图书馆果有此书，但哪有闲情逸致去看它？美国教授来中国教书，表示他对中国或东方有一份感情。果然老妻亡故后，真立夫再去菲律宾教书，娶了一位华裔女郎，度其晚年。

为了参与留美考试，我写了一篇英国诗人布莱克（William Blake）的论文。大学毕业后不出一两年，我即对布莱克大感兴趣，把他的预言诗读了不少，也看了名批评家墨瑞（John Middleton Murry）论他的专著。在北大图书馆我也找到两三种专论，但也都是二三十年代的著作。有一天专访一家高级西文书店，看到了一本1946年刚出版的布莱克专书，题名 *William Blake: The Politics of Vision*，着实兴奋，虽然书价美金四五元等于我月薪的一小半，还是把它买了。作者休勒（Mark Schorer）那时才是柏克莱加大的助理教授，不出两年他写了篇名文 *Technique as Discovery* 传诵一时，也算是"新批评"派的健将了。休勒早已去世，他的生平巨著乃是1961年出版的《辛克莱·刘易士评传》（*Sinclair Lewis: An American Life*）。

五十年前，加州真是人间天堂，柏克莱加大的声望也比哈佛、耶鲁差不了多少。我想何不写封信给休勒，对他的新书恭维几句，表达一番自己想去柏克莱进修的诚意。休勒获信，知道连中国的学人都在看他的书，当然高兴，立即拿了我附寄的沪江成绩单（可能未附燕卜荪为我写的推荐信），去见英文系的主任或研究生主管（Director of Graduate Studies）。他的回信转达了系方的意见,谓我的成绩虽好,但还得补修几门大学本部的课程,才能进得研究院。看了回信,我觉得系方无从考察我毕业后自修苦读的进境,有些冤枉,但单凭我的大学成绩单,我主修的英美文学课程实在太少了。沪江全校没有几个有 Ph. D. 的教授——英文系一个也没有——各系的高级课程都开得太少,每个学生都得选定两种副修学科(minor subjects),在此大范围内多选几门课,才能凑满学分毕业。主修、副修的课程又不准全是文科的,因之我选修了历史、哲学这两类副修的课程却又不合格,大四那年不得不加修两门商科的课程(会计、银行学),把我自己的计划打乱,连第二年德文这门课也只好不念。

看了休勒教授的那封信,我也不想凭自己的努力去申请其他第一流的研究院了。现在想想,当时济安哥同我一样的外行。早在"五四"时期北大即已送学生出国留学了。到了1946年,辅导学生出国留学的办事处一定有的,否则与我同届的两位李氏奖金得主,数学系的程民德怎么会去普林斯顿,经济系的孙祀铮怎么会去安娜堡密西根大学的?当然他们有其老师、同事们帮忙。我则虽同胡校长见了三次面,却从未看到过一本美国研究院的章程(bulletin),填写过一份研究院的申请表格，只是在得不到校方任何指导的状态下暗中摸索而已。

我对美国南方文学进入20世纪后繁荣的情形早已略有所知，在北大那年我看了凯辛（Alfred Kazin）1942年出版的成名作《土生土长》（*On Native Grounds*），专论美国近五十年的文学发展（诗歌不在其内），其中有一章畅论30年代以来"批评界之两极"（Criticism at the Poles）。假如马克思文评家占据了北极，占据南极的则为比较守旧、代表传统文化的南方文艺批评家。凯辛以兰荪（John Growe Ransom, 1888—1974）为此派的领袖。他也是位名诗人，早年在田纳西州的范德比尔大学（Vanderbilt University）任教，教出了大徒弟诗人、批评家兼小说家阿伦·泰脱(Allen Tate)，诗人、小说家、剧作家兼批评家罗勃·华伦(Robert Penn Warren)，批评家勃罗克斯（Cleanth Brooks，1906—1994）等人。后来兰荪转往俄亥俄州甘比亚村（Gambier）的垦吟学院（Kenyon College），创办的一份极具影响力的《垦吟季刊》（*Kenyon Review*），照旧有年轻诗人如洛威尔（Robert Lowell）等到垦吟去跟他学习。

我当年自己也算是专攻英诗的，名校的研究院既觉得我还要补修大学课程,何不直接去垦吟?兰荪很快就给我回信,表示欢迎,但也警告我,垦吟通常是连硕士学位也不给的(特殊情形例外),我还得再三考虑。收到信,已该是7月二十一二日,我也准备买机票返沪了。手边只有两张小大学的入学证,讲出去自己没有面子,心里也不太高兴。

7月25日回到上海,只当自己要进研究院的,有空就看德文书。看了一本托玛斯·曼早期的长篇小说,大半本艾克曼(J. P. Eckermann)记录的《歌德谈话录》,觉得自己德文真有了进步。但申请出国护照,不知何故倒很麻烦,我得亲自到南京去一趟。那时钱锺书的《围城》刚出版,我已看了一小部分,上火车后继续津津有味地看下去,倒是难得的经验。事后想想,领取护照延迟了我出国的日期,也是我的福气。否则9月下旬刚开学即缴了学费,不管去欧柏林或垦吟,对我都是不适合的,换校就很困难了。

事实上11月12日我才在上海码头乘船驶美,28日抵达旧金山。在那里住了几天后,再乘火车于12月5日到达欧柏林。翌日我在该校的 Graduate House 吃晚饭,有两位杨姓女子,一名 Miriam,一名 Grace,也都是得到真立夫帮助而来欧柏林深造的。我同她们见面倒有些亲切之感。但在该校听了几堂课，就不想听了。讲得同沪江老师一样浅，我是无法忍受的。亏得寒假就要到了，我于15日乘火车到纽约去领取李氏奖金（亲自到场领钱的笑话见《两件胡适手迹》），也就在曼哈顿度假五六天，看了一场在百老汇已上演多年的歌舞剧 Oklahoma！和夜总会的歌舞表演。18日晚上也特去新泽西州看看当年沪江英文系主任卡佛（George A. Carver）及其夫人，二人都在一家私立中学教书，儿子倒已进了耶鲁的法学院了。

到了欧柏林不多天，我即乘火车到垦吟学院去谒见兰荪教授，他那时五十九岁，是个很慈祥的老人。真的迁居甘比亚，住在垦吟神学院的宿舍里，已是1948年正月5日的事了。倒不是我想跟兰荪念一学期书，而是一方面听他一门课，一方面请求他托人给我机会去进研究院，实在不甘愿在一个小大学再留下去了。欧柏林男女同学，环境比较宜人。垦吟全校都是男生，晚餐后陪几个文艺青年喝啤酒，觉得一点意思也没有。我可能是仝村唯一的华人，养犬的人家不少，那些狗闻到我的气味同白人的不一样，就会叫起来，连我散步的权利都丧失了。兰荪只看过我布莱克那篇论文，我长日无事，就再写一篇评析约翰·邓一首长诗（*An Anatomy of the world：The First Anniversary*）的论文请他审阅，报谢他提携之恩。

兰荪是全校声望最高的一位教授，却同一位英文系同事合用一间在楼房底层（basement）的办公室，我初次拜访，觉得好奇怪。他给我的每封信都是自己打出来的，连一个书记也没有。那天我同他谈到读研究院的事，他说没有问题，我先替你找爱荷华大学（University of Iowa）的奥斯汀·华伦（Austin Warren）好了。华伦同韦勒克（Rene Wellek）合撰的《文学理论》（*Theory of Literature*）于 1949 年问世后，才大大有名。那时他的声望不算高，爱荷华在我心目中也只能算是一家农业区的好大学，但我知道华伦是《垦吟季刊》的顾问编辑，兰荪自己的好友，哪敢同他争辩？只要能跳出垦吟苦海我就满足了。

差不多十天之后兰荪才收到回信，华伦已就聘于密西根大学，明年要移家安娜堡，不能再在爱荷华收留学生了。兰荪对我说，我再给哈佛麦西生（F. O. Matthiessen）写信如何？我当然高兴，麦西生之成名作《艾略特之成就》（*The Achievement of T. S. Eliot*）我早已拜读过；他的 *Henry James：The Major Phase* 我在上海研读詹姆斯的晚期小说时，也曾翻阅过。他的辉煌巨著《美国文艺复兴》（*American Renaissance*，1941）我尚未拜读，却早在《时代》周刊上看到过对它大加赞扬的书评。我希望兰荪给他的信生效，麦西生的回信却说，英文系研究生名额已满，不便再添新生云云。兰荪安慰我道：不要紧，我去试试勃罗克斯吧。

勃罗克斯任教耶鲁还不到一年。他看到兰荪老师给他的信并燕卜荪的推荐信，立刻去找英文系的研究生主管曼纳（Robert James Menner，1892—1951）教授。曼纳认为有空额，欢迎我去。勃罗克斯也就写了封亲笔信给兰荪。兰荪看到信也很高兴，马上打了封信，并附勃罗克斯手札，寄我宿舍。见信后，我也立赴兰荪办公室拜谢，并听从勃氏的指导，写封正式的申请入学书给耶鲁研究院的教务处。据我当年记载大事的日记本上所载，那是元月31日的事。我收到研究院副院长辛泼生（Hartley Simpson）的回信后，即于2月8日由兰荪教授亲自开车送我到Mt. Vernon小城的火车站。我乘车到俄亥俄的首府Columbus，再换一班车，于9日中午直达纽海文（New Haven）。我乘船来美，带了一铁皮箱书。抵达旧金山后，又买了一架打字机，没有人接送，简直难以行动。留居美国已五十三年，还没有第二个长者、诗人、学问家为我这样服务过，至今每想到兰荪，还是不知如何报答他。

不过五十年前，学者们还没有打长途电话的习惯，我为了等候兰荪三友的回音，一个月心神不定，十分难受。再说，兰荪为了我的紧急大事，同时寄出三封信，也不能算对不住他的朋友。但兰荪是个老派君子人，一封信有回音后，再寄第二封。亏得我吉人天相，录取我的耶鲁，也是我最想去的学校。我原无意去爱荷华大学跟任何人念书。假如麦西生肯收我而我去哈佛跟随他，也会后悔不止的。

1950 年 5 月 30 日晚上，麦西生在波士顿一家旅馆开了一间房间，留下几封关照亲友的遗书，然后开窗纵身一跳。一两天后我在《纽约时报》首版看到了此段消息，着实吃了一惊。麦西生自杀前，我只知道他是个大学者，哪里知道他是个同性恋，且是个反美亲苏的左派分子？他的死因较复杂，当时我功课太忙，未加深究。麦西生曾来耶鲁演讲过一次，我觉得他阴阳怪气，无精打采，一点也不喜欢。假如当年真去哈佛，我一定同他合不来，而去另找一位导师的。

耶鲁头半年

我想勃罗克斯并未看过我那篇布莱克论文（五十年前，复印文件不太容易），而他如此热心帮我忙，主要因为他看重兰荪、燕卜荪二人的意见。兰荪同他有师生之谊，二人早已在文坛上合作多年，后来都算是"新批评"派的主将。兰荪早于1941年即写了 *The New Criticism* 这本书，评了艾略特、瑞恰慈（I. A. Richards）、温脱斯（Yvor Winters）等人。燕卜荪一直可说是勃罗克斯最佩服的英国诗评家，因之他为我写的那几行推荐信，也就特别有分量。1948年夏季二人同在垦吟暑期专校里教课后，勃氏才发现燕卜荪如此仇视基督教，二人的关系反而转劣了。勃师同兰荪一样，都是牧师的儿子。

曼纳教授也欢迎我去耶鲁，我想因为那两三年正好有两位来自中国的研究生在攻读学位，他们的成绩都很不错。一位是武汉大学的吴志谦，他于1948年拿到硕士学位回国时，即已同我建立了较深的友谊，因之到达上海后，曾在我家住了三个晚上。另一位是联大出身的李赋宁，我进耶鲁时他已考过了口试，在跟曼纳写篇有关古英文的博士论文。韩战爆发后，他怕与未婚妻失去联络，即匆忙返国，一直在北大任教英国语言、文学的课程。

我保存了一册耶鲁研究院1965年至1966年的章程，春季学期于正月31日开始。1948年的春季开学日期想必相仿，我赶到纽海文，耶鲁已开学了一个星期了。2月9日下了火车后，即乘计程车开到市中心教堂街（Church Street）一家小旅馆下榻。晚上房间里水汀当当做声，再加上忍不住寂寞，即到隔壁洛氏博览戏院（Loew's Poli Theater，Poli按法文音译应作"博丽"、"玻璃"，但一般纽海文居民早已把li误读为长音），看了泰隆鲍华、Jean Peters主演的古装片 *Captain from Castile*。翌晨到约克街（York Street）的研究院（Hall of Graduate Studies）去注册，才知道先得考过一门外语，才能登记为英文系硕士学位的候选人的。可能当天我即返旅馆再把德文恶补一番，翌晨才去赴考的。我翻译了一段德文，当场由曼纳教授审阅及格。

即已开学，我很快选定了两门课，一门是英国戏剧（1558—1625），一门是所谓英国文艺复兴时代的诗歌，其实两门课所涵盖的都是十六七世纪的英国文学，表示我那时候受艾略特影响太深，迷醉于这个时代。跟同系大半教授一样，教英诗的那位马兹（Louis L. Martz, 1913— ）也是在耶鲁读的博士学位。他是宾州的德裔人，即所谓 Pennsylvania Dutch——美国人早把 Deutsch（德意志）此字误读成 Dutch。其实与荷兰人无关。马兹那时年纪轻，还是个助理教授，到退休前几年他已升任为全系 rank 最高的史德林讲座教授（Sterling Professor of English）了。约翰·史德林（John W. Sterling）大律师 1918 年死后留给母校破天荒的一笔大财源，所有冠其名所建造的图书馆（Sterling Memorial Library）、法学院、医学院、神学院，甚至未冠其名的研究院，都是动用了史德林这笔赠款去盖成的。每系资望最高的那位教授所支取的薪金也是同一财源，故称之为史德林讲座教授。

教英国戏剧的那位教授普劳迪（Charles T. Prouty, 1909—1974），脸色红润，人胖胖的，上课时烟卷不离手，所以过世也较早。他留学剑桥，专治莎翁时代及其前后的戏剧，学会了版本学、考证学这些硬功夫，成名作写的是伊莉莎白早期的一位诗人兼剧作家葛斯柯恩（George Gascoigne），原先想是他的博士论文。普劳迪原在南部一家大学教书，1947 年秋刚应聘来耶鲁当教授的。但考证学当时在耶鲁不太吃香,他在耶鲁那几年,好像并未走红。

那年春季学期我只选了两门课,原想晚上修一门拉丁文的。但上了两堂,觉得进展如此之慢,也就不去上了。再说我选的那两门课,比以后两年间,每学年修的三门课还要繁重,从此学了乖,不再选马兹这样教导方式的课程了。假定他班上一共有十二个学生,马兹关照我们下两星期应读的课程外,也派定六个学生各写一个题目,下星期在课堂上宣读,由老师、同学发问,共同讨论。另六位学生则另给六题,于再下一个星期宣读他们的报告。研究生学问有限,在seminar班上听爱出风头的学生乱发言,实在得益不多。老师发问比较有意思,但我总觉得在作业上多写批语比当场审问你,好受得多。再者,耶鲁当年的美国学生从小写惯了报告,两星期写一篇不觉得吃力。我是讲究文章的人,写一篇论评花的时间较多。上马兹的课,宣读自己论评的前夜,整夜不睡在打字的情形也有过。那门课可能好学生太多,我只拿了个 High Pass(耶鲁研究班的成绩,只分 Honors、High Pass、Pass 三等)。也很可能,马兹教授年纪轻拿不定主意,给新来的外国学生一个 High Pass,总没有错。事实上我在耶鲁的其他课程，都拿了Honors。

　　普劳迪上课（研究院英文系课程都是每周上一堂两小时的课，只有古英文这门课分两堂上）开场先讲几句轻松的话，主要讲到尚未在百老汇演出，而在纽海文休勃（Shubert）戏院试演的新戏。接下来话归正题，讲詹姆斯一世时期的戏剧，好多是不见书本，教授自己的心得，我听得极为满意，比那些由学生乱发意见的课程，精彩有趣得多了。后来我在哥大开高级课程，除了那些学生读了原文，在课堂上逐字逐句讲解给我听的外，差不多都是我一人独讲，把自己的心得、意见授予学生。普劳迪每周关照学生读的剧本通常四出，多至六出。每星期看四部电影，还能忍受，看四场话剧，不管戏多么精彩，就很累人了。我们读的都是詹姆斯一世时代的戏剧，比目今的话剧要长出一倍，情节复杂，人物众多，读了一遍，要想牢记，实在是很困难的。

　　上普劳迪教授那门课，伊莉莎白女王时代的戏剧都在秋季那学期讲过了。我得在春季学期写篇学术研究报告，普劳迪给我的题目偏偏是位伊莉莎白早期的剧作家乔治·丕尔（George Peele），但我哪敢提出抗议？我写了一篇长达四十七页的报告，总题《丕尔剧作之结构》。另附一纸参考资料，表示我参阅了两种丕尔全集，十五位20世纪专家的专著和论文，有些专家写过多篇丕尔研究，分载于六七种英美学术期刊上。但生平第一次写美国式的学术论文，并未想到要找人给我些指导，连写脚注都不合规则，因之给扣掉些分数。普教授给我的 grade 是 Honors/High Pass，可当 A¯算。但学期的 grade 是 Honors，因为我大考的成绩实在太好了，两三个大题，都答得详尽，二三十个小题目只有一个未答，因为在我的印象中，那个专门名词未见参阅资料，教授上课时也并未提及。很可能他在头一堂课或上学期即已讲起了，而我都不在场。

那个春季，我住在曼殊斐尔街（Mansfield Street）一六八号二楼一间厢房，月租二十元左右，那学期的学费二百五十元是我自己付掉的，以后三年的学费，因为我是好学生，都给免了。那学期的膳费可能只包了每日两餐，早餐由我在寓所厨房里自备，每天跑三次研究院的食堂，时间实在太浪费了。从寓所出门一箭之遥，即见到了耶鲁神学院的几幢房子，再绕过一大片墓地，即是约克街。街的右边即是研究院，左边则是法学院同史德林纪念图书馆。研究院是一座双口形的大建筑，双口相吻合处即是条走廊，大门对着约克街。小口的西北两部分以及大口之弯曲部分皆为研究院单身男生之宿舍。小口南部以及大口东南部分沿着高楼大道（Tower Parkway）和约克街的那几层楼则是研究院的行政地区，也供其文科各系办公、教书之用。

我的房东是个爱尔兰裔的老处女，名叫奥白伦（Catherine O'Brien），记性非常之坏，想已八十岁出头，我同她相处还不错。春季学期结束了，我立即搬进研究院宿舍，觉得一切更方便舒适。但整个暑假，我的唯一任务就是学通拉丁文这一件事，10月份要通过系里的考试，不用字典翻译一段中世纪的拉丁文，谈何容易？不少同系同学早已在中学、大学读过了五六年拉丁文了。在研究院住了几天，晚上总有中国同学找我上小馆子吃饭聊天，散步回院也浪费不少时间。我过的是寸阴必争的日子，哪里有时间同人闲聊，决定重理行李，乘计程车搬回老太婆家。从此不再有人来找我，除了父兄来信必复以外，差不多每两星期看场电影，调剂调剂精神，余下的时间，从早晨到深晚，都在读拉丁文。当然，暑期食堂不开门，自理三餐，也得花掉些时间。但鸡蛋、牛奶、面包、水果、现成熟食、乳酪买起来都很方便。有一天我买了一只小小的整鸡，不料老太婆翌晨要溶化老式冰箱里的冰霜，也不通知我一声，把我那只鸡也拿了出来。天热，晚上我煮一锅清汤鸡，吃起来味道已不对。但我哪还有时间去买其他食品？只好把鸡烧得烂一些杀菌，也就把"怪味鸡"吃了一个小半果腹，亏得没有生病。

四个月间，我先把一本文法教科书 *Latin Fundamentals* 读得烂熟，记得所有的生字，了解一切动词、名词、形容词字形上的变化。再读一部分恺撒的著作（正像初学文言文的外国人，非读《孟子》不可），然后再读些英国人、欧陆人在中世纪所写下的文章和故事。那些故事都是为了宣扬基督教而写下的，我在五十年前初读，即觉得相当幼稚、无聊。但中世纪拉丁文学既然是英国文学的一部分，耶鲁英文系博士班的学生，至今还得先通过法、德、拉丁文三种语言的考试。可憾的是，不像在五十年前，更没有第二家美国大学的英文系，包括哈佛在内，对学生要求如此严格的了。

拿到了硕士学位

考我拉丁文的也是曼纳教授。他在我的译文里找到了两三个小错，也就让我通过了。1948—1949那年，曼纳也教我"古英文"（Old English），这是门新生必修课，这位研究生主管也可有充分时间去鉴别他们之优劣。耶鲁英文系好像特别爱惜自己的名誉，成绩不够好的研究生是要他们走路的。我那班上成名最早而对英美现代文学研究最有贡献的当推休·肯纳（Hugh Kenner）。他跟勃罗克斯写了篇庞德（Ezra Pound）的论文，很快就出版成书。有位常给曼纳老师难倒的学生罗勃·彭（Robert Bone），果然只好改读比较容易的美国研究系（American Studies）。我进哥大的那一年（1962），彭君早已在师范学院（Teachers College）教书了。他以一本评介美国黑人小说的书，成了名。他古英文没有学好，倡导研读黑人文学，倒也有些先见之明的。

曼纳有心脏病，但教书很卖力，很严格，也很让人喜欢。我这班好学生很多，而我拿到Honors，表示我在全班前三四名之内，是很难能可贵的。曼纳大概每天午时即回家。纽海文计程车不太多，他必在办公室打电话叫了车，才站在研究院门口等车的，所以我也常在大门口见到他。他当了研究生主管多年，曾于1949—1950年休假了一年，但到了1951年4月5日，

想因心脏病转劣，他即去世了。才五十九岁。曼纳
1920年为中古英文诗《纯洁》（*Purity*）出了个详加注
释的新版本后，好像并未出过第二本书，只发表了些
学术论文。研究古英文、中古英文的学者很难写出一
本大书，只能凭翻译出些风头。一两年前，荣获诺贝
尔奖的爱尔兰诗人希尼（Seamus Heaney）又为古英文
史诗《贝奥武夫》（*Beowulf*）出了个新译本。曼纳教
我们古英文，第二学期就专门研读这首古诗。

柳无忌1931年即拿到了耶鲁英文系的博士学位，
华籍学人间可能没有人比他更早了（柳先生早对我说
过，另一位华人在30年代即拿到耶鲁英文系博士的是
陈嘉，他原先一直在中央大学执教。我想知道他是何
年拿到 Ph. D. 的，耶鲁英文系给我的回信却说，耶鲁
Alumni Records 上并无 Chia Chen 此人，想是我把他的
英文姓名拼错了。在我之前，耶鲁英文系的华裔博士
就只有柳、陈二人；在我之后到60年代为止，也只有
一位：现在香港任教的孙述宇教授）。我到耶鲁不太
久，柳先生也重返母校作研究。1948年秋有一天我对
他说，这学年选了乌塞史本（Alexander M. Wither-
spoon）密尔顿这门课。柳说正巧，他也上过乌教授的
课的。乌塞史本当然是好学生，同曼纳一样留校任教，

博士论文也同《纯洁》新版本一样由耶鲁、牛津二校的出版所同时出版。更了不起的，他那篇论文专述法国剧作家 Robert Garnier 对伊莉莎白时代戏剧之影响，艾略特曾在其论古罗马剧作家 Seneca 的长文里加以赞许（见艾氏 Selected Essays 1932 年初版，页六二），自应身价不凡。但乌氏不争气，在母校任教而不作研究，反而跟几个同行朋友编了上、下两册英国文学读本，因之他到老还是一个副教授，说起来是难为情的事。他也终身未婚，办公室与寓所合在一起，都在耶鲁的 Berkeley College 内，1963 年退休。

那年我选了"古英文"和恩师勃罗克斯的"20 世纪文学"，两门课都非得出人头地不可，所以另选一门非名师教授的课程，反而减轻些精神上的负担。密尔顿的诗篇当然我早已读过，他的散文却只读过一两篇，那一年读了他好多有关政治、宗教、言论自由、婚姻改革的大文章，一点也不喜欢，跟着对那个保王党同清教徒斗争的 17 世纪中期兴趣大减。我为乌教授写了九篇评论，都拿 A。作业积了两三篇，他总期望我们到他办公室去听他指点一番，才发回给我们。有一次我去拿回我的作业时，顺便也告诉他我早知道艾略特称许他著作之事，他不禁心花怒放（大半学生没有像我这样熟读艾略特），走进他内房去拿出一本 *The Influence of Robert Garnier on Elizabethan Drama* 来签名赠我，日期是 1949 年 2 月 23 日，此书 1924 年初版，二十五年之后还有存货，可见向他索书的人不多。

1947 年勃罗克斯受聘耶鲁当正教授，才四十一岁，却已写了两本名著：《现代诗与传统》（*Modern Poetry and the Tradition*），《精致的骨灰坛》（*The Well Wrought Urn*），且同罗勃·华伦（Robert Penn warren）创办了极具影响力的文学季刊《南方评论》（*The Southern Review*）。二人也采用了"新批评"的方法合编了两部广为采用的大学教科书：《了解诗》（*Understanding Poetry*）和《了解小说》（*Understanding Fiction*）。但华伦还得忙于写诗、小说和剧本，关于二人合编的好多种教科书，我想勃罗克斯出的力应该多得多。后来华伦也来耶鲁，主要因为勃氏要和其至交仍在同校教书。勃、华二人友谊之深真可和我国古代的管仲、鲍叔牙相提并论。二人同其老师兰荪都无 Ph.D.，但他们在念完大学前，都已申请到了一大笔罗兹奖学金（Rhodes Scholarships），可去牛津大学进修，比只在本国读个博士学位神气得多了。

我上他课的那年，勃罗克斯已很近视，到了太太过世后的晚年，差不多双目全盲，他并无子女照料，生活实在是很困难的。因为勃师号召力大，那年选修"20世纪文学"这门课的有三十人左右。他们在课堂上提出问题，发表意见，弄得教授也很紧张，香烟一根未熄，再抽一根，一堂课下来，红色包装的King-size Pall Mall 已抽掉了大半包。当然学生抽烟的也不少，连我自己在内。近十多年来，美国一般大学校室里已无人抽烟，真是天大的进步。勃师后来对我说，医生说他的血压稍高，他即把香烟戒掉了，实在很有毅力。

"20世纪文学"这门课，上学期讨论海明威、福克纳、叶芝三人。此外，教授指定我们每人读本20世纪名著，另安排小组五六人个别讨论。我派到一本伊夫林·沃（Evelyn Waugh）的早期小说，特别对我胃口，后来看了他六七本小说，成为一个我喜爱的作家。下学期只讨论乔伊斯、艾略特两人，原想也讨论劳伦斯的，但已无时间，主要因为解读《尤利西斯》的书籍当年还不多，最主要还是当年乔伊斯供应资料，教他朋友们写的那三四种。原先讨论每个作家，勃氏都要学生发表意见的。《尤利西斯》难懂，学生们的外行意见，更是一无道理。所以讲解《尤利西斯》那四五堂课，都是老师亲自授经，学生都带了现代文库巨型本上课堂（我那册乃吴志谦所赠），老师讲到哪里，我们就翻到哪页，听他讲此页有哪个词语，哪个象征物又出现于某页，某页，而说明其关联性。听了那几堂课真的受益匪浅，对勃师治学之细心，更为佩服。

1948年秋刚上此课，我听到同学们众声喧哗，有些吃不消，即去勃师办公室问他，课堂上我不发言可否。教授说当然可以（学期之 grade 主要凭所写报告、论评之优劣）。我从此上课，一言不发，倒有些后悔。因为参加讨论，可以一抒己见，对那些幼稚不通的言论也可表示不甘同意，心里舒畅得多。话最多也最让我讨厌的是一对法国夫妇，男的名叫白朗贝（Victor Brombert），到了80年代早已是普林斯顿的讲座教授，对法国19世纪的作家很有研究。我廉价购得一册他所写的雨果评传。翻看其插图，才知道雨果也会画画，其画作墨色很浓，也很有力道。

1948年秋，我搬到研究院宿舍之三楼，房间号码为2771。乘电梯或走下楼梯到一楼，即是餐厅——在春秋两季开学期间，我每日三餐皆在此处，五六年来，交到不知多少朋友——和一间很大的休息室，饭后可在那里看《纽约时报》或同友好们打牌作乐（那时桥牌还很风行，数学系研究生许海津可说是个桥牌迷）。但美中不足，2771室对向街道，虽非沿街，开了窗也听得见高楼大道上车辆行驶之声。我那时神经太紧张，颇以为苦。到了1949年春季末梢，住在我对过2778室的那位学生考博士口试不及格，无法补救。他在盛怒之下，立即收拾行李，离校他往。我见他人去室空，也就马上跑到研究院管理此类事务的Ruth Feineman那里，告知她2778室已空着，我可否立即搬进去。请求照准，我在这间房间住了五年，直到1954年6月结婚后才搬出去。房间虽小，住在里面听不到一点城市闹声。推窗一看，四周都是落成才二三十年歌特式（Gothic）的古雅建筑。朝下看则是一大片点缀着花卉的草地，再加上几棵树。五十年前四季分明，每季都有其独特的情调和景色，不像今天，气候变化莫测，美国多的是水灾、旱灾。1949年夏天，我稍为有些空闲，也真跟了宿舍三楼同学到纽海文附近海边去晒晒太阳、泡泡水。

1949年6月，我就拿到了硕士学位。举行典礼的那天，我同吴纳孙兄恰巧排在一起，步行至毕业生的集合处，留下一帧合影，已曾发表于《智慧的薪传：大师篇》第三卷（台北，1998）有关我的部分。吴纳孙原也是联大西语系,抗战期间进耶鲁,从大学本部读起,改修艺术史。退休前一直在圣路易市华盛顿大学教中国艺术史,且以《未央歌》一书名噪于国人间。

那年暑假我主要的任务是通过法文考试。同学习拉丁文一样,我先学通文法,死记生字,再找一本书来看——两个法国学者写的英国文学史。我对英国文学既非常熟悉,该书读来一点也不难。6月初开始学法文,8月间即去赴考,把评述拜伦的一段法文译成英文,一字也未译错。但我这样不讲究发音、不练习会话式的无师自通,实在是靠不住的。隔了一长段时间未念法文,也就把它忘了。

英诗课程

那年夏天曼纳还在休假,考我法文的乃是暂时代任研究生主管的帕德尔(Frederick A. Pottle, 1897—1987)。他于1944年升任为史德林讲座教授,主教18世纪中期至19世纪初期的那段英国文学,他也曾教过"诗的理论"(Theories of Poetry)这门课,后来由威姆塞特(William K. Wimsatt)加以发扬光大。

1949年秋季开学,我选了帕德尔的"华兹华斯时代"同寇克立兹（Helge Kökeritz, 1902—1964?）的"乔叟"这门课——寇氏1944年来耶鲁当教授，比勃罗克斯、普劳迪早了三年。我的第三门必修课应选自"英国语言史"、古代英语以及其他欧洲古代语言这些课程。除了上过"古英文"、自修过一暑假拉丁文外，我对古代欧洲语言一无研究，只好凭我德文根基比较深厚，选了一门"古北欧文"（Old Norse），即是古冰岛文。我在上海时即读过一本古冰岛的《聂耳传奇》（*Njal's Saga*），极为欣赏。

研究院原是19世纪几家德国大学首创的玩意儿，代表其人文学科，看家本领的乃所谓"语文学"（Philology），即以研读任何古代文字记载而去了解其字面上的意义，且进一步了解其所代表的种族、国家、历史上种种文化意义的这门大学问。教我古冰岛语文、文学的瑞哈脱（Konstantin Reichardt）即是一位原籍德国的德语系统语文学教授（Professor of German Philology）。他有神童之名，据说看了半本荷马史诗的原文，即能背诵（丘吉尔也有此本领，中学期间读了半本密尔顿的《失乐园》，即能背诵如流）。他对待学生非常客气，我们班上一共九个男生，他上课时统称我们为sentlemen。英文系的学生倒有四位，老师要凶也凶不起来。瑞哈脱讲授对象是那五位德文系学生，我听来有趣，但无意学习德系语文学。自己不做功课，听了也忘了。到第二学期，我看了好多种英译冰岛传奇，写了篇文艺批评性的报告，照样也拿了Honors。

班上那三位英文系同学都可说是优等生，但拿到博士学位后，其前景如何，真不可逆料。一位叫David Vieth，我上普劳迪那门课时即和他同班。他父亲是位英文系教授，他自己后来也是，想已退休。另一位Walter King来自地广人稀的蒙大拿州（Montana），能进耶鲁研究院非常了不起。他在"古英文"班上表现得很出色，拿到博士学位后留校当了几年英文教员（instructor）。到了60年代，他早已回到蒙大拿州教书去了。第三位家世比Vieth的更好，其先父乃哥大英文系名教授，至今Philosophy Hall英文系某厅里还挂着他的油画像。他哥哥后来是康奈尔名教授，在《纽约书评双周刊》（*New York Review of Books*）常见其文章，他自己中意我同Walter King二人，请我们到他康州家里住了一个晚上。其母烧给我们每人一大碗蛤羹（clam chowder），至今还记得，我这位同学爱书，隔不多天在餐厅里见面，他会对我说，今天又在Yale Co-op买了一本书，教我们传观。后来Yale Co-op查出，原来他是个偷书贼，看到喜爱的新书，就不假思索地拿了走出店门。他有了这个罪名，即使拿到博士学位，也不可能为人师表去教书了。后来他搬居芝加哥，在大英百科全书公司任编审之职。

那时期，帕德尔是英文系唯一教授在研究院同时开两门课的。1949—1950年，我上他的"华兹华斯时代"，他也开一门"约翰生时代专题研究"（Special Studies in the Age of Johnson）的课。下一年他则开"约翰生时代"和"华兹华斯时代专题研究"这两门。其实他本性最喜爱浪漫诗人，尤其是华兹华斯、雪莱这两位。偏偏他1929年出版的博士论文《鲍士威尔的文艺生涯》（*The Literary Career of James Boswell, Esq*），大为英国学者重视，因为该书特别注意到研究鲍士威尔本人的传记资料。原先大家只以《约翰生传》的作者目之，现在鲍士威尔自己，也是传记家注意的对象了。鲍氏记性好，下笔快，留下的日记、书信、游记之类的资料不知有多少。有些在收藏家手里的，帕德尔及其夫人Marion早已为之编目，1931年由牛津大学出版社出版。耶鲁图书馆一向以收藏英美18世纪政治家、文艺家手稿资料自傲的。大约我刚到耶鲁的那一两年，图书馆即已把所有鲍士威尔的手稿资料都购全了，只待帕德尔教授，亲自去编校整理。

鲍氏日记首册《伦敦日记》（*Boswell's London Journal*, 1762—1763）1950 年由纽约 McGraw-Hill，伦敦 Heinemann 同时出版，纽约版即销售了百万余册，可称大为轰动。但日记二册销路当然不如首册，三册更差，对帕教授这样自己有志著书立说的人，终生与其夫人整理编注鲍氏遗稿，我想不会对此真正心满意足的。当年编书的压力如此之大，他自己数易其稿的鲍士威尔传，只完成了六百多页的上册 *James Boswell*: *The Earlier Years*, 1740—1769, 下册则由其学生（也是我的同学）Frank Brady 续成。

帕德尔开的"华兹华斯时代"那门课，除了司各特的两部小说以外，所读的全是诗，司各特原先也是以其长篇叙事诗出名的。其余的诗人，差不多等于读全集。帕教授推荐我们去备置的诗人全集都是一页双栏的小字本。除了柯尔律治的那册诗歌与诗剧全集归麦克米伦（MacMillan & Co）出版以外，其余的全集都属于 Houghton Mifflin 书局所出的麻州"康桥诗丛"（*Cambridge Poets*），当年读起来很方便，现在觉得字太小，简直难以阅读了。我读诗，边读边画线，重翻那些诗集，除了华兹华斯晚年一大部分外，很少地方没有看到我的钢笔线条的。

帕德尔给每个研究生一个讲课的机会，一堂课两小时，先后两个学生把该星期应读的诗篇，平分讲授给老师、同学听。假定一班二十个学生，头四五堂由老师讲解，余下十堂则由学生当老师，一人一小时。未做准备的学生一定讲得很坏，但一般人都做了充分的准备，比在课堂上自由发言，有意义的多。

对我来说，学生当老师，选题非常重要。讲解一组小诗不如讨论一首长诗占便宜，但一首公认伟大的长诗和一首不太吃香的长诗，应选哪一首做你的讲题，也该细加考虑。华兹华斯两首最长的诗：《旅游》(*The Excursion*)在那小字本全集里占一一四页，《序曲》(*The Prelude*)占九十八页，长度相仿，但二诗所得之评价却大不相同。《旅游》可说是诗人听了柯尔律治劝导之后才写的，但柯氏第一个就对此诗大表失望。维多利亚时代最推崇华氏的诗人兼批评家要算是阿诺德(Matthew Arnold)，但他对此诗也有轻嘲之意。《序曲》诗人亡故后才出版，一直公认是华氏最伟大的作品，也可说是英国诗里面最难得的一首自传体的史诗。此诗我在上海时早已读过，对其评价一无异议。《旅游》我从未读过，倒想发表些新鲜的意见，引起老师、同学的注意。我讲话较快，也不能把握时间，倒不如把我的讲辞写成一篇论文，这样文章前后照应，我要想说的话都说了，要引的学者、评者也都引了。全文十六页，正好供我在一小时念完。

到了那个星期一，我带了文稿进教室，从容不迫地宣读了近一小时。帕德尔对学生的讲课一向不在教室里加以褒贬的。听了我那篇，破例大加赞赏，谓此文他要交给研究院英文系办公室去多打两份，供同学参阅之用。Mr. Hsia 见解之精辟实在难能可贵。原来帕教授一向喜爱这首长诗，却说不出其道理来。我公允道出其缺点、优点，并谓虽然全诗不能让人满意，至少其首四章是可列入华氏的伟大作品的。帕氏不仅对我表示佩服，甚至有份感激之意，溢于言表。

研究院英文系的秘书一人唱独角戏，实在太忙，到了下学期才把我的讲稿打出。帕德尔收到两份后，一份叫同学参阅，一份立即投寄给《耶鲁季刊》(The Yale Review) 的执行编辑匹克瑞尔 (Paul Pickrel，也是本校英文系博士，我在餐厅里常见到他)，一问是否适用。那编辑写封钢笔回信（手写才表示尊敬）谓文章虽好，惜《旅游》此诗比较冷门，对本刊不太适用云云。

隔了五十一二年，最近重读这篇旧文，觉得当年的我审阅这样一首长诗，不为学者、评家所在右，而自有一套独到的见解，同后来评审古今小说的我，实在是同一人，其批评原则完全是一致的。但我也同意匹克瑞尔的看法，拙稿原是要读给至少名义上已看过《旅游》此诗的同学听的。投给《耶鲁季刊》或专研英国文学的学术期刊，我得顾及读者的需要，至少增添十页篇幅才对。帕教授热心过度，未嘱我把原稿加以增改，即寄一份给全国性高级季刊的编者，无怪得不到他的青睐了。

帕德尔喜爱雪莱是出了名的。在这门课的第二学期我选择了雪莱一首六百行的长诗 *Epipsychidion* 为我演讲的题材。我冷静地分析这首诗，虽并无任何重要的发展，也还算是不错的。那学期终了，我就不再上课，要准备博士班的口试，然后写论文了。我想一定是听了我那篇讲辞之后，帕师才问我有无兴趣跟他写篇为雪莱翻案的博士论文的。帕教授自己就在两年之后发表了一篇《雪莱此案》（*The Case of Shelly*），反驳了艾略特、李维斯、勃罗克斯等一向轻视雪莱的批评家。但他自己忙于编注鲍士威尔的日记，实在分不出时间来写本辩护雪莱的大书，因之他一直在找一位特别优秀的学生来完成他这项工作。但我自己也是个新批评主义的信奉者，对艾略特、李维斯二大师一向服膺，勃罗克斯也是我的恩师，不可能作违心之论而去大捧雪莱的。再加上李氏奖学金两年满期后，我已获准延期一年。但研究雪莱是件大工程（有关他的书籍、文章实在太多了），非花两三年工夫是无法完成的。即使我对雪莱有兴趣，我的经济条件也不容许我为写论文而从事长期研究的。

不出两三年，帕德尔又收了一位特别优秀的研究生布鲁姆（Harold Bloom）。他在康奈尔读大学时，即已是浪漫诗学大师艾勃鲁姆斯（M. A. Abroms）的得意门生，雪莱、布雷克正是他要研究的诗人。他跟帕德尔写的雪莱论文于1955年完成，他的第一本书《雪莱创造神话》（*Shelley's Mythmaking*）1959年问世。到了那年，"新批评"在名大学的英文系已渐失势，布鲁姆重估雪莱的新书因之也大受重视，我想帕师自己翻阅此书，也会感受到一份骄傲与满足吧。

1949年秋季我上的第三门课是"乔叟"。驰名世界的北欧语言学家、语文学家为数不少。研究英国语音学大有成就的Otto Jespersen乃是丹麦人。研究我国古代语言、文字最有贡献的高本汉（Bernhard Karlgren）乃是瑞典人（马悦然原也是语言学家，乃其门生）。教我乔叟的寇克立兹也是在瑞典生长而受了高等教育的。他最拿手的课程是古、今英国语言史这两门。他最重要的一部著作乃是《莎士比亚之发音》(*Shakespeare's Pronunciation*)，1953年耶鲁大学出版。他去世很早，1956—1966年那本研究院章程上就不见其名了。

寇克立兹对英国中世纪语言非常内行，但他非文学批评家，那年上乔叟这门课的只有我同两位新来的研究生。头几个星期我们在教室里上课，后来即在他寓所的客厅里上（他同帕、勃二师都是 Dayenport College 的 Fellows，但寇师既是单身，他配给到的办公室兼寓所也就较大。乌塞史本在另一 College 情形也同此）。再者，帕师听了我的第一次的讲辞后，觉得我的发音还不够完美，请寇师加以改正。因之在那上学期，我也单独去他寓所几次，关系益发改善。寇师是唯一的英文系老师我可以请他到中国馆子吃顿午饭，随便谈谈的。

我们在头二星期学会了中世纪英语的发音之后，接下来就是阅读乔叟长短诗篇的原文，读来实在是很多趣味的。一般美国大学生，因为老师们怕教他们中世纪英文,只读乔叟的现代译本,领略不到原诗的真趣,实在是件莫大憾事。再者一般老师只从《坎城故事集》(*The Canterbury Tales*)选几则教教,而从不碰那首长篇叙事诗《特洛伊拉斯与克莱西德》(*Troilus and Criseyde*),也是不应该的。在双栏小字的《乔叟全集》里,该诗占了一百一十一页,比见于同一版本《华兹华斯全集》里的《序曲》多了十二三页。二诗都是最伟大的杰作:英国文学里再没有第二部像《序曲》这样真切感人的诗人心灵成长过程之追叙了,也更没有第二部像《特洛伊拉斯与克莱西德》这样精致细腻地道出男女恋人心理上错综复杂变化的叙事诗了。其实英国最著名的爱情小说也比不上。乔叟采用了七行诗体(rhyme royal)的 Stanza 为其基本形式,这样一节一节地写下去,写成了一部中世纪的长篇小说,而其人物还是古希腊时代的。台湾大学外文系主办的《中外文学》去年出了一期"中古英国文学专号"(第二十九卷第九期),看到后让我感到欣喜。我想在不久的将来,总会有人把《特洛伊拉斯与克莱西德》也译成中文的。

(选自《万象》杂志第四卷第1至6期)

杂忆留苏

江平

江平（1930年生人），法学家，1951年至1956年留学苏联，在莫斯科大学法律系学习。

苏联在实践中破坏社会主义法制的现象屡有发生，斯大林肃反扩大化时期更为严重。但苏联的一些基本法典和法律较早就有了。法律教育始终如一，没有间断。法院、检察院担任审判、检察业务的都必须是学法律毕业的。

1951年前负笈西游，那时不是去欧美国家求学，而是到苏联老大哥那里求学。半个世纪过去了，有些事情和人物真是"依稀"模糊，但有些事情和人物清晰"依然"。五十多年后再用今天的头脑、今天的思维去重映一下过去的事情，不是也可以获得一些有益的东西吗？

1951年派到苏联留学的学生共四百多名，是建国以后第一次派学生去苏联。那时的派出非常仓促，出国之前没有像以后派出的那样,先经过语言的训练。7月份集中,8月上旬就出发,只有不到一个月的时间在燕京大学校园做短期准备,主要是政治思想的准备和生活上的准备。我是从北京团市委调来的,一点思想准备都没有,革命燃起的激情还难以适应学习要求的冷静,面对校园的书桌有些茫然。我在燕京大学原来读的是新闻系,那是我自己选择的,而现在让我去苏联学法律。新闻像我的性格一样奔放、激情,而法律却似乎像冰山那样生硬、冷酷。在我的脑海里,那像是由一条条僵化、难懂的法律条文构筑起的高墙等待我去攀缘。准备时间很短,第一件想到的事情便是去买几本中文的法律书以便对专业有所熟悉。谁知这一打算立刻遭到当头一棒,纪律中有一条就是不准带任何旧法的书籍。去苏联是学习革命的法律,中国的旧法已经完全被废除,旧法体系也被打烂,旧法的思想更不能继承,为了免受旧法的毒害,应该是完全重新学起,不准带旧法的书籍。而当时我们自己又没有什么法律,更没有新中国自己的法律书籍。这样在我们的行囊中能有的书籍就是一本俄语词典和一本俄语语法,我就从此游进了茫茫的法律"大海"。

苏联的法律也很少涉及旧俄时代的法律,几乎一切课程都是冠以"苏维埃"三字。当然这是新的法律，是从十月革命开始的法律，任何课程都要先从十月革命的两个法讲起：一是《和平法令》，二是《土地法令》，都是列宁签署的。前一个结束了帝国主义战争，后一个实现了土地国有化。但是我也注意到他们没有我们革命中的"废除伪法统"，或者叫废除原政权一切法律的做法。旧俄时的民法典并没有废除，而只是土地私有制度废除了，婚姻制度没废除，个人财产权利也没废除。列宁恰恰提出了要尽快制定新的民法典以取代旧的民法典。正是在列宁的领导下，在艰苦的内战和抵抗外国侵略的情况下只用了五年多的时间，在1923年颁布了《苏俄民法典》，取代旧民法。《苏俄民法典》颁布之快在众多实行革命、改革或统一（如法国、日本、德国）的大陆法国家中是首屈一指的。而中国建国五十年后的今天还在制定民法典。我们强调先破后立，我们强调的是不论旧有法律属于哪个领域全都一样地废除，否认了任何一点点的法律继受性。以今天的眼光来分析，哪一种方式更为可取呢？

民法课是我去苏联学习后立即产生兴趣的课程，无奈很多名词术语不懂，想找中文相对应的词语，又得不到解答。俄语词典中是没有这种法律术语的。所以很多概念仍然只能在俄文中去理解。例如，民法中有一个很经常出现的词叫"Сделка"，词典中译名是"交易"，可是翻译为交易怎么也不通。过了许久之后一个偶然机会才知道这个词就是"法律行为"。我很奇怪，这个词既无"法律"的意思，也无"行为"的意思，怎么叫"法律行为"呢？等到1956年回国到北京政法学院执教后才知道，原来《苏俄民法典》的体系、制度中如债权、物权、法律行为、要约、承诺等等和德国民法中的基本概念是一致的。我又困惑了，学了半天的苏俄民法的基本体系、制度怎么和西方国家是一样的呀！今天想起来，当初确实太幼稚了，以为革命就是崭新的，就是与原来的毫无相通之处。其实革命无非就是在旧东西的基础上取其有益，去其无益，革命怎能否定继受性，法律又怎能否定继受性呢？！

在苏联学习法律期间有两门课程的设立是很出乎我意料的，也是学起来很难的，一个是罗马法，一个是拉丁语，而且是必修课。其他如"资产阶级国家民商法"，那是选修的，而且内容都是有批判性的。而罗马法却不是批判性的，是作为历史性质的课程必须掌握的。拉丁语真是头疼，俄语还没学好，还必须学拉丁语，请求免修还不准。俄语的语法已经够复杂的了，一个名词还要分阳性、阴性、中性三种，每种单数复数共十六个格要变，形容词也要变格，动词还要变位。拉丁语法比俄语还麻烦。老师上课讲拉丁语已经是世界上死了的语言，没人说了，但学医学的和学法律的必须学拉丁语，因此医学院和法学院拉丁语是必修课。医生开药方要用拉丁文，这是各国通用的，法律一些基本术语是拉丁文的，各国也通用。可见苏联时期的法律专业对罗马法和罗马法中所用术语的拉丁文何其重视。他们可以认为苏俄的民法与旧沙皇的民法不同，因为那是意识形态的不同，但他们不否认苏俄的民法是继受罗马法的，罗马法是历史渊源。沙皇和西方国家的民法既然是意识形态不同，当然可以批判，罗马法是历史渊源，你的祖先是不能批判的！这种尊重历史、尊重罗马法的精神我印象至深。20世纪80年代我去意大利参加罗马法国际大会时，主办者要我必须用任何一种欧洲大陆国家语言去发表演讲，但不能用英语，所以我就用俄语发表了题为"罗马法在中国"的报告。我问罗马第二大学的斯奇巴尼教授为何如此，他回答说，英国不是继受罗马法的国家，而俄罗斯是，凡继受罗马法的国家都有共同语言，那就是罗马法的共同语言，拉丁术语的共同语言。

苏联的民法仍然留下了不少意识形态的烙印，主要是两个：一个是公有制的烙印，另一个是计划经济的烙印。前者主要表现为对国家财产的特殊保护，确立了国有财产返还请求权不受任何时效限制的制度，从而体现了所谓与私有制国家针锋相对的制度：私有制国家确立了私有财产神圣不可侵犯原则，公有制国家确立了公有财产神圣不可侵犯原则，这一基本观念至今仍在中国体现。后者主要表现为将民法典调整范围局限为市场领域，因此在民法典外又独立制定土地法典、劳动法典与家庭、婚姻、监护法典。土地国有化后禁止土地流通，集体化后又把国有土地交给集体农庄永久无偿使用，排除在任何范围内的市场交易之外。劳动力当然更是如此，家庭婚姻关系也从传统的民法典中排除出去，继承法仍然保留在民法典内，因为仍然有一些私人财产可以继承，这一基本模式也被我国长期接受，婚姻法和劳动法从建国后就已独立成法，土地法也长期游离于民法之外。改革开放后有关民法调整范围之争仍是这种市场本位观点之延续。今天我们制定民法典，土地关系和亲属关系回归民法典已无任何争议，劳动关系虽然也是平等主体之间的关系，但已经独立于民法之外，也独立于1999年的合同法之外，确实也无必要再回归民法典之中了。

1951年年初到苏联时，是在喀山大学法律系学习的，喀山大学法律系的师资力量当然不如莫斯科大学、列宁格勒大学那么强，但也是一所较老的大学。它的法律系之所以出名是因为列宁曾在那里学习过，至今仍保留着列宁在法律系学习时坐的位子，列宁也就是在喀山大学从事革命活动而被捕的。可以想见，我们能去这所大学是很光荣的，人们都说，那是和列宁前后同学。晚我们一年出国学法律的都派到莫斯科大学，这使我们又很羡慕。由于我们的请求，再加上1953年斯大林逝世后实行大赦，喀山社会秩序较前混乱，大使馆将在喀山几所大学学习的中国学生都转到莫斯科。这样我们就在莫斯科大学继续学习，学习条件比在喀山时好很多，尤其是在列宁山上的莫斯科大学新校舍建成后，它的教学和住宿条件在当时苏联全国来说是超一流的。

初到苏联时给人印象最深的就是战争的残酷。第二次世界大战结束也就六年时间，老师中就有战争致残者。我记得喀山大学一位叫瓦西里也夫的教法学理论的副教授就是悬着一支空臂来上课的。同学中也有几位年纪稍长参加过战争的男性，据他们说整个苏联在"二战"中死亡的人占人口总数的1/6—1/5。在斯大林格勒战役中，军命是不能退后一步，谁退后谁就可能被处决，真是只能战死不能后退，大学老师同样都必须上战场。社会上最触目惊心的现象是男女比例严重失调，引起一系列社会问题。波兰在"二战"中死亡人数位居第一，德国也仅次于苏联。欧洲国家"二战"后的和平主义情绪与和平主义运动对"二战"后的政治格局不无重大影响。

虽然苏联在实践中破坏社会主义法制现象屡有发生，斯大林肃反扩大化时期更为严重，但苏联的一些基本法典和法律较早就有了。法律教育始终如一，没有间断。法院、检察院担任审判、检察业务的都必须是学法律毕业的。从这些情况来看，要比我们许多年来的情况好得多。大学法学教育五年期间要有两次实习，必须去法院、检察院或国家公断处实习。这些制度都非常严格。我记得第一次实习是在基层法院，受益匪浅。由于专业方向选择的是民法，所以第二次实习去了国家公断处。公断和仲裁是同一个意思不同的译法。国有企业之间的纠纷因为都是在国家计划下产生的，所以不必到法院，同一个部门系统下的国有企业之间的合同纠纷，由这个部门下面设立的公断处解决；不同部门系统下的国有企业之间的合同纠纷，由部长会议下属的国家公断处解决，这种体制很像行政仲裁。

应该说苏联的法学著作也是不错的。我经常跑书店，每个月总有几本新的法学著作出版，著作不算贵，但对于我们学生来说还是要省下吃饭钱来买。我回国时一算，也有四箱书带回来了，都是较为珍贵的专著，一般的教材都扔了。这些书一直保存到文化大革命，总希望有一天能派上用场！文化大革命时彻底绝望了，把当年从牙缝里省出钱买的书全部当废纸卖掉了！苏联的法学著作有两个特点：一个特点是意识形态控制很严。涉及国家与法的理论，国家法（即宪法学科）、行政法等学科内容千篇一律，极少有独立观点的著作。民法的著作相对好一些，可以对某些纯学术问题发表不同观点。苏联学术批评很普遍，从好的方面看，一本著作中往往把前面一些观点摆出来后批评一阵，随后拿出自己的一些观点，学术批评是家常便饭，不像我们这里一团和气，稍一批评便大惊小怪。从坏的方面看，学术批评中也有一些政治大帽子，甚至给读者暗示这种批评来自上层，使被批评者感到政治高压。商店中卖的书也都是苏联学者自己写的，根本没有见到西方国家法学著作的译本。外国民法著作个别能见到的，也是东欧国家的著作。

苏联法学著作（包括教科书在内）的第二个特点是八股现象严重、水分严重。所谓八股现象就是套式化东西太多。每本书都必须引经据典，首先是马恩列斯，尤其是列宁和斯大林的话（1955年批判斯大林后斯大林的话不引了，在斯大林生前不引斯大林的话被看做大逆不道），然后要引最新召开的党代会决议是怎么说的，现最高领导人是怎么说的，然后才能表述自己的观点，一本书的开头是这样，以后每章有时也不脱离这一格式，实在使人难以卒读。所以我们往往把读法律教科书和书籍称为"挤水分"，学会了读一本书哪些地方可以翻过不读，哪些地方可以一目十行，哪些地方必须慢读、精读、反复读乃至背下来，这些才是以后考试要考的。

去苏联学习第一个拦路虎就是语言关。不掌握语言，课堂上就会"坐飞机"（形容听不懂），甚至专业知识等于零。出国之前我们留学生的总领队钱信忠同志（后任卫生部长）号召我们"抢白旗"，我开始还不懂，后来他解释说，俄语中"五"的发音类似"白旗"，而苏联大中小学的成绩均为五分制，五分为优，四分为良，三分为中，二分就不及格了，他让大家争取"优"的成绩，所以叫"抢白旗"。

对于我来说，曾在教会中学和燕京大学学习过，有一定的英语基础，再学俄语总有个外语的概念，有个外语规律可循。但对有些同学来说，没有其他外语基础，学俄语的困难可以想象。按照派出部门的要求，我们在苏联先专门学俄语一年，然后再进入专业知识学习，和苏联学生一起听课、考试，这样就需要六年时间完成学业。而我在学完半年专门俄语后就插班和苏联学生一起进入一年级第二学期，然后在以后的几个学期中又将第一学期缺考的课程补考完毕，这样就提前一年，于1956年回国。不久反右运动开始，我就"抢"了一顶右派帽子。其他同学1957年夏天回国，反右运动早已开始，谁也不会再往火坑里跳了。这真是我始料不及的，命运往往是难以预料！

与苏联学生共同听课、考试也给我带来了许多困难。对于中国学生来说，看书和听课还不算太难。书本是死的，只要能看懂，哪怕速度慢，多花一些时间就可以了；听课有困难，但只要事先把老师要讲的内容预习过，听起来也大体能领会。对中国学生来说最难的是两个：一是课堂讨论，二是考试。

一些专业课程都有课堂讨论。课堂讨论是小班进行，二十多人，老师出的都是案例题，要学生分析案例，要援引适用的法律和法规，这可难坏了我们。课堂讨论的成绩又影响学科总成绩。如果让老师点名，站起来回答不上，那真要无地自容。于是我们想到的最好办法就是主动出击：找成绩好的苏联同学先把该分析的材料、观点和应援引的法律文件都准备好，大体将要说的话都准备妥，在课堂讨论会上主动举手发言。老师也乐得希望中国学生先发言，发言后老师也不想再为难中国学生，便问起其他苏联学生来。这一招确实管用，至少在后两次课堂讨论中可以大大减少老师提问的机会。课堂讨论在专业课中始终占有重要地位。

苏联大学的考试全部是口试，五年中四十多门课程百分之百是口试。一二年级时真是紧张万分，四五年级时就已习以为常了。在苏联入大学时每人都给了一本记分册，每门课的考试都由一位老师主持，考完当时给分，将分数记入记分册，老师签字。考试都有考签，每个考签上有三道题。一个班的学生近三十人，老师准备三十个考签，每个学生抽一个。这三十道考签九十道题就把这门课的全部主要内容概括进去了。学生都知道这些考签是什么题，但就是不知道自己抽到哪个考签。有些苏联学生不用功，考试临时抱佛脚，就让成绩好的同学和中国学生先进去考。每考完出来一个他就问是哪个考签，他就可以不再突击这些内容了。所以中国学生往往被推到前面去考。好在抽完签后有二十分钟准备时间，有时老师还照顾中国学生，问是否要多准备些时间，如果答得基本差不多，老师对中国学生就不再问了。很多学生就怕老师提问，一提问心里就慌，更答不出来了。尤其是有些老师特别严厉，给分很紧，学生更是害怕。有一次一个苏联学生答完了，老师神情严肃地在记分册上记下分数，然后把记分册扔在地上，学生捡起吓得哭起来，出教室后哭着说这下完蛋了，打开记分册一看，居然给的是五分。应该说口试是一种很独特的考试方法，它绝不可能作弊，但可能取巧，老师面对面向学生问问题可以掌握学生真实水平，也可以锻炼学生的口才和良好的心理素质。我对这种口试是很赞赏的，它对我能力的提高很有帮助。

五年学习结束了,所有的课程我均获"优",拿到的是莫斯科大学的全优毕业证书。这是我人生旅途中一次很有意义的攀登。获取的知识许多都忘了,但五年的社会经验和人生锻炼,以及综合能力的提高是令我终生受益的。

(选自江平《我所能做的是呐喊》,
法律出版社,2007年)

在哈佛听课*

李欧梵

李欧梵（1939年生人），中国现代文学研究者，1962年至1970年留学美国，在芝加哥大学、哈佛大学学习，1970年获得哈佛大学博士学位。

除了俄国史和俄国文学外，我最有兴趣的"副修"学问是欧洲思想史。后来我进入哈佛历史系的"历史与远东语文"（History and Far Eastern Languages）委员会进修博士学位，规定除中国历史方面可以选择两个科域（field，我选的是中国中古史和中国近代史）之外，必须有一个专科以外的科域，一般同学都选欧洲思想史，我却独钟俄国而选了俄国史。当年欧洲近代思想史最叫座的教授是休斯，我也选过他的一门课，也是大班课——本科生与研究生合上。记得最能引起我的兴趣的是他在课上大讲弗洛伊德，还讲到几位较

---

* 原题为《在哈佛听课之二》。

冷门的思想家如帕累托（Pareto）和柏格森（Henri Bergson），后者在中国当然大名鼎鼎，影响了不少20世纪二三十年代的中国知识分子。我读休斯教授的书《意识与社会》(*Consciousness and Society*)颇感兴趣，但又觉不太过瘾，就像休斯讲的课一样，十分动听，但往往点到即止，没有深入。他讲课不用讲稿，手中只拿了几张卡片，抄了几个要点和大纲，在课前几分钟浏览温习一遍后就侃侃而谈，根本无须花工夫准备。我当时甚为佩服，事后思之，可能这是一门他教惯的老课，无须再花时间准备了。有时他讲课时还略有倦意，大概课余业务太多了，这是在哈佛当教授的"通病"，因此我觉得他在课中还没有充分展露他的真才实学，不过书单所列的书目很多，为了和更聪明的本科生竞争，我只好尽量多看他列的推荐书，诸如弗洛伊德的《文明及其不满》都是那个时候读的。他的推荐书多是思想家的原著，因此我也开始读起原著来。读尼采一知半解，韦伯略懂一二，杜凯姆（Emile Durkheim）匆匆览过，只有弗洛伊德读得饶有趣味，简直是文学作品，用的那一大堆心理学名词，大多和希腊神话有关。我在中学时代就读过一本希腊神话的中译本，开始对自己的西文名字（父母亲给我起的西文名字本来是 Orpheus——古希腊的音乐之神）感到困惑担忧（因为神话中 Orpheus 入地狱想救回他的爱人 Eurydice 却失败而归），因此我觉得这些神话皆有所指。弗洛伊德令我大开眼界，后来在爱理生的研讨班上还派了用场。

爱理生（Erik H. Erikson）毋宁说是我在哈佛的读书生涯中除了史华慈外对我影响最大的老师。我曾在一篇旧文——《心路历程上的三本书》（见拙著《西潮的彼岸》）中详述他的著作对我的影响，《青年路德》、《童年与社会》、《青年认同与危机》、《甘地的真理》等书都是当年轰动一时的作品，如今时过境迁，似乎没有人读了，甚至由他引发的"历史心理学"（psycho-history）也极少有人问津。然而我当时却着迷极深，还想把它引进我的鲁迅研究中，我和爱理生的缘分就是由鲁迅而起。

在旧文中我提到自己因认同混乱而想去选爱理生的高班研讨课，由于申请的人太多，他需要一一遴选，所以先面试。我说自己喜欢中国作家郁达夫（因为他在小说中展示性的问题），他却从未听过，只知道一个中国作家鲁迅。没想到这位大师竟然收了我，可能和鲁迅有关，我因此也步上研究鲁迅的漫漫长途。另一个原因是我的同学杜维明在我之前已经选了他的这门课,成绩斐然,我也跟着受益。然而维明研究的是王阳明,我却以鲁迅为题,一古一今。王阳明讲的是修身之道,勉强可与爱理生的人生阶段理论相对照,而且儒家也说过格致诚正修齐治平的大道理,远较爱理生的理论更庞大,因此令他对东方文化产生兴趣。其实近因是他正在研究印度哲人甘地,马上要出书,而鲁迅与甘地同是20世纪亚洲人,所处的文化情境相似,我再次坐享其成,用爱理生的方法研究鲁迅早年和他父亲之间的心理结以及他在日本时期的禁欲主义,说来似乎头头是道,至少爱理生教授听后颇为欣赏,竟然把我的资料也用在他的书上。《甘地的真理》中有一页谈鲁迅写的"父亲的病",就是我提供的。爱理生教授特别在他的另一门大班课上赞扬了我几句,当着一大堆"克列芙"的面(选他课的以女生为多)说:"不知今天李先生有没有来听课?"于是众粉黛纷纷回过头看,看得我满脸羞容,那也是我多年旁听生涯中最感荣耀的一个时刻。

除了爱理生外,我也心慕哈兹教授,不仅因为他为史华慈论严复的书写序,而且因为他的讲课口才,真可谓出口成章,如把他每堂课的录音整理出来,就可以出版成书，可惜我当时没有带录音机。哈兹上课时穿着很正经，总是打着一个领结，西装笔挺。他是研究欧洲和美国自由主义的大师，我印象最深的一门课是"民主和它的敌人"，在那堂课上第一次听到像康斯当（Benjamin Constant）、帕累托及卡塞的名字，这些陌生的思想家经过哈兹教授"照明"之后，立即生动起来，令我逐渐领悟到原来西方民主产生的环境是如此复杂，再也不敢乱叫几声自由平等的口号就以为懂民主了。至今我依然对高呼民主的政客们反感之至，皆是受哈兹教授的影响。据史华慈老师后来告诉我，哈兹教授晚年郁郁不得志，竟然患了精神病而去世，我听后久久不能释怀。哈兹教授的大作《美国的自由主义传统》（*The Liberal Tradition in America*）是一本经典名著，不知有无中文译本（后来才知北京商务印书馆出版了中译本）。

哈兹教授的课引起了我对欧洲近代思想史的兴趣，他的论点不少是和芝大的摩根索教授相通的，但内容更详尽，而且讲起来滔滔不绝，纵横各家思想，令我更佩服，而摩根索却要以此建立他自己的一家之言，反而不够深厚。我遂觉得历史还是比政治重要（虽然哈兹教授也属于政府系）。哈佛政府系的教授群中当然也有教国际关系和博弈理论的人，但我却裹足不前，芝大的经验在先，我也不敢再作尝试了，只旁听了霍夫曼（Stanley Hoffman）教授的一门"国际关系研究"的课，觉得他讲得颇有人文气息，不像一个研究政治学的学者，后来他竟然和我一起选修爱理生教授的研究班，可见他兴趣之广。

既然我对欧洲思想史的兴趣越来越浓，当然顺理成章地又去旁听法国史和英国史的课，前者由布林顿教授、后者由欧文（David Owen）教授主讲，两人当时都已近退休之年，我只记得欧文讲的英国史中最叫座的一堂课——以幻灯片来描述庆祝维多利亚女皇登基的博览会，语多讥讽，也很幽默，据说很多学生每年都来听这一堂所谓"玻璃宫"（Crystal Palace）的"表演"，与有荣焉。布林顿教授的课我偶尔听听，没有贯彻始终，至今内容已忘。倒是在爱理生的研究班上认识了布林顿的大弟子达顿（Robert Darnton），我们两人都是心理分析的门外汉，因此结为好友，后来我在普林斯顿大学任教时又成了他的同事，那个时候他的声誉已经开始蒸蒸日上，在报章杂志上介绍法国"年鉴学派"的"心态史"（Mentalités），也出版数本有关法国大革命和印刷文化关系的书。前年（2002年）我在香港科技大学任客座教授，竟然也把他的书派上用场。

我在哈佛旁听的课，显然以历史方面较多，而又以欧洲为重。美国史似乎对我没有吸引力，只旁听了弗兰明（Donald Fleming）教授的"美国思想史"一门课，也没有留下什么印象。在文学方面也是如此，虽然我听的课不多，但大多是英国文学。英文系有一位名教授（姓名已忘），以讲授约翰逊博士著称，还有一位（姓名也忘了）则以讲授达尔文出名，这两门课都与思想史有关，特别是后者提到达尔文决定是否结婚时，不停地自我盘算婚姻的优缺点，听来令人莞尔。当时的英文系很保守，教学方法还是以"传记"式为主，而耶鲁早已成了"新批评"的重镇，我对二者都不甚了了。可惜的是在法国和德国文学方面，我不得其门而入，因为大班课不多，而且多用原文文本，这个缺陷，我只能用阅读来补漏。西方哲学和古文化方面的课我也没有旁听，至今引以为憾，因为这是西学的基础，我只能"摸着石头过河"，从现代典籍中往前推。多年后阅读奥尔巴赫（Erich Auerbach）的巨著《模拟论》（*Mimesis*），也是一知半解，就是因为自己的古典基础不够。该书至今仍受萨义德大力推崇，视为人文研究的规范，而萨义德也是哈佛英文系出身，研究康拉德（Joseph Conrad）的小说。我在哈佛读书时，似乎还没有人开康拉德的课，也许我孤陋寡闻，没有像萨义德一样，从英国文学中的外国作家——如原来是波兰人的康拉德——的立场开始探讨大英帝国主义，并由此发展出"后殖民"的论述。

最后值得一提的是我在哈佛暑期班旁听的一门课，讲授的人是鼎鼎大名的乔治·史丹纳，讲的是希腊悲剧。我以一贯的旁听方式，从后门溜进去，坐在最后面。有一次迟到了，因为该课每周一、三、五早晨8点钟上课，在哈佛上暑期班的多是外地来的学生，有教无类，学生也借此在哈佛玩两个月，态度不够严肃，上课当然也时常迟到。那一天早晨，史丹纳教授生气了，足足把我们训了五分钟，说我们对古典经籍不够尊重，应引以为耻，我从此之后再也不敢迟到了。史丹纳授课时，一只手拿着书本，另一只手却是残废的（谁也不知原因，有说是在欧战中受了伤），表情十分严肃，一本正经，令我不敢正视。不料偏偏有一堂我缺课，而他在这一堂课上宣布期中考试的时间，我在下一堂上课时糊里糊涂地收到一张考卷，题目至今还记得：试论《俄狄浦斯王》一剧中父子在三岔路口相遇的悲剧意义。这出名剧我在台大外文系读过，于是就心血来潮把当年学到的一些论点随手写下来，又觉不够，所以加上自己的一点感想。不料考卷发回来，史丹纳教授给了我一个"D$^+$"——是我一生求学生涯最低的分数！而且在前半段的答案（即我在台大学到的论点）后面还批了一句："sheer rubbish!"勉强可译为"狗屎垃圾"，亦即"胡说八道"；而在我自己加进去的部分旁边补了一句："This is the beginning of an answer!"（这才是回答的开始！）我这次才真的羞愧得无地自容，好在已经下课，就匆匆抱头鼠窜而去。从此我再没有脸上这门课！当然史丹纳教授在众生之中也不知道我是谁。多年后在印第安那大学的一个学术场合——他演讲后的茶会，记得他当时把理论家德里达批得体无完肤——又碰到了，我实在没胆量重提旧事，只说旁听过他的课。此公傲慢之至，但他的英文实在写得漂亮，算是一位出色的人文主义批评家。他著作等身，我最喜欢的一本书叫做《语言与沉默》(*Language and Silence*)，曾写过专文评介，发表于台大外文系主编的杂志《中外文学》。

总结我在那几年（1963—1969）中的旁听经验，真可以说受益匪浅。最近有人说我写的论文似乎在行文和观点上和别人不同，我想原因就在于此。当然，美国学术界各学科后浪推前浪，新陈代谢得很厉害，我所旁听过的这些名教授的书，大多皆已"过时"，甚至无人问津。然而，对我而言，学问的积累，都是后人踏着前人的肩膀走的，如此则可更上一层楼，至于是否把前人的学问一脚踢开，我觉得完全不必要，更不必对之大加批判或挞伐，以表示自己的"政治正确"。不错，从今人的眼光来看，这些教授不乏保守之处，更有"欧洲中心"或"男性沙文主义"之嫌，然而他们学问的扎实，对原著研究之深，反而非目前批评这些人的年轻学者所能望其项背。我也曾对自己的老师史华慈有"反叛"之情，一度认为他讲的都是common sense（老生常谈），不够理论化，现在思之，其实理论和原著、抽象和实证，都是一物的两面，不可截然划分。而更重要的是：这些上一辈的学者，为我开了好几条路，任我此后自由选择，再在途中种花种草，成果也是积累而成的。我也从未把中西两种文化对立或一刀切，对古与今、新和旧的看法亦是如此，从来不以此代彼，而是将之放在一起，经久之后连前后顺序也看不清了，只知道有意义或无意义的观点，到这个时候——也就是接受多次和多重影响之后——我才开始分辨吸收，而吸收的过程也是不自觉的。后来我才发现：自己所写的文章中，急于以生吞活剥式来挪用或硬套理论的文章，都是不成熟的坏作品。

也许我的这一段经验，可以作为年轻一辈的学者的借鉴。

(选自李欧梵《我的哈佛岁月》，
江苏教育出版社，2005年)

哈佛的一天
——知识的拾穗

吴咏慧

> 吴咏慧（1950年生人），名黄进兴，吴咏慧是作者妻子的名字，在这本书里代为笔名。历史学者，1976年至1983年留学美国，在哈佛大学学习，1983年获哈佛大学博士学位。

早晨起来一如往昔，以"杂粮"（cereal）拌着牛奶果腹，虽然营养学家一再警告专供早餐用的"杂粮"营养成分还比不上包装它们的纸盒子，但是老习惯改不了，况且取用方便。

翻开课程表，这天有两门课，虽然起得早，精神仍然为之一振。背了书包，走出宿舍，迎面吹来初秋的凉意，颇为清新爽人。穿过马路，沿着木栏杆走过"哈佛博物馆中心"，是一栋六层楼红色长方形的大建筑物，里面有动物、植物、矿物、考古等馆，最著名的乃是植物馆所陈列的世界仅存的一套玻璃花，栩栩如生，巧夺天工，为一对父子尽毕生之功所制成，可惜另外一套于二次大战中，在德国被无情的战火摧毁了。

从地质馆的小径走出，看到伍德沃德（Woodward）教授徐徐地把蓝色的奔驰汽车开进他的停车位子，车位前端竖着绿色栏杆，顶端横挂着红色的牌子，上面写着他的名字，表示只供他专用。这是哈佛大学对诺贝尔得主的礼遇，伍德沃德教授是20世纪最伟大的生化学家之一。有关他的事迹不停地在哈佛学生中流传，例如，他打破所有纪录，一年内取得麻省理工学院的博士。蓝色似乎是他的偏好，他平时喜欢穿蓝色的西装，开蓝色的车子，咬根烟斗，颇有一代宗师的气派。他的停车位置漆成蓝色，上面画着一颗白色的星星。依校方规定，任何时候都禁止别人将车子停放在他的车位，以免耽误他的研究工作。

虽然每次和他照面时，只是礼貌性地挥个手，说声"嗨"，却使我朝气蓬勃，对知识充满了无限的憧憬。每次看到他的研究室灯火彻夜通明，就使我这个素来主张以"才气念书"的文科学生心惭不已。有一阵子，很久没在上课途中遇到伍德沃德教授，车位也空空的，心里十分纳闷；后来读报，才知道他已因肠癌去世。我想他并不知道,在他一生之中他曾无意地鼓舞了一个对生化毫无所知的东方孩子,去努力追求自己的理想。

讲到伍德沃德,就不能不提一提每次走过物理馆与化学馆时的那份虔敬的心情,因为共有十位获诺贝尔奖的学者在里边兢兢业业地工作,右转经过以收藏中文书籍出名的"哈佛燕京图书馆",就是巍巍高耸的"威廉·詹姆斯大楼"(William James Hall)了,取此名显然是为了纪念已故美国哲学家威廉·詹姆斯。整个建筑物远看像个中国"神位牌",高达十七层,是全哈佛最高的建筑物,与邻边只有二层高的"哈佛燕京图书馆"相比,就好像巨人站在侏儒旁般不相称。这个大楼只由"社会系"和"心理和社会关系系"(department of psychology and social relations)合用,其实后者就是其他学校今天通称的"心理系";哈佛一向尊重传统,除非万不得已,不轻言改变。例如,别人都已改称"政治学系"(department of political seience),它却仍然沿用"政府系"(department of government)的名称,以维持旧有的气势,有一回"政府系"的师生开了一个派对,有个外人混在里面,"政府系"的教授问他:"请问您是……"对方答说"我在哈佛政治系",

话声甫落马上被轰出去。哈佛哪有政治系？

头一堂课是"社会人类学与社会理论",由梅伯丽-路易士（David H. P. Maybury-Lewis）教授讲授。据说这位先生因崇拜他的老师功能学派的大师列克力芙-布朗（A. R. Radcliffe-Brown）的学说,竟然把母方的姓也加在父系姓上,以示追随师门,尊重母系,自我标榜一番（按：Radcliffe 是母姓,Brown 是父姓；Maybury 是母姓,Lewis 是父姓）。他本人则因与列维·斯特劳斯（Levi-Strauss）论辩南美洲土著部落的亲属结构而闻名。讲课条理清晰而简洁有力,甚能把握他人理论的重点。

下了课已届午时,于是走上二楼的餐厅。拿了餐盘,放好果汁和面包,想找个靠窗的位子,一边用餐一边回味刚才课堂的讲演。回头看到贝尔（Daniel Bell）教授的餐桌还空了一个位子,虽然修过他的课,可是终究没有勇气和他并坐用餐,唯恐消化不良,只礼貌性的和他点点头。

贝尔教授近年右眼不佳,常戴一个黑眼罩,远望有点像海盗的"独眼船长"。脾气相当古怪,我记得有一回他在课堂上对我们说"哈佛学生中最聪明的是大学部的,次聪明的属硕士班,博士班最笨！"把我们这两三只博士班的"老苍蝇"糗得真想挖个地洞钻进去。话说回来,贝尔脾气虽怪,却没有人会否认他是一位杰出的思想家。近年他与伯克莱的班迪思(Reinhard Bendix)教授和芝加哥大学的徐尔思(Edward A. Shils)教授等被合称为"新右派",但即使是左派的学生都不得不佩服他对马克思学说精湛的剖析。

哈佛社会系正值青黄不接,大师级的人物,例如结构功能学派的帕森思(Talcott Parsons)、交换理论的创始者何蒙(George Homans)都凋零了,只有贝尔先生一人,硕果仅存。

偶尔才有艾森斯塔(S. N. Eisenstadt)从以色列前来助阵,艾氏以《帝国的政治制度》(The Political Systems of Empires)享誉学界,一向被视为历史社会学的泰斗。长得矮胖精悍,眼光炯炯,上起研究生的讨论课,充满了斗志,自谓无畏智识的挑战,欢迎任何激辩。艾氏也是社会系一大名人。除了他与贝尔教授之外,社会系几乎没有重量级的人物足以御侮。难怪社会学界的新秀,剑桥大学的基登斯(Anthony Giddens),敢跨过大西洋,到哈佛大谈他的"结构动态形成"(structuration)。有次基登斯在讲演中,提到帕森思,竟然做出西部枪手决斗的手势,口中喊了一声:

"砰!"似乎帕森思就应声而倒了。真是应验了中国一句俗语"时无英雄,竖子成名"。

贝尔教授在60年代以《意识形态的终结》(*The End of Ideology*)一书引起学术界莫大的辩论。二十年后的今天,意识形态之争,不仅没有因为科技进步而逐渐消除,反而愈演愈烈。近年贝尔教授的注意力转移到工业化后的社会研究,他的名著《工业化后社会的来临》(*The Coming of Post‐Industrial Society*, 1973),已译成多种语言。依贝尔教授的观点,"知识的分配与服务"终究要成为组织新社会的主轴。

如果说年轻人的思想不定型意味着不成熟,那么以此来描述一个老年人却是一种赞语。贝尔教授就是这样的老先生,最近他一方面和资讯专家合作探讨电脑应用对社会组织的冲击,另一方面却致力于探讨宗教与人类文化的关系。一个人可以把"电脑"与"宗教"齐驱,真是不可思议。贝尔先生并不是和蔼可亲的人,对学生要求极为严格,教起书来,敬业执著的精神令人感佩。有一回有位学生在课堂上打瞌睡,立即被他唤醒:"对不起,先生!这里是教室,不是宿舍,要休息请出去。"学生连忙致歉,解释说昨夜读书太晚,劳累所致。但贝尔先生辞色仍不稍宽。

下午的课是席克拉（Judith Shklar）教授的"古代政治理论"。她是第一位留在哈佛任教，同时获得讲座教授（chair professor）殊荣的女性，著作等身，尤以研究卢梭、黑格尔驰名。瘦瘦高高的，讲课声调比起别人高八度，置身讲堂，如在乐厅聆听歌剧，一些抽象的观点都被她讲得活灵活现。她讲课很能考虑到真实感，把距离遥远甚至玄妙不可捉摸的思想从九重天拉回人世间来。能够把抽象的思维具体化谈何容易，但这正是席克拉教授吸引人的地方。记得她讲圣·奥古斯汀（St. Augustine）的《上帝之城》（*The City of God*）象征中古政治思想的结束，那种庄严中又带有落寞的表情，至今犹令人回味。那个表情充分体现出一个伟大时代的落幕那种悲壮感。

　　每逢她授课完毕，学生无不还以热烈的掌声，使得席克拉教授必须再三谢幕，才下得了讲台。后来，她苦于应付这烦琐的礼节，干脆规定学生下课后不准鼓掌。想想这位教授，不也是一绝吗？

　　　　　（选自吴咏慧《哈佛琐记》，三联书店，1997年）

哈佛教我一个"变"字
赵一凡

> 赵一凡（1950年生人），西方文学研究者，1981年至1989年留学美国，在哈佛大学学习。

我与西方文论结缘，当在二十七年前的留学岁月。大约是1982年底，我入学不足一年，有位声名显赫的耶鲁教授，应邀来哈佛讲演。题目，是当时极时髦、又极难懂的解构批评(deconstruction)。

虽说是一介新生，我已大致晓得：哈佛讲座历来丰富。一年到头，各路神仙往来不绝，兜售新奇，直把校园变成一爿"知识糖果店"。无论怎样馋嘴的青年，吃上几年，也就腻了。偏偏那日讲演，颇有几分刺激。说白了，哈佛好比一类大户人家：心高气傲，气度非凡，专请冤家对头上门赴宴。小户人家孩子，哪里见过这等景象？

好奇之下，众生趋之若鹜。听众爆满，客人执礼如仪，表现出绝不逊色于哈佛的机锋与幽默。轮到听众提问时,场内一片歆歟,无人起立。前排的教授和蔼地笑着,回首作鼓励状,自己却闭口不语。

于是冷场,生出许多静穆。眼见客人离去,我忍不住私下抱怨道:成天价标榜学无止境,怎可这般倨傲待人?倘若这便是哈佛尊严,我是否应该警惕其保守倾向,以期更加独立自主地读书?

此后几年,我有意多读新书,关心理论,特别留意西方学术变革大势。说来好笑,六年寒窗,对我影响较大者,依然是一批童颜白发的老学究。他们挚爱古典,珍惜传统,甚至自称是"黑格尔派的马克思信徒"。与此同时,他们处变不惊、机敏过人,绝不迂腐。

譬如我的导师丹尼尔·艾伦(Daniel Aaron),便是这样一位老而弥坚、新旧兼治的典范。

艾伦是哈佛大学终身教授,美国学(American Studies)元老,左翼思想史权威。

1980年,中国改革开放之初,他作为美中学术交流委员会特遣代表,首次来华,开展学术专访。专访期间,他除了参观大学,公开讲演,还四处游览,广泛会见中国官员与学界名流。他的这一次成功到访,被称为中美学术交流的"破冰之旅"。

艾伦到访那年，我在中国社科院研究生院读二年级，因为读过他的名著《左翼作家》，有幸充当翻译，陪伴客人两周之久。当这位洋教授风风火火，笑语不断，接连在北大、社科院走亲访友时，我也随之见到了钱锺书、王佐良、杨周翰、李赋宁诸先生。

艾伦离京前，曾与我促膝长谈，问及我下乡插队的经历。不料那次活泼对话，居然改变了我的后半生。

为纪念老师九十七岁华诞，我在此写下几节师生对话。以下问答双方，A 即艾伦教授，Z 是学生我。

A：赵，能否告诉我，你的毕业论文为何要写美国左翼？

Z：可能是因为我这一代人从小受革命教育。

A：前两天你陪我参观军博，看得出你熟悉中国现代史。它对我也多有教益（very instructive）。可你毕竟没有亲历过那些艰苦卓绝的革命。

Z：我经历了"文化大革命"，当过红卫兵。那也是一种理想激荡。

A：激荡之后呢？你知道，列宁说革命是

民众的节日。

Z：我们热闹了两年，就乘大卡车下乡了，去接受再教育。

A：在乡下和农民一起生活，你还能保持理想吗？

Z：乡下很苦，可我们仍旧读书。我那时能读狄更斯的《远大前程》、《双城记》。农民让我了解了中国的真实情形，也令我的理想变得更加实际了。

A：说说你那时难忘的事情。

Z：起先我们不会做饭。一年累到头，总算把小猪养大了，我们也会做饭了。可到杀猪那一天，女生都哭了，我也吃不下。

几天后，艾伦教授告别社科院领导，与我驱车前往首都机场。途中他突然问我：想去哈佛念书吗？当时我了无思想准备，又担心违反外事纪律。含糊半天，只说"我做梦都不敢想"。老头儿扔下一句 Why not?（为何不敢？）便健步登机，腾空而去。

此后变化直如做梦：我慌慌张张填写申请表，由所长冯至先生签名发出；继而赶去北京饭店一个套房，接受三位哈佛教授的面试（当时中国尚无托福、GRE一类考试）；随后欢天喜地、收到录取通知；接着又打点行装，准备上路，却因摊上了社科院的首例公派，好事多磨。直挨到1981年底，院外事局王光美局长一纸特批，才放我漂洋过海，远赴哈佛，成了艾伦门下一名中国弟子。

我老师艾伦出身贫寒，勤奋过人。像大多数20世纪30年代左翼文人那样，他是靠自身努力，一路苦读，成为哈佛大学第一位美国学博士，战后欧美思想史大家。在这老头儿手下读书，我可没少受罪。

首先是由于我少不更事、好高骛远，惨遭老师修理。一年级还没读完，我就向艾伦教授提出：博士论文我想写左翼文豪威尔逊，或是赞同派大腕霍夫斯塔特。老师让我先上好文学史、社会史、政治史课，又逼我去读美国宗教、经济、军事外交。

干吗要读这许多书、上这许多课？国人有所不知：美国研究生制度自1930年前后，开始提倡学科交叉、综合治理。在哈佛读博的各国学生，早已习惯了大杂烩式的混成训练。所以到了那里，千万别说你只看哪一门专业书。露怯！

学生宿舍也是混合编组。你的左邻右舍中，汤姆学天体物理，吉娜发掘古生物化石，莫尼卡是数学高材生，小皮特天天捣鼓寄生虫。万一他们出现在你的研究班，跟你争论法国后结构主义，而且知道的比你多，你可别露出吃惊的样子来！

1981年我被社科院公派去美国留学，所长指示我去读一个美国文学博士。没想到入学注册时，哈佛压根儿就没这个设置！那就去读英美文学博士吧？可我听说英文系学风陈旧，抵制新学。最糟糕的是，他们的美国文学史只教到"二战"前，这让我如何回国交差？

为了应付变化与发展，我要求去读美国文明史系。那里的课程，竟然是文史哲一气贯通，政社经面面俱到！

如此跨学科综合训练，对于中国学生，大致是个什么概念？以我个人作比方，这就像一个走惯田间小路的插队知青，突然被命运开玩笑，扔到了波士顿的高架桥上——只见高楼林立、彩灯闪烁、匝道盘旋。桥下河水奔腾，桥上汽车疾驰。冷不防一声汽笛长鸣，从隧道中隆隆冲出一列地铁。乡下娃凭着开手扶拖拉机的手段，正驾着一辆破车，小心翼翼地爬行，此刻能不惊出一身冷汗？

我那阵子囫囵吞枣，头昏眼花，叫苦连天。身心交瘁中，我忍不住向老师诉苦。艾伦教授不听废话，反而逼我与他一道骑车外出。紧跟着他，我狂飙二十英里，赶到列克星顿。

就在那个美国革命打响第一枪的小镇，我气喘吁吁，满身大汗，向老师保证说：今生今世，我不会再说一个苦字。为什么呢？因为我已发现：我老师的与众不同，在于他的思想活力与创新精神。自打做了他的徒弟，我始终感觉自己在他身后狂飙不止，苦苦追赶。而他老人家一直保持着旺盛的知识兴趣、犀利的批判眼光，直到如今的九十七岁高龄。

我和老师在列克星顿接着对话如下：

A：上完美国殖民史、革命史，你有啥子想头？

Z：那个研究班（Seminar）上集中了各国的好学生。我真没想到，能同他们挤作一堆，大幅比较法国、俄国、中国革命。相比之下，我感觉美国革命气宇开阔、心比大高，好似一种荒野探路。

A：率先描写美国性格的作家麦尔维尔说：这是一个勇敢无畏、无拘无束的民族。

它外表文明，心里野蛮。清教领袖竭力驯化它，可马克·吐温笔下的哈克，就是不信这一套。

Z：小哈克可爱，在于他拒绝教化（refused to be civilized）。我读派瑞·米勒的《新英格兰意识》，发现他的清教悖论（puritan paradox），也是自由与约束两难。这一悖论后来演变成民主与法制。米勒是您当年的导师，您喜欢他吗？

A：米勒教授是美国早期思想史大家，也是清教思想权威。他的课讲得好，能在谈笑中把学生带回三百年前的晦暗时期。然而是人都有弱点。米勒老师晚年酗酒，追逐漂亮女生，很搞笑不是？可他擅长揭示革命的衰变规律，即半契约制，哀诉式布道。这个问题也出现在托克维尔的《论美国民主》里。那位法国思想家一再挖苦美国人，说他们革命之初激情似火，结尾却是可悲现实。

Z：这让我想起哈佛教授霍夫斯塔特的《美国政治传统》。他真让我着迷。可我觉得，霍老师的书再动人，也解释不了美国史上的反动现象,例如蓄奴制、三K党、麦卡锡。

A:霍老师在"二战"之后带头肯定美国自由传统,因此被视为赞同派(consensus-school)的首领。结果麦卡锡反共,逼他掉头研究反智主义。后来他患白血病,我去看他,没想到他变得那么委靡。

Z:看来单向度思维(one—dimensional thinking),毕竟局限明显。霍氏《反智主义》发明政治心理研究,说保守派是出于非理性仇恨(irrational hatred),激进派则苦于地位焦灼(status anxiety)。奇怪的是,左派思想家马尔库塞,此时也从马克思转向了弗洛伊德。

A:可见左右派都会变。变的原因,大抵是因美国资本主义太年轻,太多变化空间,且有各种吸纳与搅拌的方式。

老师的话发人深省,让我格外关注一个"变"字。1984年春,我修完八门大课、八门研究课,又考过两门外语,总算拿到史学硕士。请注意啦:英语在美国不算外语。西方文科系的博士生要拿学位,至少要加考两门外语，即德法文择一，希腊拉丁文择一。前者属于现代语言，后者则是古典语言。

然后是生死攸关的博士资格考，或用英文说，take the oral exam。这场口试长达三小时，地点在一个平时不开放的地下室里。七个考官来自四个系，分别就文史哲三大领域提问。答辩内容，早已打印在一份阅读书单上。按规定，它必须涉及一千至一千五百本经典书目。

记得答辩那天，我获准在十五分钟休息时，可在走廊长椅上喝茶抽烟。茶是家乡带去的龙井，烟是美国骆驼。

答辩结束，我奉命上楼，到大堂等候考试委员会的裁决。全班同学鸦雀无声，守候在二楼阳台上。一个女生默默地向我挥动花束。还有几个男生挤眉弄眼，用手语V向我预祝胜利。

突然间楼下传来一阵脚步声。七位考官依次来到大堂。满脸都是笑容褶子的系主任唐纳德教授走上前来，给我一个大大的搂抱。我只听见他说了句Congratulations（祝贺你），其他的话都被二楼发出的欢呼声、奔跑声湮没了。

然后全班人马一道去吃午饭。挂着花环的我，晕晕乎乎、脚不点地，被同学们簇拥着去哈佛广场一家饭馆，开宴庆祝。那天我具体吃了些啥？如今一点儿都想不起来了。只记得嘈杂的笑闹声中，侍应生小妹问我喝啥酒，我答"青岛"。小妹为难道：没有。我便一脸的不高兴，说满大街都卖这种中国啤酒，怎么偏你家没有？

小妹一面道歉，一面推荐其他品牌。我大声抗议道：今天是我的好日子，我非青岛不喝！班里男生齐声吼叫：要青岛！要青岛！没青岛我们立马走人！于是喝上了青岛。二十瓶都干了。

如果说，哈佛的基础课极其看重传统知识，那么它的各种研究班，则以新课题、新方法、新挑战为目标，不断加强学生的理论素质、应变能力。一旦考过博士资格，我的主要任务便是全力以赴地读新书、想问题，以便在"20世纪欧美思想史"的主攻方向上，自选一个有理论价值的题目，开始酝酿博士论文。

也就在我开题作论文的1984年，法国哲学家福柯去世了。此后二十年，围绕他所代表的新方法、新观念，美国人文学界经历了一场"批评理论"的剧烈革命。

这场革命有多剧烈？套用中国前辈陈寅恪先生的

话，差不多是一场"千年未有之浩劫巨变"。变化速度有多快？用我的亲身体验说：我从哈佛毕业短短五年后，再一次去哈佛访问，当年同学欢聚时，他们热烈讨论的课题名目，我竟然是闻所未闻。我不耻下问，向他们请教半天，还是没有完全闹明白！

这种飞速发展的"批评理论"，正是中国人当下所说的"文论"。提醒大家：文论并非传统学科的某一门学问：文学、哲学、历史，抑或是人类学、心理学、政治经济学。相反，它们是西洋哲学中心瓦解后，由众多学科的新兴理论杂合而成的一堆新学问。

与传统人文学术相比，文论有什么特点？

第一，大凡文论，莫不图变心切，倡导观念变革。为此，它们大多喜欢添加新（new-）、反（anti-）、后（post-）之类头衔，以此标榜先进，或与众不同。"二战"后，这些"加帽子"的文论流派，便有新左派、新历史，反表征、反俄狄浦斯，后现代、后殖民、后启蒙、后形而上学，不一而足。

第二，尽管来路不一，难以通约，文论的共同癖好，却是一以贯之地反思、质疑、批判西方文明。从胡塞尔到德里达，从卢卡齐到萨义德，各色批判思潮绵延百年，起伏跌宕，不断超越形而上学，突破人文传统，引领西方学术创新图变。

欧美学界吵吵嚷嚷二十年，终于认定：各路新学实难分类，只能含混地称作 Critical Theories，意即"混杂型的文学与文化批评理论"。概括地说：它专指 20 世纪发展起来的诸多西方批评理论。同时，它也代表发达资本主义剧烈变革态势下，不断挣扎求生的欧美"新学"潮流。其中大者，便有现象学、后结构主义、西方马克思主义。

我在哈佛上过西马课、解构课。私下里，我也高度重视福柯，知道他发起的方法论挑战非同小可。然而在写论文时，我却小心翼翼，非有十二分把握，不敢妄谈理论。这是什么道理呢？让我再讲一段故事，说明新学的艰难与繁杂。

当初我在北京读研时，曾写过垮掉的一代论文，还翻译了美国垮掉派诗人金斯伯格的大作《嚎叫》。1983 年冬，小金应邀去哈佛诵诗，我也跟去旁听。事毕，主持人凯利教授（Robert Kiely）介绍我与诗人见面，说我是他的第一位中国译者，于是交换地址。

次日凌晨，小金带记者闯入我的学生公寓，一通乱拍。因怕同学围观，我忙邀他去咖啡馆，没想到他又召来一堆老嬉皮。第二天我读《波士顿环球报》，惊

悉双方会谈报道,外加可怕照片。此事令我沮丧,却让我老师乐不可支,因有谈话如下:

Z:小金为何要套用惠特曼长句,把那么豪放的咏叹,改成一大串令人惊恐的悲号?

A:他倒是想学惠特曼那样引颈高歌,唱欢乐颂。偏偏美国梦成了噩梦,所以他只能howl(嚎叫)。当然,他也想唤醒同伴。这好比天真烂漫的小哈克,一头碰上了莫洛克(Moloch)。

Z:我去查看了《旧约》。古代希伯来文中的 Molech 是国王,也是祭祀仪式。那种仪式简单说,就是把小孩子烧死,奉献天神。小金在《嚎叫》中大骂莫洛克,说他脑袋是纳粹,血液是金钱,手指是罗马军团。我问他还有啥,他又神神叨叨,说那是比 LSD 还高级的毒品,是屈瑞林夫妇、是卡萨玛西玛公主。

A(大笑):你从《嚎叫》开始了解那一代美国青年,这很好。还可以读一读拉西的《美国左翼之痛》,方可体会新左派的种种困感。究竟什么是后现代转折（postmodern turn）？首先是一代美国大学生从自由主义想象，转向了波希米亚想象（bohemian imagination），其中充满了闹剧，但也不乏激烈反叛。

Z：老师，我好奇：您有过小金这样的学生吗？

A：举国皆反，何人能免？我教过一个文静的女生，名叫普拉斯（Silvia Plath）。她后来成了自白派诗人首领，写着写着就自杀了。还有一个瘦削抑郁的小伙子。他从太平洋战场回来，靠着服役参战加了不少学分，进入哈佛研究班。因为他太瘦，又总是忧心忡忡，我见了他就叮嘱他多吃饭。后来他发表了一本著名小说《裸者与死者》，我才知道他叫诺曼·梅勒（Norman Mailer）。当然还有那个时代英雄，哈佛本科生J. F. K（肯尼迪）。他的作文真差劲。

Z：说起英雄，我记得马克思在《路易·波拿巴的雾月十八日》开篇说过，一切伟大革命、英雄人物，都会在历史上出现两次：第一次是悲剧,第二次是喜剧。

A:马克思还说了:每一代革命者都求助于亡灵。他们借用祖先的口号和语言,上演新历史剧。麻烦在语言:他们总要乱说一阵子,才能慢慢找着感觉。

如今回想起来,艾伦老师教我之时,实已年逾花甲。可他不仅关心新学理论动向,熟悉个中症结,还常以一种调侃的口吻,指点我左右挑剔,上下贯穿,优劣兼治。

我的毕业论文开题之前,他天天逼我刷新方法、拓展眼界。待到我自以为饱读新书、思想先进后,他却反转回来,重提价值判断,强调学科综合,要我好生平衡批判与重建的关系。如此安排,好比打摆子:冷热交替,反复挫磨。艾伦老师为何如此难为我呢?

据老师解释,此乃当下读书人必须勉力维持的一种必要的张力(necessary tension)。此语出自美国学者托马斯·库恩(Thomas Kuhn)《必要的张力》(1977)。面对剧烈的学术变革,库恩提倡一种有效的思想方式,即在扩散性思维与收敛性思维之间,保持一种紧张的压力,以期获得科学理论的突破进展。

不知不觉中，艾伦老师言传身教的治学方法，渗入血液，刻骨铭心，变成我读书写作的思想平衡术。毕业那年，我居然能大模大样地向傻乎乎的一帮新生指点说："做学问的艺术嘛，大抵是在新旧、虚实、雅俗、庄谐之间，保持某种必要的张力。"

我的《西方文论讲稿》，首先献给艾伦老师。原因是：我一来敬佩他的治学成就，二来感激他别具匠心的教诲；三来赞赏他那种发挥到极致的哈佛思想模式：即一面坚守精神堡垒的高墙深壕，一面敞开城门，吸引滚滚而来的新人、新思想。

结果是：传统与时髦携手，理想与批判共存。这种悲喜交织的生动局面，着实令学生受益匪浅：它教会我如何面对现实，调节常变，瞩目将来。

讲完哈佛教我一个"变"字，我将回顾回国之后，说说钱锺书怎样教我一个"通"字。

（选自《书城》杂志，2009 年第 7 期）

致陈思和老师
——谈美国大学教育

宋明炜

> 宋明炜（1972年生人），中国现代文学研究者，2000年至2005年留学美国，在哥伦比亚大学东亚系学习，2005年获哥伦比亚大学博士学位。

陈老师：

您好。听说您主办的刊物《大学》即将问世了，我感到特别高兴。我知道这是您倾注了不少心血的一项工作，而且，在国内目前的情况下，这样一份从人文知识分子的角度来认真关注和思考大学教育的刊物，或许正是中国教育界和知识界所一直缺少的。我真心地为它祝福。

您在电话里让我谈谈自己在哥伦比亚大学的学习经验，可能同许多留美学生一样，最强烈的印象是，我觉得在这里是一种组织性极强的学习方式，对于"学习"过程的要求非常严格。我记得刚到纽约的第二天，去逛学校附近的一家名字叫"迷宫"（Labyrinth）的书店，书店的门面不大（规模略大于复旦附近的鹿鸣书店），里面却挤满了正在排队买书的学生。这种景象我还是头一次见到，有些吃惊，但随即了解到，原来此时正值学期伊始，学生们都在忙着购买教材——不用说，很快我也加入了这个行列。但使我当时感触很深的是，每门课涉及的书目之多。以我最初选修的英文系的一门"殖民背景下的学科建构"为例，阅读书目中开列了十多本大部头的理论书和文学作品，另一门课"城市研究：现代和后现代小说"的书单中也包括了近二十本小说和几本相关的批评作品。事实上，每一位老师都在上课之前给学生一长串的阅读书目，按照每周的上课内容划分阅读单元，规定是起码每周阅读一本到两本，而修读课程的最基本前提，是学生必须在课前阅读过这些书。这些书就是教材——无论《曼斯菲尔德庄园》或《尤利西斯》，柏拉图或德里达——人文学科方面的老师会提前把书单交给迷宫书店去订购，学生再去那里购买；但如果为了省钱，也可以去图书馆借阅，在那里老师往往会放一全套书，以备学生参考。此外，老师还有可能另外把一些已经绝版的书，或论文选章，用复印本的形式做成 course reader（课程读本）。所以除了一摞子书之外，学生要抱回家去的还往往有几大卷 course readers。于是，有的学生带着小拖车去迷宫书店买教材。

从我身边的同学来看，我发现大多数人都会认真遵守老师的要求，对于规定书目的阅读更是一丝不苟，常常见到他们手上拿的课本里夹着许多纸条，书页上也用彩笔涂得满满的。在哥伦比亚大学，研究生每个学期一般要修三到四门课，也就意味着，每周至少要读三到四本书——对于像我这样素来懒散的学生，再加上对英文的生疏，突然要应付这么大量的读书任务，在最初的一个学期里，通常都要熬上大半夜才能赶得及第二天的功课。但两年下来，我觉得收获很大，起码是通过被"逼迫"着的阅读，对于课程相关的学科领域的基本文献范围及研究状况能有一个大致的了解。

作为博士生，我过去两年修读的课程主要是 seminar，这种课的形式，其实也就是您过去常给研究生同学们开的那种专题讨论课。每次课前的阅读要求非常严格，课堂讨论也相应更加制度化，尤其要求每个学生都尽量发言（课堂发言是记入期末总成绩的），大家轮流做 presentation（主题报告），然后要回应老师和其他同学的提问。这种课堂很重视培养学生的 critical thinking（批判性思维），即老师都欢迎学生从各种不同的角度来独立思考课堂上提出的问题，往往一堂课下来，没有最后的结论，但却能促进学生的学术观察、思考与表达能力。但 presentation 的内容，老师会更严格地过问。我的第一次 presentation 是在英文系的城市研究课上，主讲的德裔教授 Ursula Hesse 很不放心我的报告，因为作为第一年的外国学生的我，稀里糊涂地把报告题目选定为书目中篇幅最长也最难读的一本小说《柏林亚历山大广场》（其实是别的学生挑剩下的）。她在课前的一周里，跟我几乎每天都通一次电子邮件，不断向我提出一些细节上的问题，帮助我修改报告的发言底稿。至于有些程度更为专深的课，老师还常常要求每周做一篇读书笔记，像我的指导老师王德威教授，我在过去一年半里陆续修了他的三门课，每星期交给他一篇"周记"，现在数数也有四十多篇了。在逐渐适应语言和课堂气氛以后，我感到这种经过仔细安排和充分课前准备的讨论，往往是非常让人兴奋的——不仅仅课上的话题可以讨论得很深入，而且，当每个同学都做了相同的准备时，大家在争论时是从各自不同的角度来思考共同的问题，所以在思路上，你常常可以受到意想不到的启发——来自老师，但也经常来自同学。教室里的学生也许来自七八个不同国家（英文系尤其如此），但当大家都在围绕一个共同的话题争论时，透过各种口音的英语，总可以听到一些富有洞见的观点和论说。这种良好的讨论效果，从根本上来说，应该首先是由于课程中对于课前准备的有效组织，和学生对于课堂要求的认真遵守。旨在培养独立性的"批判性思维"是美国青年文化中最被重视的价值之一，但我的感受是，这种"批判性思维"也必须建立在组织化、制度化的教学形式中——两方面皆不可缺。

到课程结束的时候，seminar 的要求是交一篇论文，通常是所谓的 research paper，有别于读书笔记，是针对某一个具体的学术问题，应用课堂学习的理论方法所作的具体研究。至于论文的题目，要和老师事先谈好，老师也常常要求学生先开列一个参考书目，写一个提纲，以保证论文的选材和写作都须有些根据。另外一种课程形式是 lecture（相当于国内学院里的本科大课），期末往往会有考试——但其实这种课程，虽然面对的主要是低年级学生（尤其是本科生），平时的作业量却并不轻松。我曾在电影系选修了一门 Richard Pena 教授给制片和导演专业高年级本科生开的电影研究方法课，除了期中期末两次 take‑home examination（可以带回家去做的考试）外，中间还意想不到地写了三次作业，尽管都不是 research paper，但工作量有时却也大得惊人，特别是有一次要做电影镜头语言的详细分析，要写下希区柯克一部影片的分镜头研究报告，我用了一周时间才做完——那部电影我看了足有十遍，现在差不多都可以从头到尾背出来了。到这门课结束时，我发现连同考试在内，写下的文字竟有五十多页，相当于两个 research paper 的篇幅。

这样一些"硬性"的课堂要求，美国同学大都习以为常，像我这样的从国内更加注重学习自主性的学院环境中过来的留学生，初来会有些不适应，但也顾不上抱怨，就这样匆匆忙忙地过来了。但总的来说，我觉得这种高度组织化的学习方式，仅从学习效果来看，很有利于学生对基础知识和基本研究方法的掌握。相比较而言，在这里，不像国内的大学那样鼓励学生过早地从事独立研究工作，更不必说有要求研究生必须发表几篇论文才能拿到学位的规定。从每一门课的书目选择和课堂教学来看，都更加注重首先培养基础的学术研究能力，学生如果今后进入学术研究领域，可以形成比较良好的工作方法与思考习惯，因而能比较扎实地一步一个脚印地走下去。而不断地直接面对作品,这起码是文科课程的基本特点:在这些课程中学生总是可以回到"文本",思考总是要来源于具体的作品,但也正因为如此,就不容易人云亦云,而不断地重新体验"作品",才能产生真正原创性的思考结果。

以上是我自己最直接的一些学习体会,我所描述的这种组织性极强的学习方式,也就是我所体验的美国课堂教育的基本方面。就个体(无论是一门课的老师,还是一个修课的学生)的经验来讲,它确实在很大程度上保证了知识的有效传授和学术规范的严格训练。但同样在我的周围,我也听到许多我所尊重的教授对这种学习方式所赖以依存的教育体制的质疑和不满。这不是仅仅针对这种学习方式的质疑和不满,所涉及的也就不一定仅是某个学生的具体学习经验,而是从大学教育的整体风气来看,提出这样一种高度体制化的教育形式,也许并不能像从个体的角度理解的那样"单纯"。当然,这方面的问题就不仅包括课堂学习了,更重要的问题是,这种规范的教育体制对教育目的和学术研究的发展带来了怎样的影响,而在它自身的法则性和权威性中又隐含了怎样的文化信息。以下要跟您讨论的即是我从体制的角度怎样来看待美国的大学教育,与我个人的体验仍有关系。但思考的面向却无法局限于个人经验之中了。

其实当您说让我介绍一点美国大学的情况时,我心里马上想到的是李欧梵老师在一本书里说过的一句话,他以在美读书工作近四十年的经验,很肯定地评价说,美国大学是美国20世纪工业文明最重要的企业。原先我对他的这番评价没有概念,但在美国学习了一段时间之后,我发现自己越来越赞同他的说法。当然这是从一个理念的角度来理解,美国大学其实是非常体制化的一种机构,这不仅仅是指它在经营管理层面的完善制度,更重要的是,它对教育行为本身和相关学术研究的严格规范和有力控制。可以说,美国的大学所承担的责任,是非常有系统地塑造一种为今天的美国社会体制所需要的"有知识的美国人",并以规范出的知识"等级"来提供维护和改良这种社会体制的"文化资本"。当然,在当代社会里,这往往也是一种被奉为"普遍性"的思路。根据我的了解,此时此刻发生在中国大学里的教育改革,特别是在有些学校里那种把美国大学体制作为规范模式的教改方向,我想,从中不难看出中国大学教育未来的发展趋势。"大学"之所以在现代社会里具有体制上的重要性，就是在于它被理所当然地认为能从各种学科方面系统地为社会培养"有用人才"，为社会提供"有用价值"，这样的机构必然要符合所在社会的高度的制度化要求。尽管这里所说的"大学"，是一个综合的概念，它包括了政法商和农工医等林林总总的应用教育，但是问题在于，人文学科作为大学教育的最基本的学科之一，它所承受的体制化的过程往往可能也是最根本的。

在我的印象中，已故的哥伦比亚大学著名教授特里林（Lionel Trilling）早在60年代就有意识地从社会文化体制的角度反省美国学院里"现代文学"等人文学科的课程设置和教育目的。前不久，我听说哥大英文系的丹穆若什（David Damrosch）教授正在从事一个研究项目，即"人文学科的博士（Ph. D.）究竟能做什么？"我曾经修过丹穆若什教授的一门课，本来是关于当代文学理论的课程，但他有一次很严肃地向大家提出一个问题：你们有没有想过，你们在这里一丝不苟地学习这些理论知识是为了什么？结果在课堂上引起了很活跃的争论。我后来了解到，丹穆若什教授从事这个与自己的专业（他在近东文学、《圣经》文本研究、文学理论和19—20世纪的欧美诗歌与叙事文学研究领域里是非常卓越的比较文学学者）有些偏离的研究，是要追问，为什么今天美国大学培养的人文学科的博士越来越倾向于把自己的视野局限在某个非常狭窄的领域里而失去了思想的活力和头脑的开放性？为什么五六十年代由大学师生构成主体的"纽约知识分子"群体在今天的学院里已经无法容身？

要回答丹穆若什教授的问题，需要多方面地思考美国学术界的近代演变。这里我仅举一个当代美国大学体制中的常见问题。回到李欧梵老师的那个"企业"的说法，我首先联想到在今天的美国大学里，有一个最基本的"终身俸"（tenure）制度，它是每一个预备从事学术研究和大学教育工作的博士所必须面对的。终身俸制度本为保证教授的言论自由和思想自由而设立，即教授获此制度保障，学校当局无权因为思想和言论问题而解聘之。但当它成为每一个大学教师通往教授职位的必由之路时，就意味着，有了它，才能保证得到一个"铁饭碗"，而要获得它，需要完全符合它背后的体制要求，而终身俸的评估和授予是极为严格的资格考察，其逻辑变成了这样——你要想获得体制上的保护（言论自由和思想自由），你就首先需要接受体制的考核，表示你对这个体制的认同。可以说，从今天的实际情形来看，这个制度在某种意义上已经与保障言论和思想自由无关，而实际上使大学的人才管理方式变得很像一个制度严谨的企业了。每一个博士，从拿到学位那一天起，到得到终身俸，或许要经过许多年的努力，而在这个过程中，有权力授予你这个"饭碗"的权力代表，是你很难回避和漠视的，也就是说，你必须"承认"从学术规范到教育方法各个层面都已经预设出来的"行为准则"。当然终身俸制度对教育人才的质量是一个起码的评估手段，并且它也仅仅是一种表面的规范方式，其背后所包含的是更复杂的制度与文化资本问题——我知道像丹穆若什教授这样的学者目前所要反省的，可能还有整个美国文化和教育管理方式在60年代以后的体制化过程。但若要回答丹穆若什教授最初的问题，我想说的是，博士学习的经历往往就是通向"终身俸"的早期训练阶段。本来可以说，终身俸制度和前面所说的那种高度组织化的学习方式，都是被统一在一个相同的学术和教育规范中的，它们的存在根据是为了保障学习和科研的效率和质量，但在制度形式上，规范本身被加以超越一切地强调——如此严格地规定了学习和科研的内容、方向与等级的规范性，这种体制所造成的权力性实际上就被特别凸现出来了。所以，最令像丹穆若什教授这样的人文学者所担忧的问题显然是，教育和学术的规范形式的意义是否会超出了教育和学术本身的意义，对于学术规范形式的追求和训练，是否会榨干了我们在从事人文学术研究时所必需的思维活力和理解现实的能力。

我想再举一个比较明显的例子，就是所谓的"人类学方法"向各个人文学科领域的渗透。我记得在我刚到美国不久，有一次与同系的一位年轻教授聊天，他第一次向我提到了上面这个名词，并且说，说穿了，它是一种"game"（游戏），是现在许多学者和学生都乐此不疲的一种学术方式。我对人类学是外行，说不出这个学科和这种所谓"人类学方法"之间的关系，但从一种粗浅的理解来说，我想，这种方式的表征是如同早期人类学者到原始地区，通过短暂的器物和行为观察，便可以自信地对某一种族或民族做出肯定的（和自命为"权威"的）描述，而关键在于，他们最终关心的已经不是那个种族或民族的现实，而是他们的描述本身——即这种描述是否有趣，是否精彩，以及是否符合学术报告的规范。我后来的所见所闻有时使我想到这位教授的说法，心里不禁觉得好笑。事实上，用这种方式来研究文学，是很容易做出一篇"中规中矩"的论文。我想，我反对的绝不是作为学科的人类学的研究方法，而是把这种所谓"人类学方法"不负责任地运用到任何人文学科领域中的做法，支配这种方法的意识观念其实并不是像所标榜的那样真正去关心人类的文化，而是一种不关痛痒的自娱自乐。它的最大"益处"或许是它可以保障"中规中矩"，最大限度上帮助学生得到规范的学术训练，保障研究者进行学术交流的规范性和可交流性（或可沟通性）。然而，就人文学科存在的根本必要性来说，如果失去了对人类现实的关心，我们坐在教室里面，还有什么意义呢？

最后，我想再说明一下，我在心底里面，很感谢我在哥伦比亚大学的各位老师，他们教授的课程使我感到来美国学习的经历是那样宝贵，并且从个体的学习经验来说，我也颇受到了这种高度组织化的学习方式的帮助。从我的同学那里，从老师那里，我也总能体验到关怀现实、富有批判性的人文精神的存在。但问题在于，这种个体性的经验，并不能说是由现在的教育制度来加以保证的，而对于大学制度的理解和反省，也许不能单纯地从个体（受教育）的角度来出发，而是与一些更为深广的社会文化问题相关。事实上，我想，无论是特里林、萨伊德，还是最近的丹穆若什教授（我很高兴地发现这三位教授都执教于哥伦比亚大学），所关心的问题也都超出了人文学科本身的知识传统，而在教育领域中所发生的体制化过程应该是和西方社会在过去一百年乃至几百年中的制度史与文化政治都是息息相关的。

以上拉拉杂杂写了这些，可能都是一些很肤浅的见解，谨希望能通过我自己的体验和观察能为您关于大学教育的思考提供一些域外参照。

敬请夏安

明炜

2002年7月3日

（选自宋明炜《德尔莫的礼物》，上海书店，2007年）

编后记

20世纪中国的许多海外留学记录之所以好看，原因在于20世纪本身是一个"极端的年代"，充满了"趣味横生的时光"（Interesting Times）。20世纪的中国经历了从王朝向现代国家、从农业社会向工业社会的转变，期间经历了无数艰难的蜕变，付出了极大的代价。建设一个富强、文明的现代国家成为所有中国人的奋斗目标。时至今日，这依然是未竟之责。留学生群体可以说是20世纪中国人自强不息的一个缩影。那些留学生的选择和奋斗，也只有配上如此的历史场景才显得珍贵，让后来者读来不胜欷歔。笑历史和命运有时候将人是如此玩弄于股掌之间，像一个木偶；叹人有时候以风中芦苇的勇气努力前行不屈不挠，像一位战士。这本选集里面的文章主要是人文学科的留学生的记录，还有许多理工科的留学生像邓稼先、钱三强、何泽慧这些精彩人物并没有留下完整的关于留学生活的文字，但是有时候事功要比文字更重要。

在编这本书的过程中，周棉先生主编的《中国留学生大辞典》是我不时翻检的工具书。我依然记得大约十年前冒着鹅毛大雪在云龙山下拜访他的情形，也依然记得他对我的鼓励和期待。在这里我要谢谢他。选文篇目最终由春田和我讨论编订。感谢写出这些文章的作者们，希望读者们，特别是年轻的中学生读者们在这个依然"西风烈"的时代能够从这些文字里得到有益的启发。作者中有人没有能联系上，还望版权持有人鉴谅，请他们与三联书店联系，到时再寄奉样书和稿酬。最后，要感谢卫纯兄，没有他的支持就没有这本小书。

张耀宗
2012年5月于北京